Alternatives Economiques

RÉUSSIR LES SES EN TERMINALE

SPÉCIALITÉ SCIENCES ÉCONOMIQUES ET SOCIALES

Fondateur : Denis Clerc
Directeur des publications, président du conseil d'administration : Christian Chavagneux
Directeur général : Jérémy Dousson
RÉDACTION : 28 rue du Sentier 75002 Paris
Directeur de la rédaction : Laurent Jeanneau
Rédacteur en chef : Marc Chevallier
Secrétaire générale de la rédaction : Charlotte Chartan
Coordination de ce numéro : Naïri Nahapétian
Ont également participé à ce numéro : Yves Le Rolland, Solène Pichardie, Gilles Robert
Premières secrétaires de rédaction, iconographes : Martine Dortée, Nathalie Zemour-Khorsi
Maquette, infographies : Marie-July Berthelier, Odile Chesnot
Conception graphique : Marie-July Berthelier
Couverture : Marie-July Berthelier, photos : alvarez/Getty Images, tawatchaiprakobkit/Getty Images, acilo/Getty Images, Drbouz/Getty Images
Directeur marketing et technique : Frédéric Desiles
Directrice diffusion : Hélène Reithler
Chargée de promotion diffusion, relations presse : Véronique Orlandi
Chef de projets numériques : Arnaud Julieno
PUBLICITÉ : L'autre régie
28 rue du Sentier 75002 Paris, www.lautre-regie.fr
Directrice de régie : Anne Boulain
Cheffe de publicité : Véronique Génot
RELATIONS CLIENTS, FABRICATION, SIÈGE SOCIAL :
12 rue du Cap-Vert, CS 40010, 21801 Quetigny Cedex
Tél. 03 80 48 10 25 - Fax 03 80 48 10 34
Relations clients : Stéphanie Claudel (cheffe de service)
Courriel : abonnements@alternatives-economiques.fr
Cheffe de projet technique : Delphine Dorey
Responsable administratif et comptable : Vincent Febvre
Inspection des ventes (dépositaires et diffuseurs) : Destination média, tél. : 01 56 82 12 06
Diffusion : En kiosque : MLP
En librairie : Interforum, 3 allée de la Seine, 94854 Ivry-sur-Seine Cedex ; tél. 01 49 59 10 10
Mensuel édité par la Scop-SA Alternatives Economiques à capital variable, partagé entre les salariés (60 %), la Société civile des lecteurs d'Alternatives Economiques (19 %), l'Association des lecteurs (0,5 %), des anciens salariés (13 %) et des associés extérieurs compagnons de route (7,5 %).
RC 84 B 221 Dijon, Siret 330 394 479 00043
CPPAP : 0324 D 84446
ISSN : 1252-4999
ISBN : 2-35240-329-6
Dépôt légal : septembre 2023
Imprimé en France/Printed in France par l'imprimerie Léonce Deprez (62128 Wancourt), sur papier fabriqué en Finlande, taux de fibres recyclées : 0 %, eutrophisation : P_{tot} 0,005 kg/t

Certifié PEFC
Ce produit est issu de forêts gérées durablement et de sources contrôlées.
PEFC 10-31-1495 pefc-france.org

Programme

Méthodologie

Sciences économiques

Sociologie et science politique

Regards croisés

Les corrigés types

ÉPREUVE COMPOSÉE

DISSERTATION

Des épreuves et du contrôle continu

Le programme de la spécialité sciences économiques et sociales (SES) est composé de **douze chapitres.**

- En août 2023, sept d'entre eux sont annoncés au programme des épreuves écrites du baccalauréat en 2024 et des épreuves orales pour les élèves au rattrapage, mais cela peut changer. Nous les signalons néanmoins par un logo « Bac 2024 ». Les autres feront l'objet du contrôle continu et pourront servir de support pour la préparation de votre grand oral.
- Chaque chapitre s'organise autour d'une série d'**objectifs d'apprentissage** (connaître, comprendre, savoir...) et c'est sur ces objectifs que les sujets de l'examen seront construits. Pour vous aider, vous retrouverez chacun d'eux sous forme d'un encart grisé au moment où il est abordé :

> **OBJECTIF** Comprendre les phénomènes de panique bancaire et de faillites bancaires en chaîne.

- Enfin, le vocabulaire essentiel au traitement des sujets est rappelé à la fin de chaque chapitre sous la forme d'un encadré, « **Les notions essentielles du programme** », qui récapitule les définitions de ses concepts centraux.

Science économique

Thème 1 : Quels sont les sources et les défis de la croissance économique ? Bac 2024

– Comprendre le processus de croissance économique et les sources de la croissance : accumulation des facteurs et accroissement de la productivité globale des facteurs ; comprendre le lien entre le progrès technique et l'accroissement de la productivité globale des facteurs.
– Comprendre que le progrès technique est endogène et qu'il résulte en particulier de l'innovation.
– Comprendre comment les institutions (notamment les droits de propriété) influent sur la croissance en affectant l'incitation à investir et innover ; savoir que l'innovation s'accompagne d'un processus de destruction créatrice.
– Comprendre comment le progrès technique peut engendrer des inégalités de revenus.
– Comprendre qu'une croissance économique soutenable se heurte à des limites écologiques (notamment l'épuisement des ressources, la pollution et le réchauffement climatique) et que l'innovation peut aider à reculer ces limites.

Thème 2 : Quels sont les fondements du commerce international et de l'internationalisation de la production ?

– Comprendre le rôle des dotations factorielles et technologiques (avantages comparatifs) dans les échanges commerciaux et la spécialisation internationale.
– Comprendre le commerce entre pays comparables (différenciation des produits, qualité des produits et fragmentation de la chaîne de valeur).
– Comprendre que la productivité des firmes sous-tend la compétitivité d'un pays, c'est-à-dire son aptitude à exporter.
– Comprendre l'internationalisation de la chaîne de valeur et savoir l'illustrer.
– Comprendre les effets induits par le commerce international : gains moyens en matière de baisse de prix, réduction des inégalités entre pays, accroissement des inégalités de revenus au sein de chaque pays ; comprendre les termes du débat entre libre-échange et protectionnisme.

Thème 3 : Comment lutter contre le chômage ?

– Savoir définir le chômage et le sous-emploi, et connaître les indicateurs de taux de chômage et de taux d'emploi.
– Comprendre que les problèmes d'appariements (frictions, inadéquations spatiales et de qualifications) et les asymétries d'information (salaire d'efficience) sont des sources de chômage structurel.
– Comprendre les effets (positifs ou négatifs) des institutions sur le chômage structurel (notamment salaire minimum et règles de protection de l'emploi).
– Comprendre les effets des fluctuations de l'activité économique sur le chômage conjoncturel.
– Connaître les principales politiques mises en œuvre pour lutter contre le chômage : politiques macroéconomiques de soutien de la demande globale, politiques d'allégement du coût du travail, politiques de formation et politiques de flexibilisation pour lutter contre les rigidités du marché du travail.

Thème 4 : Comment expliquer les crises financières et réguler le système financier ? Bac 2024

– Connaître les principales caractéristiques de la crise financière des années 1930 et de celle de 2008 (effondrement boursier, faillites en chaîne, chute du PIB et accroissement du chômage).
– Comprendre et savoir illustrer la formation et l'éclatement d'une bulle spéculative (comportements mimétiques et prophéties autoréalisatrices).
– Comprendre les phénomènes de panique bancaire et de faillites bancaires en chaîne.
– Connaître les principaux canaux de transmission d'une crise financière à l'économie réelle : effets de richesse négatifs, baisse du prix du collatéral et ventes forcées, contraction du crédit.
– Connaître les principaux instruments de régulation du système bancaire et financier qui permettent de réduire l'aléa moral des banques : supervision des banques par la banque centrale, ratio de solvabilité.

Thème 5 : Quelles politiques économiques dans le cadre européen ? Bac 2024

– Connaître les grandes caractéristiques de l'intégration européenne (marché unique et zone euro) ; comprendre les effets du marché unique sur la croissance.
– Comprendre les objectifs, les modalités et les limites de la politique européenne de la concurrence.
– Comprendre comment la politique monétaire et la politique budgétaire agissent sur la conjoncture.
– Savoir que la politique monétaire dans la zone euro, conduite de façon indépendante par la Banque centrale européenne, est unique, alors que la politique budgétaire est du ressort de chaque pays membre mais contrainte par les traités européens ; comprendre les difficultés soulevées par cette situation (défaut de coordination, chocs asymétriques).

Sociologie et science politique

Thème 6 : Comment est structurée la société française actuelle ? Bac 2024

– Savoir identifier les multiples facteurs de structuration et de hiérarchisation de l'espace social (catégorie socioprofessionnelle, revenu, diplôme, composition du ménage, position dans le cycle de vie, sexe, lieu de résidence).
– Comprendre les principales évolutions de la structure socio-

professionnelle en France depuis la seconde moitié du XXe siècle (salarisation, tertiarisation, élévation du niveau de qualification, féminisation des emplois).
– Connaître les théories des classes et de la stratification sociale dans la tradition sociologique (Marx, Weber) ; comprendre que la pertinence d'une approche en matière de classes sociales pour rendre compte de la société française fait l'objet de débats théoriques et statistiques : évolution des distances inter et intraclasses, articulation avec les rapports sociaux de genre, identifications subjectives à un groupe social, multiplication des facteurs d'individualisation.

Thème 7 : Quelle est l'action de l'école sur les destins individuels et sur l'évolution de la société ? Bac 2024

– Comprendre que, dans les sociétés démocratiques, l'école transmet des savoirs et vise à favoriser l'égalité des chances ; comprendre l'évolution, depuis les années 1950, des principaux indicateurs mesurant l'accès à l'école et à l'enseignement supérieur (taux de scolarisation, taux d'accès à un diplôme ou à un type de formation) en distinguant les processus de massification et de démocratisation.
– Comprendre la multiplicité des facteurs d'inégalités de réussite scolaire (notamment rôle de l'école, rôle du capital culturel et des investissements familiaux, socialisation selon le genre, effets des stratégies des ménages) dans la construction des trajectoires individuelles de formation.

Thème 8 : Quels sont les caractéristiques contemporaines et les facteurs de la mobilité sociale ?

– Savoir distinguer la mobilité sociale intergénérationnelle des autres formes de mobilité (géographique, professionnelle).
– Comprendre les principes de construction, les intérêts et les limites des tables de mobilité comme instrument de mesure de la mobilité sociale.
– Comprendre que la mobilité observée comporte une composante structurelle (mobilité structurelle) ; comprendre que la mobilité peut aussi se mesurer de manière relative, indépendamment des différences de structure entre origine et position sociales (fluidité sociale) et qu'une société plus mobile n'est pas nécessairement une société plus fluide.
– A partir de la lecture des tables de mobilité, être capable de mettre en évidence des situations de mobilité ascendante, de reproduction sociale et de déclassement, et de retrouver les spécificités de la mobilité sociale des hommes et de celles des femmes.
– Comprendre comment l'évolution de la structure socioprofessionnelle, les niveaux de formation et les ressources et configurations familiales contribuent à expliquer la mobilité sociale.

Thème 9 : Quelles mutations du travail et de l'emploi ? Bac 2024

– Savoir distinguer les notions de travail, activité, statut d'emploi (salarié, non-salarié), chômage ; comprendre que les évolutions des formes d'emploi rendent plus incertaines les frontières entre emploi, chômage et inactivité.
– Connaître les principaux descripteurs de la qualité des emplois (conditions de travail, niveau de salaire, sécurité économique, horizon de carrière, potentiel de formation, variété des tâches).
– Comprendre les principales caractéristiques des modèles d'organisation tayloriens (division du travail horizontale et verticale, relation hiérarchique stricte) et post-tayloriens (flexibilité, recomposition des tâches, management participatif) ; comprendre les effets positifs et négatifs de l'évolution des formes de l'organisation du travail sur les conditions de travail.
– Comprendre comment le numérique brouille les frontières du travail (télétravail, travail/hors-travail), transforme les relations d'emploi et accroît les risques de polarisation des emplois.
– Comprendre que le travail est source d'intégration sociale et que certaines évolutions de l'emploi (précarisation, taux de chômage élevé persistant, polarisation de la qualité des emplois) peuvent affaiblir ce pouvoir intégrateur.

Thème 10 : Comment expliquer l'engagement politique dans les sociétés démocratiques ?

– Comprendre que l'engagement politique prend des formes variées (vote, militantisme, engagement associatif, consommation engagée).
– Comprendre pourquoi, malgré le paradoxe de l'action collective, les individus s'engagent (incitations sélectives, rétributions symboliques, structure des opportunités politiques).
– Comprendre que l'engagement politique dépend notamment de variables sociodémographiques (catégorie socioprofessionnelle, diplôme, âge et génération, sexe).
– Comprendre la diversité et les transformations des objets de l'action collective (conflits du travail, nouveaux enjeux de mobilisation, luttes minoritaires), des acteurs (partis politiques, syndicats, associations, groupements) et de leurs répertoires.

Regards croisés

Thème 11 : Quelles inégalités sont compatibles avec les différentes conceptions de la justice sociale ? Bac 2024

– Connaître les grandes tendances d'évolution des inégalités économiques depuis le début du XXe siècle et comprendre que les inégalités économiques et sociales présentent un caractère multiforme et cumulatif.
– Savoir interpréter les principaux outils de mesure des inégalités, statique (rapport interquantiles, courbe de Lorenz et coefficient de Gini, top 1 %) et dynamique (corrélation de revenu parents-enfants).
– Comprendre que les différentes formes d'égalité (égalité des droits, des chances ou des situations) permettent de définir ce qui est considéré comme juste selon différentes conceptions de la justice sociale (notamment l'utilitarisme, le libertarisme, l'égalitarisme libéral, l'égalitarisme strict).
– Comprendre que l'action des pouvoirs publics en matière de justice sociale (fiscalité, protection sociale, services collectifs, mesures de lutte contre les discriminations) s'exerce sous contrainte de financement et fait l'objet de débats en matière d'efficacité (réduction des inégalités), de légitimité (notamment consentement à l'impôt) et de risque d'effets pervers (désincitations).

Thème 12 : Quelle action publique pour l'environnement ?

– Savoir identifier les différents acteurs (pouvoirs publics, ONG, entreprises, experts, partis, mouvements citoyens) qui participent à la construction des questions environnementales comme problème public et à leur mise à l'agenda politique ; comprendre que ces acteurs entretiennent des relations de coopération et de conflit.
– Comprendre que l'action publique pour l'environnement articule différentes échelles (locale, nationale, européenne, mondiale).
– En prenant l'exemple du changement climatique :
• connaître les principaux instruments dont disposent les pouvoirs publics pour faire face aux externalités négatives sur l'environnement : réglementation, marchés de quotas d'émission, taxation, subvention à l'innovation verte ; comprendre que ces différents instruments présentent des avantages et des limites, et que leur mise en œuvre peut se heurter à des dysfonctionnements de l'action publique ;
• comprendre qu'en présence d'un bien commun, les négociations et accords internationaux liés à la préservation de l'environnement sont contraints par des stratégies de passager clandestin et les inégalités de développement entre pays. ■

Nos conseils pour réussir vos épreuves

Ces conseils doivent vous permettre de bien cerner les attentes de chacune des épreuves afin de vous y préparer au mieux.

Les épreuves

A. L'ÉPREUVE COMPOSÉE

L'épreuve se compose de trois parties distinctes, chacune portant sur un chapitre différent du programme.

Répartition indicative du temps : 30 minutes pour la première partie, 1 h pour la deuxième et 2 h-2 h 15 pour la troisième. Conservez 15-20 minutes à la fin pour relire votre devoir en entier.

PREMIÈRE PARTIE

Mobilisation des connaissances (4 points)

La première partie de l'épreuve correspond à une **question de cours**. Cette réponse peut être assez développée (une vingtaine de lignes).

On peut identifier trois grands types de questions :

– Les questions sur les **« mécanismes »** : définissez les concepts contenus dans la question et explicitez les enchaînements, les processus qui relient les notions en jeu. Illustrez à l'aide d'un exemple.

– Les questions impliquant une **« comparaison »** : ne caractérisez pas l'une puis l'autre des notions en jeu, mais montrez leurs différences point par point. Illustrez ces différences à l'aide d'exemples.

– Les questions fondées sur des **« exemples »** : définissez la notion en jeu et mobilisez un cas « concret » en illustration.

Idéalement, dans cette première partie, les réponses doivent donc contenir trois éléments : **définition, argumentation et illustration**.

DEUXIÈME PARTIE

Etude d'un document (6 points)

La deuxième partie de l'épreuve composée est basée sur l'étude d'un document statistique (tableau, graphique). Elle comporte deux questions : la première sert à vérifier votre compréhension des données présentées et la seconde vous demande de construire une réponse argumentée en utilisant **impérativement** les informations contenues dans le document et des éléments tirés de vos cours.

Assurez-vous au préalable de savoir lire les différentes données et d'être capable de définir les indicateurs. Puis répondez à la question posée en intégrant les données que vous avez sélectionnées comme pertinentes. On peut envisager de faire des calculs simples et approximatifs, si c'est possible, pour donner plus de poids au raisonnement.

TROISIÈME PARTIE

Raisonnement argumenté (10 points)

Il est demandé au candidat de traiter la question posée en développant un raisonnement, en exploitant les documents du dossier et en faisant appel aux connaissances de cours. Il s'agit donc de bâtir un **raisonnement argumenté**.

La méthode à utiliser se rapproche de la dissertation (voir ci-dessous), avec une introduction, un développement et une conclusion. Cependant, vous n'avez pas à élaborer une problématique et le développement peut s'organiser autour d'une simple suite de paragraphes.

Vous ne devez surtout pas commenter successivement chaque document, mais partir de la question posée et y répondre en exploitant les ressources documentaires. La réponse attendue est d'environ trois ou quatre pages.

B. LA DISSERTATION

Le libellé du sujet de la dissertation invite le candidat à poser et à traiter, d'une façon organisée, un problème. Il comporte trois ou quatre documents de nature strictement **factuelle**. Il s'agit principalement de données statistiques (graphique, tableau, etc.).

L'analyse du sujet

Le sujet pose une question : vous devez y répondre le plus précisément possible, en mobilisant les documents fournis et les connaissances de cours qui se rapportent au chapitre d'où est tiré le sujet. Repérez et **définissez les concepts** qu'il contient.

La construction du plan

A partir de là, vous devez **construire une problématique**, c'est-à-dire mettre en évidence les dimensions implicites de la question. Pour cela, il faut donc interroger l'intitulé : pourquoi se pose-t-on cette question ?, en quoi cette question pose problème ?, etc. Il faut donc « casser » l'intitulé du sujet en plusieurs sous-questions et organiser leur traitement dans un cadre logique : le **plan**.

Réfléchissez bien au sens des termes introductifs qui orientent le traitement de la question. Les sujets débutant par « Comment... » ou « Quel rôle... » vous invitent à **justifier l'affirmation** de l'intitulé en exposant les différents **mécanismes** ou **processus** à l'œuvre. Les sujets qui commencent par « Dans quelle mesure... » vous invitent à **discuter l'affirmation** de l'intitulé et conduisent à bâtir un **plan débat** (oui, mais... ou bien non, mais...). Le plan choisi n'excédera pas deux parties.

L'analyse des documents

Etudiez ensuite les documents en vérifiant votre compréhension des données. Pour chacun d'eux, établissez le lien entre les informations qu'il contient et le libellé de la question et dans quelle partie du plan son utilisation doit prendre place.

L'organisation de la dissertation

Rédigez d'abord au brouillon l'**introduction**. Commencez par une phrase d'accroche (une citation, une donnée de l'actualité ou bien une observation significative tirée d'un document). Puis présentez l'intérêt et les différentes dimensions du sujet, en définissant les termes essentiels. Présentez la problématique que vous avez retenue, c'est-à-dire ce que vous souhaitez démontrer dans cette dissertation. Enfin, annoncez le plan choisi pour mener cette démonstration.

Votre **développement** s'organisera autour des différentes parties qui doivent avoir une longueur à peu près équilibrée. Dans l'idéal, elles se divisent en sous-parties qui contiennent des paragraphes. Soignez les transitions entre les différents arguments et entre les sous-parties. Attention à bien séparer visuellement chaque partie et sous-partie.

Outre vos connaissances des cours, l'intégration de données statistiques issues des documents est indispensable. Vous devez les utiliser et, lorsque c'est possible, les manipuler à l'aide de calculs élémentaires. A chaque fois, n'oubliez pas de préciser la source des données exploitées.

Enfin, votre **conclusion** mettra en évidence le résultat de la démonstration que vous souhaitiez mener. Elle ne doit pas comprendre d'exemples ni d'idées nouvelles concernant le sujet. Elle peut ouvrir sur une perspective plus large pour terminer. ■

Consultez nos corrigés de sujets types pages 80-95.

Sciences économiques

Quels sont les sources et les défis de la croissance économique?

Dès le XVIIIe siècle, les économistes s'interrogent sur la nature de la richesse des nations et sur les moyens de la faire croître. Ces interrogations ont connu un renouveau au cours des dernières décennies, en plaçant le rôle du progrès technique et celui des institutions au centre du processus de croissance des économies contemporaines. Mais, alors que ces analyses laissaient entrevoir la possibilité d'une croissance auto-entretenue, voire sans fin, la crise écologique semble mettre un terme à ce rêve d'une expansion sans limite.

A Les sources de la croissance économique

1. L'accumulation des facteurs de production

OBJECTIF Comprendre le processus de croissance économique et les sources de la croissance : accumulation des facteurs et accroissement de la productivité globale des facteurs.

La **croissance économique** se caractérise par un accroissement durable du produit intérieur brut (PIB). Concrètement, cela signifie que le volume des biens et services produits ne cesse d'augmenter année après année. Par exemple, en France, entre 1950 et 2020, la production a été multipliée par huit. Cela signifie qu'en 2020, on a produit huit fois plus de biens et services en France qu'au cours de l'année 1950.

Les économistes ont longtemps considéré que, pour produire, deux grandes ressources étaient nécessaires. D'abord, du temps consacré aux activités productives, autrement dit le **facteur travail**, que l'on peut mesurer par le volume d'heures effectuées par les actifs. Mais de nombreuses autres ressources sont tout aussi indispensables. Matières premières, outils, machines, bâtiments, logiciels, etc. : la liste est longue de tous les éléments qui, combinés au facteur travail, vont permettre de produire des biens et des services. Tous ces éléments forment le **facteur capital**. Celui-ci comporte des éléments détruits ou transformés au cours du processus de production comme l'énergie ou les matières premières, c'est-à-dire des consommations intermédiaires assimilées à du **capital circulant**. Il faut aussi inclure dans le facteur capital les moyens de production dont la durée de vie dépasse une année (terrains, bâtiments, machines, outils...) et que l'Insee comptabilise comme du **capital fixe**. Une fois cette relation établie, on identifie une première source de croissance économique : pour produire plus, il faut mobiliser plus de facteurs de production. Pour cela, une nation va devoir investir et ainsi accumuler du capital fixe afin de développer ses capacités de production, mais aussi compter sur son dynamisme démographique pour disposer d'une main-d'œuvre plus nombreuse.

2. L'importance du progrès technique

OBJECTIF Comprendre le lien entre le progrès technique et l'accroissement de la productivité globale des facteurs.

Au milieu des années 1950, l'économiste américain **Robert Solow** construit un modèle de croissance qui va devenir célèbre. Il reprend, entre autres, l'hypothèse traditionnelle, à savoir que le PIB ne peut s'accroître que sous l'effet de l'accumulation des facteurs de production. Cependant, lorsqu'il étudie les données statistiques de la croissance des pays développés, Solow constate que ce modèle reste faiblement explicatif. Une partie importante de la croissance observée ne s'explique ni par l'accroissement du capital, ni par celui du travail, mais, remarque-t-il, par une amélioration de la **productivité globale des facteurs de production**. Solow attribue cette capacité de produire plus

Les sources « classiques » de la croissance

Les données de la France en 2022*

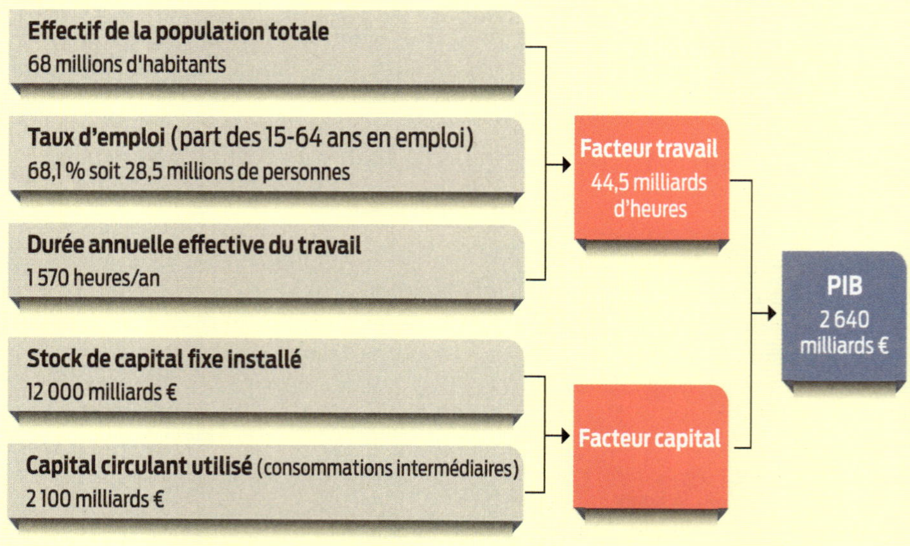

* Les données ont toutes été arrondies.

Un document statistique central

Contribution des facteurs de production à la croissance du PIB entre 2010 et 2021
Source : OCDE, 2023

	Taux de croissance annuel moyen du PIB, en %	Contribution à la croissance du PIB, en points de %		
	PIB	Facteur travail	Facteur capital	Productivité globale des facteurs
Etats-Unis	2,09	0,77	0,71	0,61
France	1,00	0,25	0,61	0,14
Royaume-Uni	1,21	0,53	0,57	0,12
Danemark	1,69	0,15	0,54	1,00
Allemagne	1,50	0,28	0,37	0,85

N. B. : du fait des arrondis, le total peut varier d'un dixième de point.

Comment exploiter ce document

Ce tableau indique la contribution des différents facteurs de production à la croissance du PIB. Selon les cas, pour « créer » de la croissance, les pays peuvent soit mobiliser plus d'heures de travail (facteur travail), davantage d'équipements productifs (facteur capital) ou encore s'appuyer sur le progrès technique, mesuré par l'accroissement de la productivité globale des facteurs, c'est-à-dire réaliser des **gains de productivité**.

Ainsi aux Etats-Unis entre 2010 et 2021, le PIB a augmenté chaque année en moyenne de 2,09 %. Cette augmentation de la richesse produite a reposé pour une part sur l'accumulation d'équipements productifs (capital), qui explique 0,71 point des 2,09 % de la croissance observée sur cette période, c'est-à-dire 34 % (0,71/2,09) de la croissance réalisée. La hausse du nombre d'heures travaillées a contribué pour 37 % (0,77/2,09) à la croissance observée. Enfin, les gains de productivité expliquent le reste, soit 29 % (0,61/2,09) de la croissance obtenue.

L'analyse de cette décomposition permet de distinguer, sur cette période, deux grands régimes de croissance : l'une qui repose sur l'**accumulation de facteurs de production** et l'autre qui résulte de l'amélioration de la **productivité des facteurs de production**. Ainsi, la France et le Royaume-Uni se distinguent des autres pays par une croissance principalement due à l'accroissement des facteurs de production utilisés. Leur accumulation explique 86 % (0,86/1,00) de la croissance moyenne observée en France et presque 90 % (1,10/1,21) de celle du Royaume-Uni sur cette période.

D'autres pays ont une croissance qui repose essentiellement sur l'amélioration de la productivité globale des facteurs et donc sans doute sur le progrès technique. Ce régime de croissance est particulièrement marqué au Danemark, où la croissance s'explique pour près de 60 % (1,0/1,69) par les gains de productivité, ainsi qu'en Allemagne où cette proportion s'élève à 57 % (0,85/1,5).

avec la même « quantité » de facteurs de production aux effets bénéfiques du **progrès technique**. Celui-ci agit comme une sorte de « bonne fée » qui, d'un coup de baguette magique, rend plus productifs le travail et le capital utilisés.

Ce progrès technique a pour origine des **innovations** variées : une meilleure organisation du travail, des machines plus performantes, de nouvelles sources d'énergie... Si, globalement, on peut le définir comme l'amélioration des techniques utilisées dans le processus productif, les multiples formes qu'il peut prendre rendent très difficile sa mesure statistique. En revanche, une partie des effets qu'il produit sont, eux, quantifiables : ce sont les **gains de productivité**.

Le progrès technique, via les gains de productivité, va agir de manière décisive sur la croissance économique, d'abord directement, car si la productivité globale des facteurs s'améliore, c'est bien qu'il est possible de produire plus avec autant, voire moins, de facteurs de production. Or, produire plus, c'est par définition « faire » de la croissance.

Mais les gains de productivité ont aussi des effets indirects en agissant sur les coûts de production et le temps de travail. Produire plus avec moins de facteurs de production « économise » du temps et/ou du capital, et cela permet de réduire le coût moyen de chaque objet fa-

Apprenez à mobiliser vos connaissances

CONSIGNE Sur le modèle de la réponse proposée à la première question, répondez en quelques lignes aux autres questions.

- **A l'aide d'un exemple, vous montrerez que l'innovation s'accompagne d'un processus de destruction créatrice.**

RÉPONSE L'arrivée du numérique dans le secteur de la photographie constitue un bon exemple d'innovation, c'est-à-dire de l'application à une activité économique d'une invention scientifique. L'irruption de cette technologie va entraîner un processus de destruction créatrice au cours duquel les anciens procédés (photo argentique) et les anciens produits (appareils photo) vont rapidement devenir obsolètes. Avec l'arrivée des appareils numériques au début des années 2000, les anciens boîtiers argentiques ont rapidement été frappés d'obsolescence. Eastman Kodak, leader mondial historique du marché de la pellicule argentique, est conduit à la faillite en quelques années. D'autres entreprises, Canon, Nikon, Sony, qui ont su prendre le virage du numérique, réalisent d'énormes profits. Pourtant, dès 2007-2008, un nouveau concurrent apparaît : le smartphone. A leur tour les ventes d'appareils photo numériques s'effondrent, alors que celles de smartphones explosent. Les nouveaux rois de la photo s'appellent désormais Samsung, Huawei, Apple... En se diffusant, les innovations perturbent la concurrence, détruisent certains emplois et en créent d'autres, développent la consommation et la production de biens et services nouveaux.

- **A l'aide d'un exemple, vous montrerez que la croissance économique se heurte à des limites écologiques.**
- **A l'aide d'un exemple, vous montrerez que le progrès technique est endogène.**
- **Présentez un mécanisme par lequel le progrès technique peut engendrer des inégalités de revenus.**

Le rôle des gains de productivité

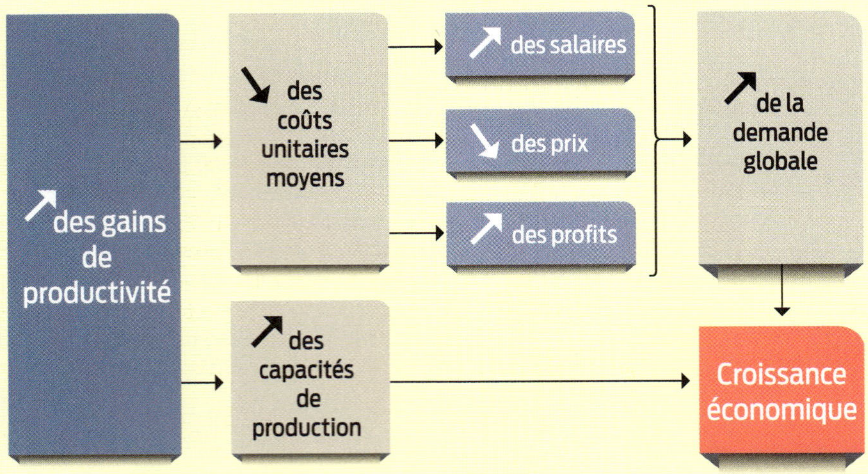

Ligne d'assemblage automatisée dans une usine automobile en Allemagne. Les retombées du progrès technique sous forme de gains de productivité ont conduit au développement simultané d'une production et d'une consommation de masse.

briqué. La baisse de ces **coûts unitaires moyens** peut, selon les circonstances, se muer en hausse des profits, en baisse des prix de vente ou en augmentation des salaires, et souvent sous ces trois formes simultanément. Dans tous les cas, il en résultera un accroissement de la demande et donc une incitation à produire plus. Enfin, les gains de productivité permettent aussi de diminuer le temps de travail, comme en témoigne l'évolution des sociétés industrielles depuis le XIXe siècle. Donc, en agissant sur l'offre, la demande et le temps de travail, les gains de productivité révolutionnent de l'intérieur le processus de production et sont au cœur de la croissance des économies contemporaines.

B L'origine du progrès technique

1. Le caractère endogène du progrès technique

OBJECTIF Comprendre que le progrès technique est endogène et qu'il résulte en particulier de l'innovation.

Reste une question centrale, d'où vient ce progrès technique ? *« De nulle part »*, répond Solow. Selon lui, il ne résulte pas d'une activité économique particulière, mais provient des retombées aléatoires de la recherche scientifique qui viennent soutenir la croissance de façon discontinue. Il constitue donc une donnée exogène (extérieure) aux activités économiques.

Or, au début des années 1980, d'autres économistes américains (Paul Romer, Robert Barro...) proposent de nouvelles manières d'analyser le progrès technique qui deviendront célèbres sous le nom de théories de la **croissance endogène**. Ils ne conçoivent plus le progrès technique comme une donnée exogène mais comme « fabriqué », « produit » par la sphère économique (d'où le terme endogène) grâce à des investissements spécifiques qui vont produire des **innovations**.

Les premiers investissements à réaliser sont des dépenses en matière de recherche et développement (R&D). Ce sont ces investissements qui produisent les **innovations,** c'est-à-dire des inventions appliquées à la sphère économique. Au fil du temps, en s'accumulant, elles forment le **capital technologique** dont dispose une nation et, en se diffusant, elles produisent des **externalités positives**. En effet, d'autres entreprises pourront se les approprier sans avoir à supporter à nouveau le coût total de leur financement. Le progrès technologique va donc se diffuser sur une grande échelle et améliorer l'efficacité de l'ensemble de l'appareil productif.

Un deuxième type d'investissement joue un rôle crucial dans la formation du progrès technique : les dépenses éducatives qui renforcent le **capital humain,** soit les savoirs et savoir-faire valorisables économiquement, acquis par les individus (diplôme, qualification, état de santé...). La formation de capital humain va aussi produire d'importantes externalités positives : plus formés, les individus peuvent mieux mettre en œuvre les **innovations**, s'adapter plus facilement aux mutations technologiques et transmettre à d'autres leurs compétences sans dépenses publiques d'éducation supplémentaires.

Mais le progrès technique produit par ces investissements ne pourra pleinement avoir d'effet sur la croissance que si des **institutions** performantes sont mises en place.

2. Le rôle des institutions dans la formation du progrès technique

OBJECTIF Comprendre comment les institutions (notamment les droits de propriété) influent sur la croissance en affectant l'incitation à investir et innover.

Les **institutions** (voir définition page 12) ont notamment pour rôle de créer un environnement favorable à l'émergence et à la diffusion des innovations. Ce rôle passe d'abord par la reconnaissance des **droits de propriété**, et plus spécifiquement ceux de la propriété intellectuelle, c'est-à-dire de la propriété des idées.

En effet, une fois dévoilée, une idée appartient à tout le monde. Cela signifie que les entreprises privées qui ont investi en recherche et développement (R&D) risquent de perdre le bénéfice de leurs inventions dès lors qu'elles sont rendues publiques, ce qui à terme bloque tout effort d'innovation. Des institutions efficaces doivent donc protéger les innovateurs en leur assurant de tirer des bénéfices de leurs investissements en R&D. Ces institutions peuvent prendre des formes différentes : celle de brevets, par exemple, qui assurent un mono-

Eric Kruszewski - Zuma/Réa

pole temporaire à leur détenteur, ou le droit d'auteur qui garantit au créateur la jouissance de son œuvre, mais c'est aussi la défense du secret de fabrication qui permet de conserver définitivement la propriété d'un procédé de fabrication.

Cependant, si on comprend bien sa nécessité, rien n'indique qu'un système où toute idée resterait éternellement protégée soit efficace. D'abord, parce que cette protection conduit le plus souvent à faire payer une redevance aux utilisateurs sous forme de licences d'exploitation. Or, ce prix est un prix de monopole qui peut être tout simplement prohibitif et pénaliser la diffusion de l'innovation. Ensuite, comment justifier une durée de vingt, voire de soixante-dix ans de protection des droits de propriété d'une innovation ? Cela aussi freine son passage dans le domaine public et sa diffusion, alors même qu'elle a été depuis longtemps largement rentabilisée. Dans ce cas, « l'idéal institutionnel » consiste en un compromis qui assure à la fois une rétribution attractive pour l'innovateur et un accès rapide pour tous à son innovation.

Pour les entreprises, un environnement favorable à l'innovation semble également décisif. L'exemple historique de la Silicon Valley, sur la côte ouest des Etats-Unis, a très tôt attiré l'attention et de nombreux pays ont tenté de reproduire un « écosystème » similaire à travers les technopoles. En France, par exemple, Sophia Antipolis, près de Nice, rassemble 4 500 chercheurs, des laboratoires publics, des étudiants et 2 500 entreprises travaillant tous dans les différents domaines des hautes technologies.

C Les effets du progrès technique

1. Un processus de destruction créatrice

OBJECTIF Savoir que l'innovation s'accompagne d'un processus de destruction créatrice.

Pour les pays proches de la frontière technologique, c'est-à-dire ceux dont les procédés de production sont les plus avancés technologiquement, la poursuite de la croissance repose sur l'incorporation d'innovations. Pour autant, on aurait tort de croire que ce processus se déroule de façon harmonieuse, car pour que le neuf prenne sa place, il doit dans le même temps détruire l'ancien.

On doit à Joseph Schumpeter (1883-1950) d'avoir le premier pensé les effets ambivalents de la diffusion des innovations à l'aide du concept de **destruction créatrice**. Selon lui, lorsque des grappes d'innovations majeures surgissent (la machine à vapeur, le taylorisme, l'électricité, le numérique...), elles rendent plus ou moins rapidement obsolètes les anciens produits ou les anciennes techniques de production. Les entreprises innovatrices provoquent une intensification brutale de la concurrence, les autres firmes n'ont guère le choix, il leur faut s'adapter ou disparaître. Des branches industrielles entières subissent des reconversions parfois brutales et des milliers d'emplois sont affectés.

Selon Schumpeter, ce processus se répète car de nouvelles générations d'entrepreneurs viennent régulièrement transgresser les routines établies et, lorsqu'ils réussissent, conquièrent un pouvoir de marché sous la forme d'un monopole temporaire qui leur offre des profits considérables. Ce processus n'est cependant pas neutre, car les **externalités négatives**, liées au choc des nouvelles technologies, sont plus que contrebalancées par les **externalités positives** attachées à la diffusion du progrès technique. En effet, entre le point de départ et la fin du cycle, le système productif s'est diversifié, la productivité s'est améliorée, le PIB, l'emploi et le niveau de vie ont progressé.

2. Innovation et inégalités de revenus

OBJECTIF Comprendre comment le progrès technique peut engendrer des inégalités de revenus.

Pour Schumpeter, la motivation principale de l'entrepreneur, c'est la conquête d'un pouvoir de marché. Il le décrit comme prenant le plus souvent la forme d'un **monopole temporaire**, source d'une rente importante pour l'innovateur. Avec la mondialisation, une innovation réussie permet désormais de capter une rente à l'échelle mondiale et de bâtir très rapidement une fortune colossale. Par exemple aux Etats-Unis, le développement des Google, Apple, Facebook et autres Amazon ou Microsoft a permis à leurs dirigeants et actionnaires d'accumuler en peu de temps des fortunes parfois considérables. Ceci a renforcé la concentration des revenus et des patrimoines, en particulier du 1 % les plus riches, accentuant un peu plus encore les inégalités.

Par ailleurs, le progrès technique, lorsqu'il se diffuse, agit aussi sur l'emploi, selon deux logiques très distinctes. Les innovations peuvent substituer du capital au travail : par exemple, les machines trieuses de courrier ont supprimé des milliers d'emplois à La Poste. Elles peuvent aussi être complémentaires du travail humain : un scanner, par exemple, permet au médecin de poser un diagnostic plus sûr mais ne détruit pas son emploi et renforce même sa qualification. Selon l'étude la plus complète réalisée, portant sur seize pays européens entre 1993 et 2010, la révolution numérique a alimenté les inégalités de revenus car sa diffusion s'est accompagnée d'un *« biais en faveur du travail qualifié »*.

En effet, les technologies numériques se sont révélées plutôt complémentaires au travail très qualifié (cadres, professions médicales, métiers de la finance...), ce qui a soutenu l'expansion de ces emplois en renforçant au passage leur qualification et leur rémunération. Mais elles ont été plutôt destructrices des emplois intermédiaires situés au milieu de la distribution des salaires (ouvriers qualifiés, employés de bureau, secrétaires...). On assiste donc à une **polarisation des emplois** : la part des actifs moyennement qualifiés diminue, alors que celle des actifs peu qualifiés et très qualifiés, en particulier dans le secteur des services, augmente. La conséquence logique d'une telle évolution, c'est un accroissement des inégalités de revenus plus ou moins bien compensé, selon les pays, par les politiques publiques.

D Les limites écologiques d'une croissance soutenable

1. Les limites écologiques de la croissance économique

OBJECTIF Comprendre qu'une croissance économique soutenable se heurte à des limites écologiques (notamment l'épuisement des ressources, la pollution et le réchauffement climatique).

C'est la Norvégienne Gro Harlem Brundtland, dans un rapport des Nations unies de 1987, qui popularise la notion de développement durable. Celui-ci est défini comme un développement qui répond aux besoins des générations actuelles sans compromettre la capacité des générations futures à répondre aux leurs. Concevoir un tel régime de croissance imposerait de préserver le **capital naturel** existant ainsi que l'équilibre climatique. Or, la croissance actuelle de l'économie mondiale se révèle proprement insoutenable sur le plan écologique.

Une **croissance**, pour être **soutenable**, se doit d'abord de préserver les ressources renouvelables et non renouvelables qui constituent le capital naturel mondial et qui sont de plus en plus souvent victimes de la **tragédie des biens communs**. Un exemple typique est fourni par les hydrocarbures : a priori, si on laisse faire le marché et la concurrence, on ne peut interdire à personne d'exploiter le sous-sol et les ressources fossiles qu'il contient, et pourtant si tout le monde est librement autorisé à le faire, la ressource s'épuise et disparaît. Parmi les ressources non renouvelables menacées, on trouve bien sûr les énergies fossiles (pétrole, gaz, charbon...), mais aussi les réserves mondiales de minerais (or, uranium, cuivre...). Même si ces biens ne seront sans doute jamais totalement épuisés, les conditions de leur extraction seront telles qu'ils deviendront des biens précieux. L'épuisement guette aussi nombre de ressources renouvelables, comme les ressources halieutiques (produits de la pêche) ainsi que les ressources forestières (Amazonie).

La seconde condition à la soutenabilité de la croissance concerne la limitation des rejets polluants. En particulier des **gaz à effet de serre** (GES). Or, depuis plus d'un demi-siècle, ces rejets, en particulier de CO_2, ont connu une croissance exponentielle et leur accumulation provoque un véritable **dérèglement climatique**, marqué entre autres par le réchauffement de l'atmosphère terrestre entraînant fonte des glaces, montée des océans, accélération de la désertification, accentuation des épisodes climatiques extrêmes...

Enfin, une croissance soutenable doit aussi préserver la biodiversité et prévenir les catastrophes industrielles. En effet, la croissance mondiale perturbe gravement les écosystèmes et met en péril certaines espèces vivantes et les chaînes alimentaires indispensables à leur survie. Par ailleurs, les accidents industriels, pétroliers ou nucléaires se sont multipliés ces dernières décennies. Par exemple, les accidents nucléaires de Tchernobyl en 1986 ou de Fukushima

Quiz

Répondez par vrai ou faux aux affirmations suivantes

1. Le facteur travail se mesure avec le nombre des actifs prêts à travailler.
   ■ Vrai ■ Faux
2. Pour Solow, la croissance s'explique très bien par l'accumulation des facteurs de production.
   ■ Vrai ■ Faux
3. Les gains de productivité peuvent agir à la fois sur l'offre et sur la demande.
   ■ Vrai ■ Faux
4. Le caractère endogène du progrès technique signifie qu'il contamine tous les secteurs d'activité.
   ■ Vrai ■ Faux
5. L'existence de droits de propriété est essentielle pour obtenir des innovations.
   ■ Vrai ■ Faux
6. Au cours du processus de destruction créatrice, la création l'emporte tout le temps sur la destruction.
   ■ Vrai ■ Faux
7. Une croissance soutenable est une croissance qui se prolonge sur au moins une décennie.
   ■ Vrai ■ Faux

Retrouvez les réponses à ce quiz pages 96-98.

Les notions essentielles du programme

Biens communs : biens dont la consommation est ouverte à tous (non-excluabilité), mais pour lesquels la consommation des uns diminue le stock disponible pour les autres (rivalité).

Capital humain : ensemble des connaissances scientifiques, des savoirs, savoir-faire et qualifications dont dispose un individu ou une population donnée.

Capital naturel : ensemble des ressources renouvelables et non renouvelables de la planète.

Croissance économique : augmentation du PIB sur une longue période.

Destruction créatrice : processus au cours duquel la diffusion des innovations rend obsolètes les anciens procédés de production ou les anciens produits.

Droits de propriété : ensemble des usages légaux attachés à la possession d'un bien (vente, location, donation...).

Facteur capital : au sens strict, l'ensemble des moyens de production durables (bâtiments, machines, outils...) utilisés pour réaliser une production.

Facteur travail : nombre d'heures de travail mobilisées pour réaliser une production.

Facteurs de production : ensemble des moyens mis en œuvre pour réaliser la production (capital et travail).

Externalités : conséquences positives ou négatives que subit un agent économique du fait de l'action d'un autre, sans qu'il y ait de contrepartie monétaire.

Innovation : application à la sphère économique d'une invention.

Institutions : ensemble des règles (lois, normes, procédures...) et des organisations (administrations publiques, entreprises...) qui assurent la régulation des activités économiques et sociales.

Productivité globale des facteurs : la productivité mesure l'efficacité avec laquelle on combine les facteurs de production. Gagner en productivité permet de produire plus de biens et services avec autant (voire moins) de capital et/ou de travail.

Produit intérieur brut (PIB) : indicateur qui mesure la valeur des biens et services produits au cours d'une année dans un pays donné.

Progrès technique : amélioration des techniques utilisées dans le processus productif, le plus souvent à l'origine de gains de productivité.

Soutenabilité : capacité d'un mode de croissance à assurer, dans le temps, la reproduction ou l'amélioration des conditions du bien-être actuel.

en 2011 ont entraîné des milliers de décès et une contamination persistante de l'environnement.

2. Innovations et crise climatique

OBJECTIF Comprendre que l'innovation peut aider à reculer ces limites écologiques.

Le développement du progrès technique peut-il rendre plus soutenable notre régime de croissance ? Historiquement, on peut observer que certaines innovations ont permis de s'affranchir des contraintes que faisait peser sur la croissance l'existence de ressources physiques limitées ou en voie d'épuisement. Par exemple, les innovations dans le secteur de la chimie ont massivement permis de substituer des produits de synthèse à des produits naturels. En matière d'énergie, de l'usage du bois on est passé à celui du charbon, du charbon au pétrole, et aujourd'hui à l'uranium, et peut-être que demain l'hydrogène ou la fusion nucléaire prendront le relais. Autant d'énergies dont on espère qu'elles seront moins émissives en gaz à effet de serre. Autre exemple, les technologies à émissions négatives, qui détruisent plus de CO_2 qu'elles n'en consomment, comme les puits artificiels de capture du carbone, à l'exemple de l'initiative du Costa Rica qui s'efforce de devenir un pays « zéro carbone » en développant ses forêts qui sont autant de moyens d'absorber les émissions de CO_2.

Il serait cependant illusoire de croire que les innovations « vertes » suffiront à résoudre la crise climatique. Pour réussir la transition écologique, d'immenses investissements seront nécessaires. Or, sur ce point, les économistes restent profondément divisés. Certains, comme William Nordhaus, estiment que s'il est indispensable de réaliser des investissements en faveur du climat, il faut penser à optimiser leur rapport coût-bénéfice, autrement dit obtenir une limitation du réchauffement au coût le plus faible. Dans cette perspective, selon ses travaux, le meilleur « rendement » de ces investissements serait associé à un réchauffement allant jusqu'à 3 °C d'ici à 2100, alors même que les travaux des scientifiques considèrent qu'une telle élévation des températures mettrait en péril de mort une partie de l'humanité.

A l'opposé, pour d'autres économistes, comme Nicholas Stern, auteur en 2006 du rapport sur « L'économie du changement climatique », il faut donner autant d'importance aux générations futures qu'à celles d'aujourd'hui et imposer une limite contraignante en matière de réchauffement (+ 1,5 °C). En conséquence, les investissements pour le climat doivent être massifs et immédiats, et le principe de précaution doit prévaloir en matière climatique car les transformations en cours seront, à terme, irréversibles.

Un document statistique central

Evolution des émissions de gaz à effet de serre, en tonnes de CO_2 par habitant et en indice (base 100 en 1990)

Source : Agence internationale de l'énergie (AIE)

	Chine		Etats-Unis		Union européenne		Inde	
	Tonne/hab.	Indice	Tonne/hab.	Indice	Tonne/hab.	Indice	Tonne/hab.	Indice
1990	1,8	100	19,2	100	8,3	100	0,6	100
2020	7,2	400	12,9	67	5,2	62	1,5	250

Comment exploiter ce document

Ce tableau montre l'évolution entre 1990 et 2020 du volume d'émissions de CO_2 au sein de l'Union européenne (UE) et dans trois autres grands pays. Les données font apparaître des évolutions contrastées au cours des trente dernières années. En Chine, celles-ci ont quadruplé (400/100) entre 1990 et 2020. La progression est également très marquée en Inde, où l'on observe une multiplication par 2,5 (250/100) des émissions. En revanche, sur la même période, ces émissions diminuent de 38 % (62-100/100) au sein de l'UE et de 33 % (67-100/100) aux Etats-Unis.

Lorsqu'on compare maintenant les niveaux des émissions de CO_2 par habitant en 2020, on observe que l'UE a des rejets 2,5 fois moins importants que les Etats-Unis (12,9/5,2) et même moins élevés que la Chine, qui connaît pourtant un PIB par habitant moindre.

Même si l'année 2020, du fait du confinement lié à la pandémie du Covid, reste une année particulière, ces résultats suscitent au moins deux remarques. D'abord, on peut penser qu'il existe des modes de croissance plus ou moins « carbonés » selon les politiques écologiques et énergétiques menées, et c'est ce qui explique par exemple la différence entre l'UE et les Etats-Unis. On peut aussi faire observer que la faiblesse des rejets de CO_2 de certains pays développés s'explique en grande partie par le fait qu'ils se désindustrialisent et importent maintenant leurs biens de consommation depuis des pays émergents. Ils ont en quelque sorte délocalisé la production polluante de leur modèle de consommation.

Les sujets du bac les plus attendus

(en dissertation ou en 3e partie de l'épreuve composée)

- L'accumulation des facteurs de production est-elle la seule source de croissance économique ?
- Vous montrerez que le progrès technique est endogène.
- Vous montrerez que les institutions jouent un rôle dans la croissance économique.
- Vous montrerez que le progrès technique peut engendrer des inégalités de revenus.
- A quelles limites écologiques une croissance soutenable doit-elle faire face ?

Pour en savoir plus

« Les sept péchés du capitalisme », *Alternatives Economiques* n° 393, septembre 2019.

« Destruction créatrice : du slogan macronien à la réalité », par Olivier Passet, alternatives-economiques.fr, 16/04/2019, frama.link/CpUaMsL6

« Sobriété : ça va faire mal », *Alternatives Economiques* n° 429, décembre 2022.

Quels sont les fondements du commerce international et de l'internationalisation de la production ?

La mondialisation de l'économie caractérisée par la multiplication des échanges internationaux et le développement des interdépendances entre nations apparaît inéluctable. Pourtant la crise sanitaire et la guerre en Ukraine auront suffi à rappeler les risques que fait peser une mondialisation trop faiblement régulée sur les économies nationales. Or, pour analyser ces évolutions, il faut d'abord rappeler sur quelles théories se base le développement des échanges et comment elles se sont traduites dans les politiques conduites par les Etats. Au-delà, ce sont bien les stratégies d'internationalisation des firmes et leurs effets qui semblent déterminants aujourd'hui.

A Les nations face au commerce international

1. La réalité des échanges internationaux de biens et services

OBJECTIF Comprendre les échanges commerciaux et la spécialisation internationale.

A partir de 1945, le commerce mondial a connu un essor sans précédent. Dans ce processus, les institutions créées par les plus grandes puissances occidentales ont joué un rôle déterminant. Parallèlement à la création du **Fonds monétaire international (FMI)** et de la **Banque mondiale,** le **GATT** (Accord général sur les tarifs douaniers et le commerce), mis en place en 1947 et devenu **Organisation mondiale du commerce (OMC)** en 1995, avait pour objectif de rallier la majorité des pays à l'adoption des règles du libre-échange. Ainsi, la Chine, admise à l'OMC en 2001, est rapidement devenue un acteur essentiel du commerce mondial.

Entre 1948 et 2000, le volume du commerce mondial a été multiplié par près de 20, pendant que le produit intérieur brut (PIB) mondial était multiplié par 6. Stimulée par l'abaissement des coûts de transport permis par le gigantisme des porte-conteneurs, ou encore par l'accélération des transferts d'informations grâce aux multiples applications des technologies de l'information et de la communication (TIC), une part croissante de la production mondiale s'échange entre les nations. Le commerce international est donc devenu un moteur de la croissance pour de nombreux pays. Pourtant, ce moteur semble fragilisé par une succession d'événements récents : crise financière en 2008, crise sanitaire, puis guerre en Ukraine.

Aujourd'hui, malgré les effets de la pandémie, les échanges mondiaux se concentrent toujours à près de 90 % sur trois grandes zones géographiques (voir document ci-contre). Ce phénomène de **tripolarisation** s'accompagne d'une prédominance accrue des échanges intrazone. En conséquence, les autres régions du monde se trouvent marginalisées, en particulier l'Amérique latine et surtout l'Afrique, qui ne représentait plus que 1,9 % des exportations mondiales de marchandises en 2020.

Un document statistique central

Répartition, en % du total (21 062 Mds de $), des exportations mondiales de marchandises en 2021

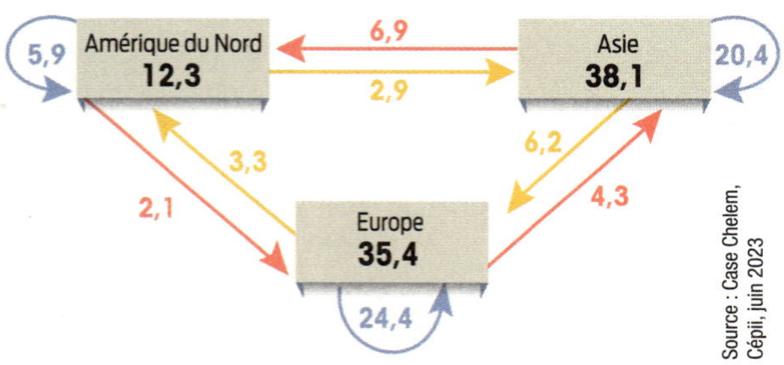

Source : Case Chelem, Cépii, juin 2023

Comment exploiter ce document ?

Ce schéma montre les flux d'exportations mondiales en 2021, en % du commerce mondial de marchandises, entre trois zones : l'Amérique du Nord, l'Asie (y compris les pays émergents) et l'Europe. On constate que ces échanges de marchandises, en forte reprise après la pandémie, restent concentrés à plus de 85 % sur ces trois zones (12,3 + 38,1 + 35,4 = 85,8 %). Les autres zones économiques – Amérique latine, Afrique et CEI (Russie et ses satellites, affectés depuis par les sanctions liées à la guerre en Ukraine) – sont donc toujours plus marginalées dans les échanges mondiaux.

L'autre information importante concerne l'ampleur des exportations intrazone : au total, c'est la moitié des exportations mondiales (5,9 + 20,4 + 24,4) qui s'opère à l'intérieur de ces zones régionales. Ce phénomène est plus ou moins marqué selon les régions du monde : il représente 68,9 % des exportations réalisées par l'Europe (24,4/35,4) ; 53,5 % pour l'Asie (20,4/38,1) et 48 % pour l'Amérique du Nord (5,9/12,3). On peut y voir l'effet de la mise en place des grands ensembles régionaux (Union européenne, Alena pour l'Amérique du Nord, RCEP pour l'Asie-Océanie).

Enfin, on note l'excédent de l'Asie, principal atelier du monde, vis-à-vis de l'Europe (+ 1,9 point) et de l'Amérique du Nord (+ 4), tandis que l'Europe reste excédentaire vis-à-vis de l'Amérique du Nord (+ 1,2).

2. Quels choix de spécialisation internationale

OBJECTIF Comprendre le rôle des dotations factorielles et technologiques (avantages comparatifs) dans les échanges commerciaux et la spécialisation internationale.

Depuis 1945, ces échanges ont été justifiés au nom des théories successives qui affirmaient la supériorité du **libre-échange** sur toute autre logique commerciale. Tour à tour, **Adam Smith** (1723-1790) puis **David Ricardo** (1772-1823) cherchent à montrer à quel point ce libre-échange correspond à l'intérêt bien compris des pays qui décident d'avoir des relations commerciales.

Pour **Smith**, chaque pays a intérêt à se spécialiser dans les activités pour lesquelles il dispose d'un **avantage absolu** (une meilleure productivité du travail) par rapport à ses partenaires et à acheter à ces derniers les produits pour lesquels il est moins performant. Chaque pays se spécialisant là où il est le plus efficace, la **division internationale du travail (DIT)** qui en résulte permet d'accroître la production mondiale.

Ricardo approfondit le raisonnement de Smith en cherchant à intégrer au commerce mondial les nations qui ne disposent d'aucun avantage absolu. Il démontre que, sous certaines conditions, il est profitable pour tous que chaque nation se spécialise dans les productions où elle dispose de l'**avantage relatif** le plus élevé ou du désavantage relatif le moins important. Une telle spécialisation permet à chaque pays d'optimiser sa production (comme l'Angleterre du XIXe siècle), ce qui dégage un surcroît de richesse que le libre-échange permet de mutualiser.

Si ces deux théoriciens proposent une **spécialisation** des pays dans les domaines où leur productivité du travail est la meilleure, leurs successeurs dans la première moitié du XXe siècle, les économistes **Heckscher, Ohlin et Samuelson (HOS)**, ont élargi ces approches en prenant en compte les avantages liés à l'ensemble des facteurs de production disponibles. Selon cette logique de la **dotation factorielle**, chaque pays a intérêt à se spécialiser dans les produits qui nécessitent le(s) facteur(s) (travail, capital, produits primaires) dont il dispose en abondance.

On justifie ainsi la division internationale du travail dominante du milieu du XIXe aux années 1970, à savoir des pays développés spécialisés dans les produits nécessitant un capital technologiquement avancé et du travail plutôt qualifié, échangeant avec des pays en développement spécialisés dans l'exploitation des produits primaires ou dans des industries utilisant une main-d'œuvre peu qualifiée.

B Le rôle croissant des firmes transnationales (FTN)

1. Les effets de la stratégie des firmes sur les échanges internationaux

OBJECTIF Comprendre le commerce entre pays comparables (différenciation des produits, qualité des produits et fragmentation de la chaîne de valeur).

Pourtant, la réalité des échanges est bien éloignée des hypothèses théoriques reposant sur la dotation factorielle. L'ampleur de la **tripolarisation** montre que l'essentiel des échanges se réalise entre pays aux dotations identiques et non complémentaires, et porte le plus souvent sur des produits comparables.

On appelle **commerce intrabranche** ces échanges de produits similaires entre pays ayant un niveau de développement comparable. Ainsi, la France et l'Allemagne ou l'Italie s'échangent des automobiles ou de l'électroménager, produits pour lesquels leurs avantages comparatifs sont pourtant très voisins. Aujourd'hui, les deux tiers des échanges internationaux correspondent à ce commerce intrabranche qui permet de répondre à la demande de diversité des produits par les consommateurs.

Chaque firme doit alors convaincre les consommateurs de choisir ses produits plutôt que ceux de ses concurrents en jouant sur des prix attractifs ou sur la différenciation de ses produits. Cette **différenciation verticale** (du bas de gamme vers le haut de gamme) est au cœur de la **compétitivité-hors prix** et tient surtout à la qualité et à l'originalité des produits proposés. Les critères déterminants sont ici les délais de livraison, les garanties proposées (jusqu'à dix ans sur les automobiles) ou encore l'image de marque attachée aux produits de la firme (réputation des automobiles allemandes, par exemple) et la qualité de son service après-vente. Mais c'est le caractère réellement innovant du produit qui s'avère essentiel. Ainsi Apple a pu dominer le marché des smartphones malgré des prix sensiblement supérieurs à ceux de ses concurrents grâce à la réputation de la marque (fiabilité, design...), mais surtout à la capacité d'innovation permanente longtemps attribuée aux seuls iPhone.

La **différenciation horizontale** (entre produits aux qualités proches) nécessite une bonne **compétitivité-prix** qui pousse à rechercher tous les moyens d'abaisser leurs prix en jouant sur les différents coûts de production (coût du travail, des produits primaires ou des biens intermédiaires, coûts de transport...), en profitant d'un abaissement du taux de change de la monnaie ou en comprimant les marges.

Apprenez à mobiliser vos connaissances

CONSIGNE Sur le modèle de la réponse proposée à la première question, répondez en quelques lignes aux autres questions.

- **Vous présenterez deux avantages du commerce international pour les consommateurs.**

RÉPONSE Le commerce international est supposé apporter deux sortes d'avantages aux consommateurs. D'une part, il doit entraîner des baisses de prix des produits puisque la concurrence oblige les producteurs nationaux à réagir à l'arrivée de concurrents étrangers souvent plus performants. D'autre part, selon Paul Krugman, le développement des échanges intrazone montre que des firmes multinationales cherchent à répondre à une forte demande des consommateurs de diversification des produits proposés dans un même secteur d'activité (automobiles, par exemple).

- **Comment les avantages comparatifs peuvent-ils expliquer le commerce international ?**
- **Distinguez la compétitivité-hors prix de la compétitivité-prix.**
- **Présentez deux inconvénients du libre-échange.**
- **A partir d'un exemple, illustrez l'internationalisation de la chaîne de valeur.**
- **Présentez deux déterminants du choix de localisation des firmes.**

Et, pour gagner en compétitivité, les firmes cherchent en permanence à optimiser leur **chaîne de valeur**, c'est-à-dire la manière dont elles décomposent, sur un ensemble de territoires, les étapes successives du processus de production de l'amont (la conception du produit) à l'aval (sa commercialisation), chacune de ces étapes apportant sa contribution à la création de l'ensemble de la **valeur ajoutée** contenue dans le produit final. Cette fragmentation de plus en plus fine de chaque élément d'une filière (automobile, aéronautique...) vise à garantir l'exploitation des meilleures compétences pour chaque maillon de la chaîne, y compris par la délocalisation d'activités. Cela entraîne de multiples échanges de productions entre les pays et rend obsolète la comptabilité traditionnelle des échanges, puisque, par exemple, 30 % de la valeur des exportations françaises sont composés d'éléments préalablement importés.

2. L'internationalisation des chaînes de valeur

OBJECTIF Comprendre l'internationalisation de la chaîne de valeur et savoir l'illustrer.

L'approfondissement croissant du libre-échange et l'élargissement de la taille des marchés ont favorisé le développement des **firmes multinationales (FMN)** qui, depuis 1945, ont internationalisé leur production et contribué à la multiplication des échanges. Alors que les théories traditionnelles n'envisageaient pas une telle mobilité internationale du capital, les FMN ont bien des activités de production, et pas seulement de vente à l'extérieur de leur pays d'origine. Aujourd'hui, la multinationalisation se mesure surtout par l'ampleur des flux **d'investissements directs à l'étranger (IDE)** réalisés par les firmes chaque année. Ces IDE consistent soit à prendre une participation au moins égale à 10 % du capital donnant un pouvoir de décision dans une entreprise existante, soit à créer des unités de production entièrement nouvelles, financées seules ou en partenariat avec une autre entreprise locale ou étrangère.

Cette tendance à la multinationalisation a d'abord répondu à une **logique de demande**, les firmes cherchant à élargir leur demande potentielle en implantant leurs usines directement sur les marchés les plus prometteurs, ceux des pays riches à fort pouvoir d'achat bien sûr, mais aussi sur les marchés des pays émergents où les classes moyennes naissantes veulent adopter le mode de vie occidental. D'autant que l'implantation sur place permet de contourner les différentes **barrières à l'entrée** des marchés nationaux (taxes douanières ou normes contraignantes imposées aux produits importés).

Mais les FTN favorisent désormais surtout une **logique d'offre** en allant chercher, sur l'ensemble de la planète, les territoires proposant les avantages les plus prometteurs en fonction de leur dotation factorielle pour chaque élément du processus de production. Cette fragmentation de la chaîne de valeur à l'échelle de la planète est assez bien illustrée par l'exemple d'Apple (voir ci-dessus).

Chaque firme veut ainsi améliorer en permanence sa **compétitivité-prix** en recherchant partout les moyens d'abaisser l'ensemble de ses coûts de production. Pour cela, les firmes choisissent des pays à bas salaires (Bangladesh pour les géants du textile, par exemple), voire des pays émergents. Mais cette maîtrise des coûts doit aussi tenir compte de facteurs comme la productivité du travail. Le **coût salarial unitaire** permet de corriger la première impression du coût salarial (salaires et cotisations so-

La chaîne de valeur d'Apple

Sources : *Le Monde diplomatique* 2016 et Apple 2018 pour le réseau des Apple Stores

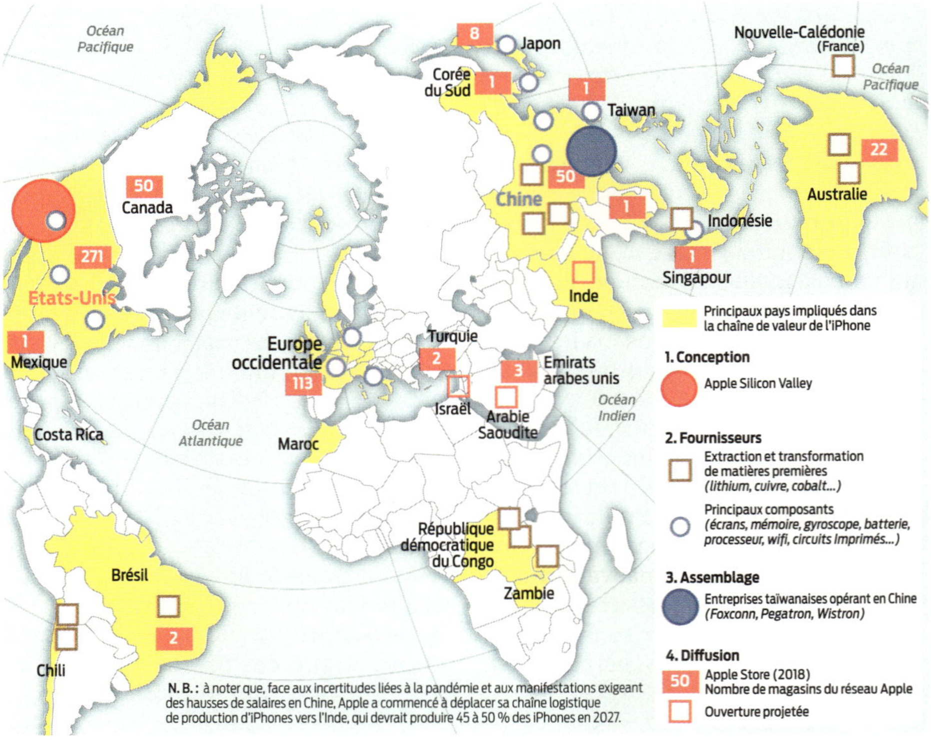

Un document statistique central

Entrées d'IDE, au niveau mondial et par catégorie de pays, 2007-2021, en milliards de dollars

Source : Cnuced 2021

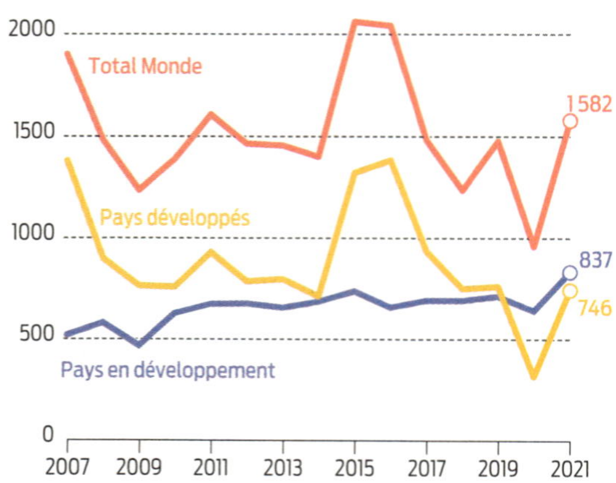

Comment exploiter ce document

Ce document montre l'évolution des entrées d'investissements directs étrangers (IDE) à l'échelle mondiale selon le niveau de développement des pays depuis l'année 2007. La période 2007-2009 est marquée par une forte chute du volume des IDE liée aux effets de la crise des *subprime* qui pénalise le financement des investissements en raison des nombreuses menaces de faillites bancaires. Le total des IDE entrants chute de plus du tiers en deux ans, affectant surtout les IDE entrants dans les pays développés.

Par la suite, les flux d'IDE semblent retrouver une évolution plus régulière avant une forte hausse durant les années 2015-2016 liée à la baisse sensible des taux d'intérêt et à la multiplication des projets de fusions-acquisitions pour résister aux nouvelles concurrences, asiatique en particulier.

Puis, alors que les tentations protectionnistes s'accroissent, l'année 2020 est surtout affectée par les confinements liés à la pandémie dans des régions, comme celles du sud-est asiatique, cruciales pour les chaînes de valeur mondiales. Et la nette reprise de 2021, soutenue par les ambitieux programmes nationaux de relance

ciales) en le rapportant à la productivité des salariés. A quoi bon en effet délocaliser dans un pays où le salaire est dix fois moins élevé si la productivité y est vingt fois plus faible ? D'autant que les salaires ont tendance à s'accroître dans des pays comme la Chine. De même, les coûts de transport et les délais de livraison peuvent inciter une firme à relocaliser son activité en France, à l'image de Rossignol qui a relocalisé la production de ses skis depuis Taiwan vers les Alpes.

En dehors de l'**externalisation** qui consiste à confier les différentes tâches à accomplir à un réseau de sous-traitants locaux performants, la principale stratégie d'implantation des firmes est la création en interne de filiales spécialisées par le biais des IDE. Cette **filialisation** permet d'abord de limiter les risques de mauvaise qualité des produits et d'éviter les transferts de technologies à des entreprises extérieures. Mais elle permet surtout de développer un **commerce intrafirme** propice à l'**optimisation fiscale** en favorisant la manipulation des prix réels pratiqués entre filiales (les « prix de transfert »). Ainsi Google, devenue Alphabet, parvient à transférer ses bénéfices successivement vers l'Irlande, où l'impôt sur les sociétés est très faible, jusqu'aux Bermudes, paradis fiscal où cet impôt n'existe pas.

Pour lutter contre ces pratiques, les principaux pays viennent d'adopter la proposition de l'OCDE d'un impôt mondial de 15 % minimum sur les profits des multinationales selon une règle simple : les entreprises qui déclarent leurs bénéfices dans des paradis fiscaux seront taxées par leur pays d'origine jusqu'au cumul de 15 %. Reste à vérifier l'application de cette règle.

et la faiblesse des taux d'intérêt, risque de se heurter rapidement au déclenchement de la guerre en Ukraine et à la brusque hausse des taux d'intérêt qui l'accompagne.

On constate par ailleurs que les IDE entrants dans les pays en développement ont été bien moins sensibles aux aléas de la conjoncture sur la période considérée, connaissant au total une croissance de 60 % entre 2007 et 2021. De nombreuses firmes cherchent toujours à s'implanter sur ces importants marchés potentiels, alors qu'un pays comme la Chine veut aussi assurer ses approvisionnements agricoles et miniers en échange d'implantations d'infrastructures sur place.

3. Stratégie des firmes et compétitivité des nations

OBJECTIF Comprendre que la productivité des firmes sous-tend la compétitivité d'un pays, c'est-à-dire son aptitude à exporter.

S'il est plus courant de parler de compétitivité pour une firme, on peut néanmoins appliquer cette notion à un pays en observant sa capacité à maintenir ou à accroître ses **parts de marché** dans les exportations mondiales de biens et de services, mais aussi en mesurant l'**attractivité de son territoire**.

La capacité d'une nation à maintenir sa compétitivité repose d'abord sur le niveau de productivité des firmes implantées sur son territoire. La compétitivité de l'économie française repose sur l'existence de quelques champions nationaux dans différents domaines, comme l'aéronautique, les biotechnologies ou la pharmacie. En l'occurrence, 60 % des exportations françaises dépendent de l'efficacité productive d'à peine 500 grandes entreprises. La compétitivité de l'économie repose donc sur un noyau très réduit d'entreprises, moins de 0,3 % du total, ce qui la rend fragile. A l'inverse de l'économie allemande où un puissant réseau de moyennes entreprises exportatrices contribue à stabiliser dans le temps les performances à l'exportation du pays.

L'attractivité de son territoire est une autre manière d'assurer la compétitivité d'une nation en y attirant des firmes « performantes ». Cette attractivité passe par la qualité du système éducatif, des infrastructures, notamment en matière de transports intérieurs, mais aussi par la stabilité politique du pays et des dispositions offertes en matière de réglementations fiscales, sociales ou environnementales.

Dans cette logique, chaque pays a intérêt à créer les conditions favorables pour attirer des IDE, mais aussi pour favoriser l'émergence d'une pépinière d'entreprises compétitives, à l'image de l'expérience de la Silicon Valley californienne, qui constitue un « écosystème » mobilisant une population hautement qualifiée, des investisseurs et des innovateurs. Cela permet de s'assurer que les segments les plus créateurs de valeur (recherche, conception, innovation) resteront concentrés sur place et serviront de base à des exportations futures, à l'image des **Gafam** (Google, Apple, Facebook, Amazon, Microsoft) aux Etats-Unis.

Quiz

Répondez par vrai ou faux aux affirmations suivantes

1. Le commerce intrazone désigne les échanges entre filiales d'une même FMN.
   ■ Vrai ■ Faux
2. Selon Ricardo, les avantages comparatifs dépendent de la productivité du travail.
   ■ Vrai ■ Faux
3. La tripolarisation signifie que l'essentiel des exportations mondiales de marchandises vient d'échanges entre les trois zones des pays les plus développés.
   ■ Vrai ■ Faux
4. L'externalisation consiste, pour une entreprise, à déplacer sa production d'un pays à l'autre.
   ■ Vrai ■ Faux
5. Le protectionnisme éducateur suggère une fermeture définitive des frontières aux produits étrangers.
   ■ Vrai ■ Faux
6. Aujourd'hui, les activités de services sont à leur tour menacées de délocalisations.
   ■ Vrai ■ Faux

Retrouvez les réponses à ce quiz pages 96-98.

C Qui sont les gagnants des échanges internationaux : le renouvellement du débat

1. Les effets attendus de la libéralisation des échanges

OBJECTIF Comprendre les effets induits par le commerce international : gains moyens en matière de baisse de prix, réduction des inégalités entre pays.

A l'échelle internationale, si chaque pays se spécialise dans les productions pour lesquelles il est le plus performant, on devrait observer une **allocation optimale des ressources** car le fait d'utiliser le plus efficacement possible le travail et le capital dont on dispose permet de réaliser des gains de productivité. L'échange international devrait, en théorie, permettre un partage de ces gains de productivité et entraîner dans chaque pays une **diminution des coûts unitaires moyens** qui favoriserait une baisse des prix et la croissance économique (voir schéma page 10).

De même, la logique de la dotation factorielle proposée par **HOS** (voir page 15) doit aussi aboutir à une **convergence du prix des facteurs** au niveau international. Si chaque pays choisit de développer les productions nécessitant un facteur qu'il détient en abondance et qui est donc relativement moins cher, l'exportation de ces biens va concourir à faire baisser les prix au niveau mondial. En effet les importations, par les pays partenaires, de ces produits à faible coût vont se substituer à des productions locales qui nécessitaient des facteurs plus rares et plus chers, et donc contribuer à la baisse des coûts de production et des prix.

Ainsi, en jouant sur sa main-d'œuvre abondante et bon marché, la Chine a pu multiplier les exportations des produits manufacturés qu'elle assemblait, ce qui a permis aux entreprises chinoises de s'approprier puis d'améliorer des technologies coûteuses qui leur faisaient défaut. Dans le même temps, les salaires tendent à augmenter régulièrement du fait de l'ampleur de la demande mondiale, permettant l'émergence d'une nouvelle classe moyenne en Chine. Mais si cet enrichissement moyen de la population chinoise a **réduit les inégalités avec les principales puissances commerciales**, il a aussi pour effet d'atténuer progressivement l'avantage comparatif chinois par rapport à d'autres pays, d'Asie notamment.

Un document statistique central

Evolution du taux d'ouverture mondial, en % du PIB

Source : *Alternatives Economiques*, mai 2022

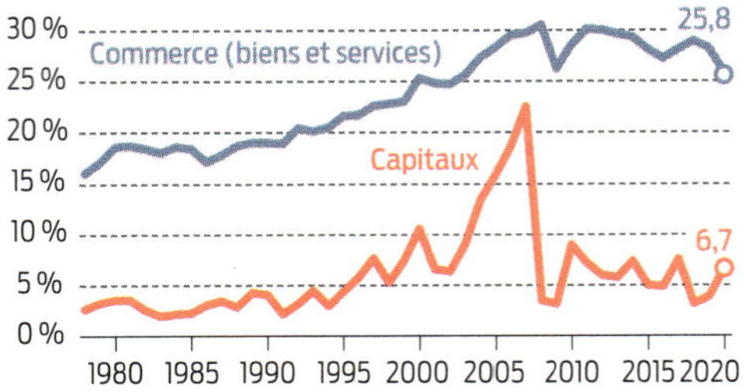

Comment exploiter ce document

Ce document présente deux approches complémentaires de l'évolution du taux d'ouverture des économies mondiales en % du PIB mondial, l'une calculée à partir des échanges de biens et services et l'autre à partir des transferts de capitaux entre ces économies. Jusqu'en 2008, ces taux progressent nettement avec un doublement pour la part des échanges commerciaux (de 15 % à 30 %) et une multiplication par 10 pour celle des mouvements de capitaux. La mondialisation croissante, symbole du libre-échange, semble alors inéluctable.

Mais la crise de 2008 provoque un retournement spectaculaire des flux commerciaux et financiers. Et, après la crise, le ralentissement sensible des échanges pousse certains à évoquer un début de « démondialisation ». La méfiance à l'égard de la mondialisation semble avoir plusieurs causes. Les pertes d'emplois, même qualifiés, du fait des délocalisations finissent par provoquer des réflexes protectionnistes symbolisés par les mesures prises par Donald Trump. Plus récemment, la pandémie puis la guerre en Ukraine incitent les pays à refuser une dépendance excessive aux importations pour des productions jugées indispensables à la sécurité médicale, énergétique ou alimentaire.

2. Avec des impacts contrastés sur les populations nationales

OBJECTIF Comprendre l'accroissement des inégalités de revenus au sein de chaque pays.

La mondialisation a entraîné, dans la plupart des pays émergents, la constitution d'une importante classe moyenne. Mais elle s'est aussi accompagnée d'un accroissement des inégalités au sein de la population, comme en Chine, poussant les ruraux à chercher à rejoindre les régions les plus industrialisées et les villes principales.

Au sein des pays développés, la concurrence mondiale a, dans un premier temps, creusé des inégalités en détruisant massivement des emplois dans les anciennes régions industrielles (textile, sidérurgie...).

Or, de nouvelles activités sont aujourd'hui menacées. Le développement rapide des technologies numériques favorise les délocalisations de très nombreuses activités de services destinées aux entreprises comme aux consommateurs.

Des secteurs entiers comme les services informatiques, juridiques et financiers, notamment dans la banque et l'assurance, peuvent être déplacés à l'étranger. Cette situation menace donc des travailleurs de plus en plus qualifiés comme les techniciens.

En parallèle, les auteurs qui étudient les inégalités au niveau mondial, comme **Thomas Piketty** et **Branko Milanovic**, démontrent le formidable enrichissement des ménages aux revenus les plus élevés. L'équipe de Thomas Piketty a calculé que le 1 % le plus riche de la planète avait accaparé à lui seul 25 % de la croissance des revenus mondiaux entre 1980 et 2016. Branko Milanovic a démontré pour sa part que si la mondialisation a bien permis le développement des classes moyennes des pays asiatiques émergents, elle a surtout entraîné l'explosion des inégalités de revenus en faveur des ultrariches et au détriment des classes moyennes des pays développés.

3. Le renouvellement du débat protectionnisme *vs* libre-échange

OBJECTIF Comprendre les termes du débat entre libre-échange et protectionnisme.

Nous avons vu que pour les théories du libre-échange, la spécialisation et les gains de productivité qui en résultent sont à la fois le moyen de soutenir la croissance mondiale et le moyen de partager « équitablement » les bénéfices de ce surplus de croissance entre les nations en favorisant le développement des pays émergents.

L'OMC n'a d'ailleurs cessé d'encourager l'ouverture des économies nationales aux échanges internationaux en limitant les mesures traditionnelles de protection face aux importations, surtout les taxes douanières. L'OMC s'est même dotée d'un Organe de règlement des différends (ORD) qui peut prendre des sanctions financières contre les pays ne respectant pas les principes du libre-échange. Et les négociations ont toujours eu pour but d'étendre la libéralisation des échanges à l'ensemble des activités, y compris l'agriculture et les services.

Au moins jusqu'en 2008, le développement des échanges a favorisé la réduction des inégalités sociales entre les nations, grâce à la croissance et au développement de nombreux pays ainsi qu'à l'émergence d'une classe moyenne.

Par ailleurs, l'élargissement des marchés a permis de répartir des coûts fixes parfois considérables (logiciels, avions, films...) sur des volumes de production toujours plus importants. Les consommateurs y trouvent aussi leur avantage en bénéficiant de choix plus variés et d'une baisse des prix sous l'effet de la concurrence.

Malgré tout cela, le protectionnisme conserve de solides arguments en sa faveur. Dès le milieu du XIXe siècle, l'Allemand **Friedrich List** (1789-1846) justifiait la fermeture temporaire des frontières pour permettre aux industries naissantes de son pays d'éviter la concurrence frontale de firmes étrangères bien plus compétitives. Ce **protectionnisme « éducateur »** a inspiré de nombreux pays (Corée du Sud, Chine) qui, en protégeant sélectivement et temporairement leur marché intérieur, ont réussi leur insertion dans les échanges internationaux.

En conditionnant son ouverture aux IDE des FMN à des transferts de technologies, la Chine a ainsi permis à ses firmes de surmonter rapidement leur handicap technologique (production d'Airbus ou de TGV en Chine, par exemple), avant de les soutenir par des aides publiques massives et par la fermeture de certains marchés locaux aux importations. Souvent contrôlées par l'Etat, ces firmes, devenues des multinationales, sont désormais à la pointe de la technologie, comme Huawei dans le domaine de la 5G.

A la suite de **Paul Krugman**, on a aussi justifié certaines mesures protectionnistes par la volonté de développer des **« politiques commerciales stratégiques »**.

Certaines activités, comme l'aéronautique, exigent une production sur très large échelle pour rentabiliser les lourds investissements de départ. En protégeant et en subventionnant la naissance puis le développement d'Airbus, les pays européens ont ainsi pu capter une part croissante du marché des long-courriers jusque-là réservé à Boeing.

Les arguments en faveur du protectionnisme soulignent aussi les menaces sur la souveraineté et la sécurité des Etats. Les traités de libre-échange négociés entre l'Union européenne et les Etats-Unis (**Tafta**, traité de libre-échange transatlantique) ou avec le Canada (**Ceta**, accord économique et commercial global) contiennent par exemple des dispositions qui permettraient aux firmes de contester telle ou telle disposition juridique nationale si elles s'estimaient lésées par celles-ci, et de faire condamner les pouvoirs publics. De même, l'avance technologique de Huawei, dans le domaine de la 5G, est telle que les Etats-Unis, suivis par l'Europe, cherchent à empêcher l'opérateur chinois de prendre le contrôle de leurs réseaux en invoquant des menaces pour la sécurité nationale.

Enfin, l'épidémie de Covid-19 a provoqué, notamment en France, une prise de conscience de la vulnérabilité stratégique d'approvisionnement dans des secteurs clés comme les médicaments, dont 80 % à 90 % des principes actifs dépendent de la production chinoise, d'où la volonté de relocaliser ces activités.

De fait, aux Etats-Unis, le mandat de Donald Trump a été marqué par de lourdes mesures protectionnistes en imposant de très fortes taxes douanières aux pays accusés de concurrence déloyale. Joe Biden a, pour sa part, choisi de doper la compétitivité des firmes américaines par un plan de 430 milliards de dollars de subventions, ce que beaucoup perçoivent comme du protectionnisme déguisé. Par ailleurs, de nombreuses voix s'élèvent pour dénoncer les échanges avec les pays qui bafouent les droits de l'homme, exploitent le travail des enfants ou n'ont aucun respect de l'environnement

Si les bouleversements liés à la mondialisation ont montré les limites d'une libéralisation sans contrôle des échanges, faute de régulations suffisamment efficaces, de nombreux signes laissent entrevoir les risques de replis nationalistes et protectionnistes qui ne sont pas sans rappeler ceux des années 1930 aux conséquences tragiques.

Les notions essentielles du programme

Avantage comparatif : selon les théories du libre-échange, chaque pays a intérêt à s'ouvrir aux échanges s'il parvient à se spécialiser dans les activités pour lesquelles il est le plus efficace.

Chaîne de valeur : décomposition des différentes étapes de l'activité de production de l'amont (conception du produit) à l'aval (assemblage et commercialisation du produit fini) confiées soit à des filiales, soit à des entreprises extérieures (externalisation).

Commerce intrafirme : ensemble des échanges entre les filiales d'une firme multinationale, ainsi qu'entre les filiales et la maison mère.

Commerce intrabranche : échange de produits comparables entre pays de niveaux de développement comparables.

Compétitivité-prix et hors prix : capacité d'une entreprise à proposer des produits marchands (biens ou services) moins chers (compétitivité-prix) ou plus attractifs (compétitivité-hors prix) que ses concurrentes.

Délocalisation : fermeture d'une unité de production dans un pays et transfert de l'activité dans un autre.

Dotation factorielle : quantité et qualité des facteurs de production dont dispose un pays (main-d'œuvre, équipements, ressources naturelles…) pour réaliser sa production.

Externalisation : stratégie d'entreprise consistant à confier une partie de ses activités de production à une ou plusieurs entreprises extérieures.

Firme transnationale (FTN) ou multinationale (FMN) : firme qui a des activités de production réparties dans plusieurs pays. Utiliser FTN plutôt que FMN illustre davantage les passages successifs de frontières des éléments de la chaîne de valeur.

Internationalisation de la production : tendance à la dissémination des unités de production à l'échelle mondiale selon les avantages offerts par telle ou telle nation.

Libre-échange : doctrine préconisant la libre circulation des biens, des services et des capitaux en abolissant les barrières tarifaires et non tarifaires.

Mondialisation : tendance à l'accroissement des échanges de biens, services et capitaux ainsi qu'à l'internationalisation des lieux de production.

Protectionnisme : doctrine préconisant la protection temporaire ou définitive, partielle ou totale des entreprises nationales à l'égard de la concurrence étrangère, en érigeant des barrières tarifaires ou non tarifaires.

Spécialisation : concentration de la production d'un pays ou d'une entreprise sur les activités pour lesquelles il ou elle se sent le plus compétitif.

Les sujets du bac les plus attendus

(en dissertation ou en 3e partie de l'épreuve composée)

- Vous montrerez qu'il existe différentes explications à l'internationalisation de la chaîne de valeur.
- Vous montrerez que le commerce international a des effets sur les inégalités.
- Vous montrerez que les choix de localisation des firmes multinationales répondent à plusieurs logiques.
- Le commerce international ne présente-t-il que des avantages ?
- Comment peut-on expliquer le commerce international ?
- Vous montrerez que la capacité d'un pays à exporter peut reposer sur ses firmes.

Pour en savoir plus

« La guerre commerciale menace-t-elle la croissance mondiale ? », « L'économie en 2020 », hors-série d'*Alternatives Economiques* n° 120, février 2020, frama.link/oP4FHo9J

« Echanges mondiaux : des déséquilibres inquiétants », « L'état de l'économie 2018 », hors-série d'*Alternatives Economiques* n° 114, février 2018, frama.link/bSrBrE8Q

« Un excédent extérieur est-il toujours signe de compétitivité ? », *Alternatives Economiques* n° 375, janvier 2018, frama.link/nf37CZ98

« Les déterminants de la compétitivité », *Alternatives Economiques* n° 329, novembre 2013, frama.link/AeuJGFar

Sciences économiques

Comment lutter contre le chômage ?

Depuis la fin des Trente Glorieuses, un chômage de masse s'est installé en France, provoquant d'intenses débats sur sa nature et sur les mesures à prendre pour y faire face. Malgré tout, un relatif consensus s'est établi chez les économistes pour considérer que le concept de chômage englobe en fait des réalités très différentes. En conséquence, les politiques d'emploi doivent se déployer dans des directions multiples.

A Définir et mesurer le chômage et le sous-emploi

1. Eléments de définition

OBJECTIF Savoir définir le chômage et le sous-emploi.

Au dernier trimestre 2022, on comptait 30,6 millions de personnes actives en France, dont 28,4 millions occupaient effectivement un emploi. L'écart entre ces deux mesures représente les actifs sans emploi, c'est-à-dire au **chômage**. Donc, fin 2022, 2,2 millions de personnes (30,6 - 28,4) étaient officiellement privées d'emploi en France. Pour établir cette mesure, l'Insee adopte la définition du Bureau international du travail (BIT), qui considère comme chômeur toute personne sans emploi (n'ayant pas travaillé, ne serait-ce qu'une heure, durant la semaine de l'enquête), disponible pour prendre un emploi dans les quinze jours et ayant cherché activement un emploi dans le mois précédent.

Cette définition du chômage conduit à une évaluation différente de celle proposée par Pôle emploi, qui est basée sur les inscrits dans ses différentes agences. Ainsi, fin 2022, alors que l'Insee évaluait le chômage à 2,2 millions, les inscrits à Pôle emploi dépassaient les 2,8 millions, soit un écart d'environ 600 000 personnes. Encore ne s'agissait-il que des demandeurs d'emploi inscrits à Pôle emploi en catégorie A, dont les contours se rapprochent le plus de la définition du chômage donnée par le BIT, à laquelle se réfère l'Insee. En ajoutant les autres inscrits à Pôle emploi, tenus de chercher un emploi (catégories B et C), notamment les chômeurs ayant une activité professionnelle réduite, on arrivait, à la même date, à un total de 5,1 millions.

L'ampleur de ces écarts a généré l'expression de **« halo autour du chômage »**, qui marque la difficulté à tracer les frontières précises entre inactivité, emploi et chômage: par exemple, où classer une personne sans emploi, qui recherche activement un emploi mais ne sera pas disponible avant un mois ? L'Insee définit et mesure ce halo: ce sont les personnes sans emploi qui souhaiteraient travailler, mais qui ne satisfont pas à tous les critères du BIT pour être considérées comme chômeurs. Il peut s'agir, par exemple, de personnes qui recherchent un emploi mais ne sont pas disponibles immédiatement. Leur nombre n'a cessé de progresser depuis vingt ans, pour atteindre 1,9 million au 4e trimestre 2022.

Par ailleurs, il faut aussi tenir compte de la situation des personnes dites en **sous-emploi**, c'est-à-dire essentiellement les actifs qui ont un emploi à temps partiel mais souhaitent travailler davantage. Au dernier trimestre 2022, ce sous-emploi s'élevait à plus de 1,3 million de personnes, ce qui représentait presque 5 % des personnes en emploi. Donc, même en s'en tenant strictement aux critères du BIT, entre les chômeurs reconnus comme tels, les personnes formant le halo du chômage et celles en sous-emploi, 5,4 millions de personnes, soit environ un actif sur cinq, n'occupent pas, à des degrés divers, une situation satisfaisante au regard de l'emploi.

Un document statistique central

Situations d'activité en 2021 des jeunes sortis depuis un à quatre ans de formation initiale, en %

	Taux d'emploi	Part au chômage et halo [1] autour du chômage	Part des inactifs
Femmes	72,8	18,9	8,3
Hommes	72,8	20,6	6,6
Diplôme du supérieur	84,3	12,5	3,1
CAP, BEP, baccalauréat	65,6	24,3	10,1
Aucun diplôme, brevet des collèges	33,0	44,6	22,4
Ensemble des jeunes sortis de formation	72,8	19,7	7,5

[1] Personnes ne remplissant pas tous les critères pour être comptabilisées comme des chômeurs.

Source : « Bilan formation-emploi 2022 », Insee Résultats, 2023

Comment exploiter ce document ?

Selon ces données, une à quatre années après la fin de leurs études, 72,8 % des jeunes ont accès à un emploi, 19,7 % d'entre eux demeurent en attente d'un travail et 7,5 % sont comptabilisés comme inactifs.

Alors que l'accès à l'emploi est identique pour les femmes et les hommes, le basculement dans l'inactivité est plus marqué chez les femmes et concerne d'abord les moins diplômées d'entre elles qui cumulent plus de difficultés à s'insérer professionnellement.

On observe que le niveau de qualification est décisif dans l'accès à l'emploi. Les plus diplômés ont un taux d'emploi 2,5 fois plus élevé (84,3/33,0) que celui des moins diplômés, et le risque d'être au chômage ou dans le halo du chômage est 3,5 fois plus élevé (44,6/12,5) chez les plus faiblement diplômés que chez les diplômés du supérieur.

Enfin, le plus marquant concerne l'inactivité : si 3,1 % des plus diplômés sont inactifs après la fin de leurs études, la proportion est sept fois (22,4/3,1) supérieure pour les moins diplômés. Pour les premiers, il s'agit largement d'une inactivité ponctuelle choisie, alors que pour les autres, elle s'apparente plus à une exclusion du marché du travail.

2. Des indicateurs supplémentaires de l'emploi et du chômage

OBJECTIF Connaître les indicateurs de taux de chômage et de taux d'emploi.

Toutes les données précédentes sont utiles. Cependant, pour établir des comparaisons entre différents pays ou suivre l'évolution de l'emploi, il faut disposer d'indicateurs supplémentaires. C'est l'intérêt du calcul du taux de chômage et du taux d'emploi. Le **taux de chômage** se définit comme le rapport entre le nombre de chômeurs et le total de la population active, il s'élevait fin 2022 à 7,2 % de la population active en France métropolitaine. Son évolution sur longue période en France montre que depuis quarante ans, il oscille entre 7 % et 11 % de la population active, bien au-delà, donc, des niveaux observables durant les Trente Glorieuses, où il concernait en moyenne 3 % des actifs. Cependant, un faible taux de chômage peut s'obtenir parce qu'une partie des 15-64 ans est écartée du marché du travail (femmes incitées à rester au foyer, travailleurs âgés mis en préretraite...) et n'est pas considérée comme active. Dès lors, il vaut mieux connaître la part de tous les 15-64 ans qui ont effectivement accès à un emploi, c'est ce que mesure le **taux d'emploi**. Mais cet indicateur, certes utile, a aussi ses limites. Par exemple, est-ce vraiment bon signe que le taux d'emploi soit élevé chez les 15-24 ans ? Leur place est bien plus dans les circuits de la formation. Par ailleurs, un pays peut afficher de bonnes performances en matière de taux d'emploi du fait d'une multiplication d'emplois à temps partiel, qui créent l'illusion d'une situation de plein-emploi. Pour éviter ce biais, l'Insee calcule donc un **taux d'emploi en équivalent temps plein**. Mais même avec cette précaution, ce dernier indicateur ne nous dit pas grand-chose de la qualité des emplois proposés et en particulier de leur degré de précarité (contrats à durée déterminée, intérimaires, stagiaires...). En conclusion, une analyse fiable de la situation de l'emploi suppose de croiser plusieurs indicateurs.

B Les différentes formes de chômage et de sous-emploi

1. Le chômage conjoncturel

OBJECTIF Comprendre les effets des fluctuations de l'activité économique sur le chômage conjoncturel.

Les fluctuations de la croissance désignent les variations à court terme du produit intérieur brut (PIB). Lorsque le PIB s'accroît en période d'expansion ou qu'il diminue durant les récessions, le volume des heures de travail nécessaire est affecté et donc le niveau de l'emploi aussi. **John Maynard Keynes** (1883-1946) est l'un des premiers à mettre l'accent sur cette relation en affirmant que le niveau de l'emploi est directement lié au niveau de la production.

Dans les années 1960, **Arthur Okun** (1928-1980) formalise cette relation à travers ce que l'on a coutume d'appeler la « loi d'Okun ». Cette « loi » établit une corrélation forte entre les variations du taux de croissance du PIB et celles du taux de chômage. A partir d'un certain seuil, toute augmentation du taux de croissance réduit le niveau du chômage et, inversement, en dessous de ce seuil, le chômage s'accroît. En effet, à court terme, les gains de productivité sont très faibles, et l'accroissement du PIB va donc entraîner des créations d'emplois et a priori une diminution du chômage.

Cette relation s'observe dans tous les pays mais à des seuils de déclenchement différents. Pour la France, c'est seulement lorsque la croissance du PIB atteint environ 1,5 % que les effets sur le taux de chômage commencent à se manifester. Sur ce point, on dispose d'une étude de référence très large portant sur les données de 20 pays développés entre 1980 et 2011. Passé le seuil où la croissance devient créatrice d'emplois, l'impact sur le chômage varie fortement d'un pays à l'autre. Une hausse de 1 point de % du taux de croissance s'accompagnait d'une baisse de 0,84 point de % du taux de chômage en Espagne, mais seulement de 0,37 point en France. On voit que, selon les pays, la croissance économique est plus ou moins « riche » en emplois et agit donc plus ou moins fortement sur le chômage.

2. Le chômage structurel

Dans le modèle **néoclassique** de marché du travail, le temps de travail est une marchandise comme une autre. L'offre provient des actifs désireux d'allouer une partie de leur temps à une activité productive en échange d'un salaire, et la demande émane des employeurs qui ont besoin de cette marchandise particulière pour réaliser leur production. En situation de concurrence parfaite, la confrontation des deux doit conduire à la formation d'un salaire d'équilibre, pour lequel il n'y a ni offre de travail insatisfaite (chômage), ni demande insatisfaite (pénurie de main-d'œuvre).

Dans le cadre de ce modèle, lorsqu'on observe l'évolution du chômage en France sur longue période, on est surpris de constater que malgré des périodes de reprise économique assez fortes, le chômage ne disparaît jamais totalement et peut même dans certains cas rester élevé (8 % ou 9 % des actifs). Pour les néoclassiques, ce chômage qui ne se résorbe pas sous l'effet de la croissance économique est dit **structurel** et résulte de l'action conjuguée de plusieurs facteurs.

Apprenez à mobiliser vos connaissances

CONSIGNE Sur le modèle de la réponse proposée à la première question, répondez en quelques lignes aux autres questions.

- **Expliquez en quoi les asymétries d'information sur le marché du travail peuvent être sources de chômage structurel.**

RÉPONSE Les asymétries d'information désignent les situations où des acteurs économiques n'ont pas tous les mêmes informations. Sur le marché du travail, cela se produit lorsqu'un employeur recrute un salarié et qu'il ne dispose pas de toutes les informations sur les candidats (motivations, expérience réelle, productivité...). Il a alors intérêt à proposer un salaire supérieur au salaire d'équilibre offert sur le marché du travail. Cela lui permet d'attirer les meilleurs candidats et les incite à être performants. Ce salaire, dit « d'efficience », a cependant un effet pervers si tous les employeurs raisonnent de cette manière. En se fixant au-dessus du salaire d'équilibre, le salaire d'efficience réduit la demande de travail car à ce niveau, certaines entreprises n'embaucheront plus, et augmentent l'offre, car ce salaire attire de nouveaux actifs. Il produit donc de l'imperfection dans le fonctionnement du marché du travail et du chômage structurel.

- **Montrez que le chômage peut avoir un caractère conjoncturel.**
- **Distinguez taux de chômage et taux d'emploi.**
- **Montrez que les politiques de flexibilisation permettent de lutter contre les rigidités du marché du travail.**

a. Les imperfections du marché du travail

OBJECTIF Comprendre que les problèmes d'appariement (frictions, inadéquations spatiales et de qualifications) et les asymétries d'information (salaire d'efficience) sont des sources de chômage structurel.

Le chômage structurel peut, d'abord, être causé par le temps nécessaire à la recherche d'emploi ou refléter les délais d'ajustement, plus ou moins longs, entre l'offre et la demande de travail. Ce chômage dit **« frictionnel »**, c'est celui des salariés entrant pour la première fois sur le marché du travail après leurs études ou de tous ceux en transition entre deux emplois.

Mais le chômage structurel résulte aussi de l'**inadéquation entre l'offre et la demande de travail**. Les qualifications des candidats à l'emploi ne correspondent pas forcément à celles demandées par les entreprises. Ou encore la mobilité géographique étant limitée, un emploi vacant à Lille ne fera pas un chômeur de moins à Marseille. L'**appariement**, c'est-à-dire l'adéquation entre l'offre et la demande, ne s'opère pas et l'on observe sur le marché du travail une situation paradoxale : la présence simultanée d'offres et de demandes de travail insatisfaites.

Enfin, certains auteurs comme **Joseph Stiglitz** mettent en avant l'influence des **asymétries d'information** entre offreurs et demandeurs de travail. En l'absence d'informations complètes sur les candidats à un emploi (motivations, expérience réelle, productivité...), les employeurs ont intérêt à proposer un salaire, le **salaire d'efficience**, supérieur au salaire d'équilibre. Cela permet d'attirer les meilleurs des postulants, de les garder et de les inciter à donner le maximum d'eux-mêmes. Ce taux de salaire a cependant un effet pervers au niveau macroéconomique. En se fixant au-dessus du salaire d'équilibre, il réduit la demande de travail (à ce taux de salaire, certaines entreprises n'embaucheront plus) et augmente l'offre (ce salaire plus élevé attire de nouveaux actifs), donc il produit de façon structurelle du chômage.

Un document statistique central

Evolution du taux de croissance du PIB et du taux de chômage en France, en %

Sources : Insee, comptes nationaux et Bureau international du travail

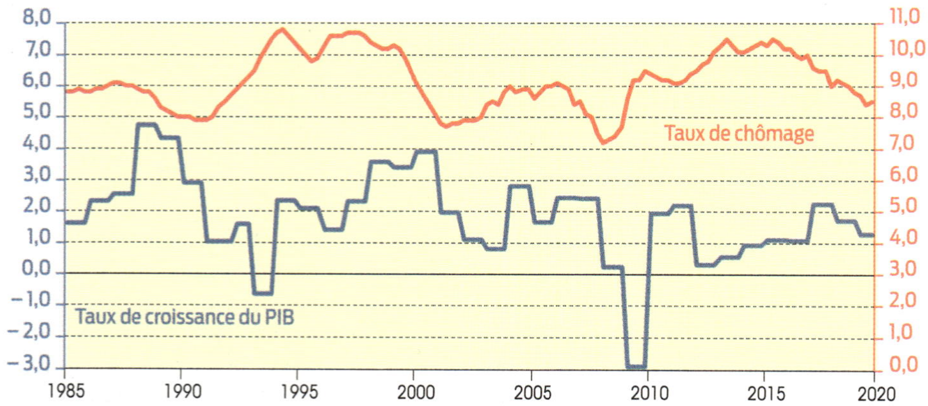

Comment exploiter ce document

Ce graphique illustre la **« loi d'Okun »** pour la France. Celle-ci, en effet, met en relation l'intensité de la croissance économique et le niveau du chômage. Les deux variables évoluent en sens inverse : lorsque la croissance économique s'accélère, le taux de chômage doit en principe diminuer, et réciproquement. Par exemple, en 1994, la France sort d'une récession, son PIB s'est contracté en 1993, mais la reprise qui suit conduit progressivement le PIB à croître. Il atteint 4 % de croissance en 2002. Cette phase d'expansion crée des emplois et diminue le taux de chômage. Celui-ci baisse de 3,5 points de %, en passant de 11 % de la population active à 7,5 % environ en 2002. Mais le ralentissement de la croissance conduit logiquement à des effets inverses. Ainsi, la récession de 2009 va faire bondir le taux de chômage d'environ 3 points de % entre 2008 et 2011. La période de 2017 à 2020 est intéressante car elle montre que, malgré son ralentissement et sa faiblesse, la croissance économique s'accompagne d'une chute continue du taux de chômage : il faut sans doute y voir un « enrichissement » de la croissance en emplois. Cela signifie que la France semble désormais capable de créer davantage d'emplois, même avec une croissance réduite.

b. Le rôle des institutions

OBJECTIF Comprendre les effets (positifs ou négatifs) des institutions sur le chômage structurel (notamment salaire minimum et règles de protection de l'emploi).

A ces premières causes, il faut ajouter les effets produits par les **institutions**, c'est-à-dire par les règles et les organisations qui encadrent le fonctionnement réel du marché du travail. Parmi celles-ci, l'existence d'un **salaire minimum**, comme en France le salaire minimum interprofessionnel de croissance (Smic), et/ou la législation du travail peuvent avoir des effets importants sur le chômage structurel.

Dans le modèle néoclassique, les employeurs achètent des heures de travail tant que cela leur paraît rentable. Pour cela, ils comparent ce que leur coûte réellement l'achat d'une heure de travail supplémentaire, le **coût salarial marginal**, avec ce que leur rapporte l'utilisation de cette heure, c'est-à-dire la valeur ajoutée créée par cette heure de travail, donc sa **productivité marginale**. En théorie, ils renonceront à embaucher ceux dont la productivité est inférieure à ce salaire minimum, c'est-à-dire les actifs les moins qualifiés, car ils ne sont pas « rentables ». On pourrait alors voir de manière permanente des actifs être prêts à travailler et ne pas trouver d'emploi si le Smic se situe au-dessus du taux de salaire d'équilibre.

Il faut cependant relativiser le raisonnement néoclassique car l'analyse de l'impact d'un salaire minimum sur l'emploi divise les économistes depuis près d'un siècle. Par exemple, les dernières grandes enquêtes menées aux Etats-Unis sur les variations du salaire minimum observées entre 1979 et 2014 montrent que, contrairement aux conceptions théoriques dominantes, elles n'ont pas affecté l'emploi global. Comme le résume **Paul Krugman** : *« Rien ne prouve que l'augmentation du salaire minimum soit coûteuse en emplois. »* Il y a deux raisons à cela : d'une part, l'impact d'un salaire minimum va dépendre du niveau auquel il est fixé et, d'autre part, il faut tenir compte de ses effets positifs sur la consommation des ménages et donc sur la croissance et l'emploi.

La **législation sur la protection des emplois (LPE)** est la seconde institution présentée comme source de chômage structurel. Selon les pays, le droit du travail offre des protections plus ou moins fortes aux salariés face au licenciement, au recours à des contrats précaires (CDD, intérim...), mais aussi certaines garanties d'**assurance chômage** (ouverture de droits, montant et durée des allocations chômage). Pour certains économistes, ces législations peuvent avoir trois effets néfastes sur l'emploi. D'abord, selon eux, dans un monde en mutation technologique rapide, et sous la pression de la concurrence internationale, les entreprises devraient pouvoir débaucher et embaucher rapidement. Or, la peur de ne pas pouvoir licencier facilement demain freinerait les recrutements d'aujourd'hui, et donc le volume de l'emploi global. Cependant, aucune étude empirique ne montre un lien significatif entre le degré de LPE et le niveau de l'emploi.

En revanche, on observe que si la protection des salariés en place est importante, au point de rendre leur licenciement très coûteux, elle rend aussi plus difficile l'accès des chômeurs à un emploi stable. Ainsi, dans les pays où la LPE est forte, la durée moyenne du chômage est plus élevée, et le chômage de longue durée (supérieure à un an) plus fréquent.

La dernière observation porte sur le système d'indemnisation de l'assurance chômage ; par les allocations qu'il distribue, il inciterait à rester au chômage, comme le démontrerait le fait que beaucoup de chômeurs reprennent un emploi dès que cesse leur indemnisation. En fait, si toutes les études observent que la durée du chômage s'accroît en effet avec le montant des allocations versées, cet effet est relativement faible et joue surtout pour les actifs les plus qualifiés. Par ailleurs, le pic observé de sortie du chômage en fin de droits est en partie dû à des transitions vers l'inactivité et les minima sociaux, notamment pour les moins qualifiés, et pas toujours vers une reprise d'emploi.

C Les politiques d'emploi

1. Relancer la demande globale

OBJECTIF Connaître les principales politiques mises en œuvre pour lutter contre le chômage : les politiques macroéconomiques de soutien de la demande globale.

Afin de lutter contre le chômage conjoncturel, il faut, comme le réclamait déjà Keynes, intervenir pour soutenir la **demande anticipée** et relancer ainsi la croissance et l'emploi. Selon lui, on doit cesser d'interpréter le salaire uniquement comme un coût qu'il faudrait abaisser le plus possible : il s'agit surtout d'un revenu qui détermine les perspectives de consommation des ménages. Mais il faut aussi tenir compte de l'autre composante de la demande intérieure, à savoir l'investissement, et concevoir une politique de relance globale de la demande. Pour ce faire, les pouvoirs publics disposent de deux principaux volets des **politiques macroéconomiques** : la **politique monétaire** et la **politique budgétaire**.

La politique monétaire de relance cherche à mettre à la disposition des consommateurs et, surtout, des investisseurs des liquidités abondantes et bon marché en jouant sur la création monétaire et en réduisant le niveau des taux d'intérêt pour favoriser l'investissement. La politique budgétaire de relance, pour sa part, consiste à creuser les déficits publics en augmentant les dépenses publiques, notamment par une politique de grands investissements, voire en réduisant les impôts des ménages les plus modestes. Ce surcroît de dépenses publiques va entraîner une augmentation de revenus pour d'autres acteurs (ménages, entreprises…), qui à leur tour vont consommer et investir davantage, créant ainsi un effet multiplicateur à partir de l'impulsion initiale. A terme, l'augmentation de la demande globale aura stimulé la production de biens et de services, la demande de travail, et donc l'emploi.

Cependant, ces politiques n'ont aucun effet sur la composante structurelle du chômage et elles peuvent même échouer à réduire le chômage conjoncturel si, par exemple, l'augmentation de la demande se traduit par plus d'importations au lieu de plus de production intérieure. Enfin, si les entreprises ne peuvent pas répondre à cette nouvelle demande parce que leurs capacités de production sont saturées ou qu'elles estiment non rentable de le faire, elles ne produiront pas plus. En conséquence, elles n'embaucheront pas non plus, mais augmenteront leurs prix et la relance se transformera en inflation sans aucun effet sur le chômage.

Quiz

Répondez par vrai ou faux aux affirmations suivantes

1. Le taux de chômage mesure la variation du nombre de chômeurs entre deux dates.
   ■ Vrai ■ Faux
2. Le sous-emploi désigne l'ensemble des emplois peu ou pas qualifiés.
   ■ Vrai ■ Faux
3. Sur le marché du travail, la demande de travail correspond aux offres d'emploi.
   ■ Vrai ■ Faux
4. Le chômage frictionnel est un chômage d'ajustement entre l'offre et la demande de travail.
   ■ Vrai ■ Faux
5. L'acronyme « Smic » signifie salaire minimum indexé sur la croissance.
   ■ Vrai ■ Faux
6. Pour combattre le chômage conjoncturel, il faut des politiques de relance de la demande globale.
   ■ Vrai ■ Faux
7. On peut alléger le coût du travail pour les employeurs sans baisser le salaire net perçu par les salariés.
   ■ Vrai ■ Faux

Retrouvez les réponses à ce quiz pages 96-98.

2. Baisser le coût du travail

OBJECTIF Connaître les principales politiques mises en œuvre pour lutter contre le chômage : les politiques d'allègement du coût du travail.

Si on pense, comme les néoclassiques, que le chômage structurel est lié, pour une part importante, à un taux de salaire trop élevé, il va falloir baisser le **coût du travail**, en particulier pour les plus bas salaires.

Cette baisse devrait rendre « rentable » l'embauche des travailleurs les moins qualifiés, en particulier dans le secteur des services (livraisons, restauration, aides à la personne ou à domicile…). Par ailleurs, la diminution relative des salaires par rapport au prix du capital devrait inciter les entreprises à utiliser davantage de main-d'œuvre ou à limiter la substitution capital/travail. Cette baisse des

Un document statistique central

Evolution du Smic horaire, de son coût et des cotisations patronales prélevées sur le Smic, indice base 100 en 1991 (en euros constants)

Source : « Evolution du coût du travail », Haut Conseil du financement de la protection sociale, février 2022

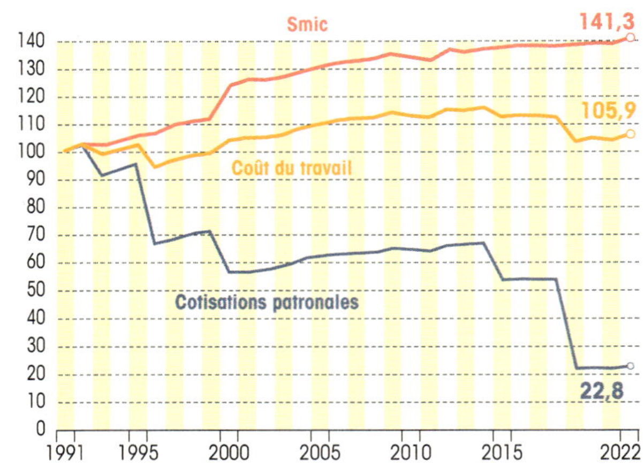

Comment exploiter ce document

Ce graphique met en évidence les politiques d'allégement des cotisations patronales conduites en France depuis 1993. On observe que, globalement, le Smic horaire a progressé en termes réels de 41,3 %, c'est-à-dire que les salariés ont vu leur pouvoir d'achat s'améliorer au fil du temps. Paradoxalement, l'évolution du coût horaire du Smic, c'est-à-dire ce que paient les employeurs, a connu une quasi-stagnation (+ 5,9 % en 31 ans). Comment le Smic a-t-il pu augmenter sans presque coûter plus cher aux employeurs ? La résolution de ce paradoxe se trouve dans l'évolution de la dernière donnée. Sur la période, les cotisations patronales ont baissé de 77,2 % (22,8-100/100) sous l'effet des réductions successives des cotisations pour les salaires proches du Smic. Ces mesures ont été particulièrement marquées depuis 2015, où la forte baisse des cotisations a permis de faire diminuer le coût réel du Smic horaire pour les employeurs.

coûts salariaux augmenterait aussi leurs profits et les pousserait à investir davantage, à améliorer leur compétitivité-prix, et donc à gagner des parts de marché. On peut également penser qu'elle désinciterait les firmes utilisatrices de main-d'œuvre peu qualifiée à délocaliser leur production. Enfin, elle pourrait se traduire par une baisse du prix des biens et services produits, ce qui pourrait stimuler la consommation, la croissance et l'emploi. L'ensemble devrait donc aboutir à une baisse du chômage. Ce raisonnement s'applique plus particulièrement pour les emplois peu qualifiés, à productivité faible et dont la création est très liée à leur coût. C'est dans ce cadre que la question du Smic, comme frein possible à l'emploi, se pose à nouveau.

Parce qu'il est un élément central du pacte social, il est politiquement impossible de diminuer le Smic net. Cependant, le **coût salarial** en France ne comprend pas seulement la part versée au salarié, le salaire net, mais aussi les cotisations salariales et patronales qui financent la protection sociale. Il est alors possible de jouer sur le montant des **cotisations sociales** pour réduire le coût salarial du Smic, sans rien changer au salaire net.

En France, à partir de 1993, les cotisations patronales sur les salaires proches du Smic ont été progressivement réduites et ces mesures se sont développées sans discontinuer sous tous les gouvernements. En 2019, les pouvoirs publics ont fondu les différents dispositifs existants en un dispositif unique de diminution des cotisations patronales. Actuellement, cette baisse s'applique de façon dégressive aux salaires compris entre 1 et 2,5 fois le Smic, le salaire minimum étant à « zéro cotisation » depuis octobre 2019. Ces différentes mesures ont eu des effets positifs sur l'emploi, sans que leur évaluation fasse consensus chez les économistes. Par exemple, entre 2013 et fin 2017, les effets de ces exonérations ont été estimés par la Banque de France à 320 000 emplois créés ou sauvegardés, tandis que l'OFCE en comptabilisait entre 100 000 et 160 000 seulement.

Dans tous les cas, ces dispositifs sont très coûteux au regard des emplois qu'ils permettent de créer ou de sauvegarder. En effet, ils représentent au total plus de 50 milliards d'euros par an que l'Etat prélève sur son budget pour compenser la baisse de recettes des organismes sociaux provoquée par ces exonérations. Par ailleurs, si les effets sur l'emploi sont notables sur les plus bas salaires, le bilan de ces exonérations apparaît bien mince au-delà de 1,6 fois le Smic.

Les effets attendus d'une baisse du coût du travail

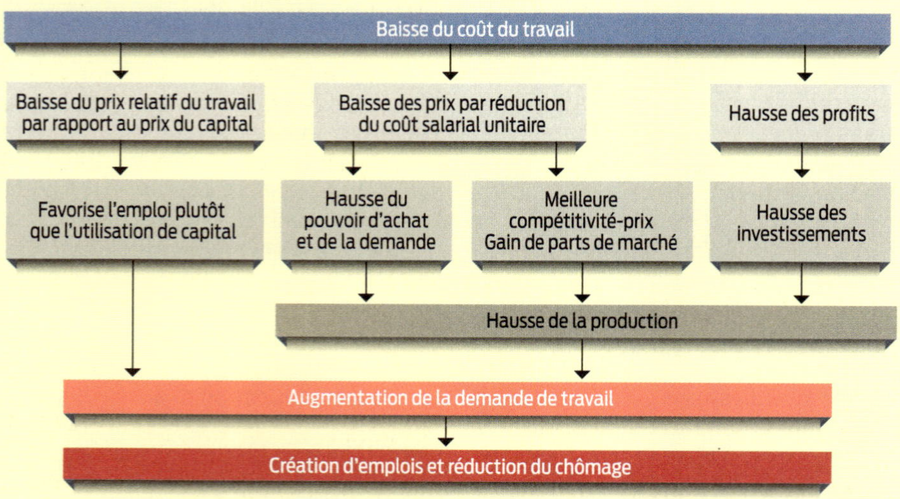

3. Développer la flexibilité

OBJECTIF Connaître les principales politiques mises en œuvre pour lutter contre le chômage : les politiques de formation et les politiques de flexibilisation pour lutter contre les rigidités du marché du travail.

Les politiques de **flexibilisation du marché du travail** constituent le dernier volet de ces politiques de lutte contre le chômage structurel. Elles visent à éliminer les rigidités observables en matière d'emploi et se déclinent sous différentes modalités.

Outre la flexibilité des rémunérations, deux autres modalités de flexibilisation sont destinées à rendre les contrats de travail plus souples et les qualifications plus adaptables (voir tableau ci-dessous). D'abord, la **flexibilité quantitative**, qui joue sur la possibilité de faire varier sans délai et sans contrainte le nombre d'heures de travail dont l'entreprise a besoin. Cette modulation des horaires peut se faire **en interne**, par le recours aux heures supplémentaires, ou en annualisant le temps de travail des salariés de l'entreprise de manière à augmenter leur temps de présence dans les périodes de forte activité (fêtes, week-ends, vacances selon les secteurs...), quitte à le réduire lorsque l'activité est ralentie. Elle peut aussi prendre la forme d'une **flexibilité quantitative externe**, qui passe par le développement des différents contrats précaires (CDD, intérim) auxquels on peut rapidement mettre fin, voire par des possibilités de licencier facilement des salariés en CDI. Par exemple, depuis une quinzaine d'années en France, les réformes successives du droit du travail ont introduit la possibilité de licenciements individuels ou collectifs moins contraignants pour l'employeur via la procédure de la rupture conventionnelle. Elles ont aussi réduit les possibilités de saisir le tribunal des prud'hommes et plafonné les indemnités en cas de licenciement jugé abusif. Enfin, elles ont aussi assoupli les protections qui encadraient les CDI.

La **flexibilité fonctionnelle** repose sur la formation des salariés. Elle cherche à améliorer leur qualification grâce à la formation permanente pour développer leur polyvalence et leur capacité d'adaptation et/ou de reconversion en fonction des évolutions des emplois et des mutations technologiques. Ces mesures semblent particulièrement adaptées pour lutter contre les défauts d'appariement entre l'offre et la demande de travail.

Les notions essentielles du programme

Asymétrie d'information : situation d'échange où les protagonistes ne disposent pas tous des mêmes informations.

Chômage : situation où une partie des actifs est privée d'emploi.

Chômage conjoncturel : chômage lié à un ralentissement temporaire de la croissance économique.

Chômage frictionnel : chômage qui résulte du temps d'ajustement entre l'offre et la demande de travail.

Chômage structurel : chômage lié aux imperfections du marché du travail, ainsi qu'aux institutions qui l'encadrent.

Coût du travail : coût total supporté par l'employeur. Ce coût salarial se décompose en salaire net versé au salarié et en cotisations sociales versées aux organismes de la protection sociale.

Demande globale : ensemble des composantes de la demande ; dépenses de consommation, d'investissement ainsi qu'exportations.

Demande de travail : volume d'heures de travail susceptibles d'être achetées par les employeurs à un taux de salaire donné.

Flexibilité : mesures d'assouplissement des règles qui encadrent le marché du travail (législation des licenciements, du temps de travail ou de l'assurance chômage...).

Marché du travail : lieu théorique où se confrontent l'offre et la demande de travail.

Offre de travail : volume d'heures de travail susceptibles d'être vendues par les actifs à un salaire donné.

Politiques macroéconomiques : politiques qui affectent l'ensemble des activités économiques. Il s'agit principalement de la politique monétaire et de la politique budgétaire.

Qualification : aptitudes professionnelles reconnues par des diplômes et/ou par l'expérience.

Salaire d'efficience : salaire supérieur au salaire d'équilibre, incitant les salariés à accroître leur productivité.

Salaire minimum : salaire « plancher » en dessous duquel la législation interdit de payer un salarié.

Sous-emploi : situation où tous les actifs qui souhaiteraient occuper un emploi ou travailler davantage n'y parviennent pas.

Taux de chômage : rapport entre le nombre de chômeurs et le total de la population active.

Taux d'emploi : rapport entre le nombre d'actifs occupés et la population en âge de travailler (15-64 ans).

Les différentes dimensions de la flexibilité

Formes	Objectif central	Modalités
Flexibilité quantitative	Ajuster le volume d'heures de travail aux variations de la conjoncture	**Interne :** heures supplémentaires, temps partiel, annualisation du temps de travail **Externe :** recours aux contrats à durée déterminée, à l'intérim...
Flexibilité salariale	Faire varier les coûts salariaux en fonction des résultats de l'entreprise	Salaires variables selon les résultats, primes de rendement...
Flexibilité fonctionnelle	Développer la polyvalence des salariés	Formation professionnelle, mobilité dans les postes de travail

Enfin, une forme spécifique de flexibilité a particulièrement retenu l'attention des observateurs : la **flexicurité** (ou **flexisécurité**) danoise. Ce modèle se caractérise à la fois par une grande flexibilité du marché du travail (pas de salaire minimum, licenciements facilités...) et par une importante protection des chômeurs. L'indemnisation du chômage peut atteindre jusqu'à 90 % du salaire antérieur durant deux ans, et l'accompagnement dans la recherche d'emploi est très poussé. En contrepartie, les chômeurs doivent accepter de suivre des formations ou des stages et peuvent difficilement refuser un emploi proposé.

Les sujets du bac les plus attendus

(en dissertation ou en 3e partie de l'épreuve composée)

- Comment peut-on expliquer le chômage structurel ?
- Vous montrerez que les institutions ont des effets positifs et négatifs sur le chômage structurel.
- Les politiques de soutien à la demande globale sont-elles suffisantes pour lutter contre le chômage ?
- Montrez que les fluctuations de l'activité économique ont des effets sur le chômage conjoncturel.
- Les politiques d'allègement du coût du travail sont-elles suffisantes pour lutter contre le chômage ?
- Vous montrerez que des politiques de flexibilisation permettent de lutter contre les rigidités du marché du travail.

Pour en savoir plus

« D'où vient le niveau élevé du chômage ? », par Arnaud parienty, *Alternatives Economiques Poche* n° 70, novembre 2014, frama.link/OAUKSLKt

« Tour de vis sur les chômeurs », dossier d'alternatives-economiques.fr, 05/07/2019, frama.link/HfezFpnP

Comment expliquer les crises financières et réguler le système financier ?

Depuis 1637 et la folie spéculative sur les bulbes de tulipe, les crises financières ont ponctué l'histoire du capitalisme. Mais si leur origine, leur ampleur et leurs caractéristiques ont été chaque fois différentes, elles s'accompagnent toujours du même aveuglement au désastre et provoquent récession et chômage. Mais est-il possible de prévenir ces crises à l'aide d'une régulation efficace et de remettre la finance au service du développement économique ?

A Les caractéristiques des crises financières de 1929 et de 2008

OBJECTIF Connaître les principales caractéristiques de la crise financière des années 1930 et de celle de 2008 (effondrement boursier, faillites en chaîne, chute du PIB et accroissement du chômage).

1. La crise des années 1930

OBJECTIF Connaître les principales caractéristiques de la crise financière des années 1930.

Le jeudi 24 octobre 1929, les Américains assistent à l'effondrement du cours des actions cotées à Wall Street. L'**indice Dow Jones**, qui fait office de « baromètre » de la valeur des sociétés, baisse de 20 % en une matinée. Cet effondrement se poursuivra jusqu'en 1932, pour atteindre une perte totale de 85 %.

La crise des années 1930 commence donc sous la forme d'une **crise financière** liée à une intense spéculation sur les valeurs boursières. Ces valeurs sur lesquelles on spécule sont le plus souvent des **actions**, c'est-à-dire des titres de propriété représentant une fraction du capital d'une société anonyme. On emprunte pour les acheter, car on anticipe une hausse de leurs cours (leurs prix), ce qui garantira, lors de leur revente, le remboursement du prêt et la réalisation d'une plus-value. A partir de 1923, la valeur des actions ne cesse effectivement de progresser sous l'effet de la prospérité croissante de l'Amérique mais surtout du rôle joué par cette spéculation.

Dès 1926, l'apport personnel demandé par les banques aux spéculateurs n'est plus que de 10 % de la valeur des actions qu'ils veulent acquérir, les 90 % restants pouvant être financés à crédit. Ce recours massif à l'endettement soutient la demande de titres et fait flamber les cours. Cela attire bien sûr de nouveaux spéculateurs, persuadés de pouvoir eux aussi rembourser leurs emprunts et réaliser des plus-values, car la valeur des actions s'élève continuellement. Au fil des mois, une **bulle spéculative** se forme et le cours des actions ne reflète plus du tout la valeur fondamentale des entreprises qu'il est censé représenter, mais juste l'état des **anticipations** sur leur valeur future.

Lorsque le marché se retourne (voir les explications page 29), l'effondrement

Deux documents statistiques centraux

Evolution du PIB et des prix aux Etats-Unis, base 100 = janvier 1929

Source : BEA

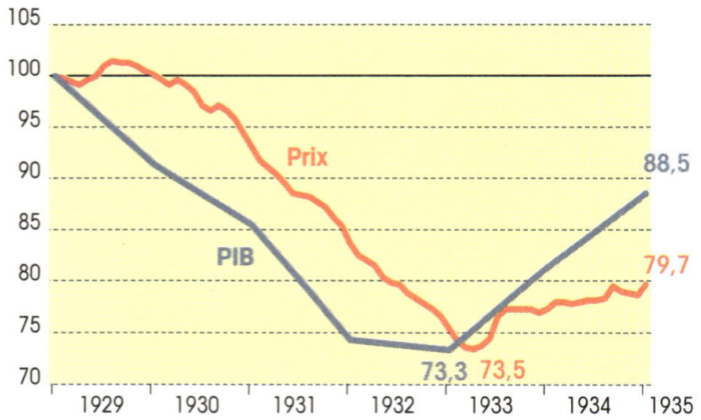

Taux de chômage aux Etats-Unis, en %

Source : NBER

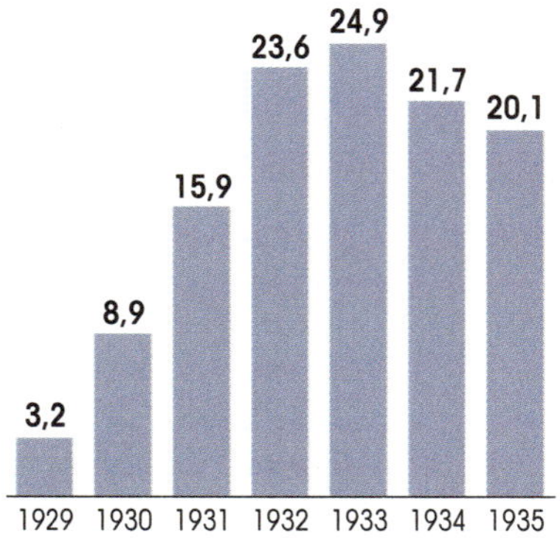

Comment exploiter ces documents ?

Ces graphiques permettent d'illustrer le déroulement d'une **dépression** économique, c'est-à-dire l'association d'une **récession** auto-entretenue et d'une **déflation**.

Le krach boursier qui a lieu en octobre 1929 a ruiné les spéculateurs, poussé à la faillite des banques, appauvri les épargnants, ce qui a conduit à une contraction de la demande. On observe qu'au début de 1931, en réaction à ce choc de demande négatif, le produit intérieur brut (PIB) se contracte de près de 15 % par rapport à son niveau de 1929. En toute logique, des emplois sont supprimés et le taux de chômage est multiplié par 5 sur la même période. On retrouve donc les deux caractéristiques d'une **récession** économique.

Mais la crise ne s'arrête pas là, l'extension du chômage conduit à une baisse des revenus, qui réduit à son tour la demande, accélère donc les faillites d'entreprises, l'accumulation de stocks, la baisse des prix pour écouler les invendus et, bien sûr, les licenciements, et ainsi de suite. La **déflation**, c'est-à-dire la chute du niveau des cours conduit à la ruine de nombreux spéculateurs, car ils ne peuvent plus, même en bradant leurs titres, faire face au remboursement de leurs emprunts. Mais leur ruine entraîne également celle de leurs créanciers. En effet, les banques qui avaient massivement prêté aux spéculateurs ne récupèrent pas leurs créances et subissent une crise de solvabilité car elles ne peuvent plus restituer en totalité l'épargne que les ménages leur avaient confiée. **De financière la crise devient une crise bancaire**. Entre 1929 et 1933, plus de 40 % des banques américaines font faillite, entraînant la ruine de leurs clients. Les autres font face à des « *bank run* » au cours desquels les ménages se précipitent en masse aux guichets pour récupérer leurs liquidités et les thésauriser à l'abri du circuit économique.

Entre l'**effet de richesse** négatif dû à la dévalorisation d'une partie de leur patrimoine et la thésaurisation, les dépenses de consommation des ménages se contractent fortement. Les banques qui survivent à la crise cessent de financer l'activité économique, par manque de liquidités, ou le font à des taux d'intérêt dissuasifs. Devant cette contraction du crédit (***credit crunch***) et la baisse de la consommation des ménages, les entreprises cessent d'investir, baissent leur prix pour écouler leurs stocks et licencient du personnel. **De bancaire la crise devient économique** (voir documents ci-contre). La **récession** s'amplifie au fil du temps et se transforme en une **dépression** où la baisse appelle la baisse. Celle-ci va se poursuivre tant que les dettes accumulées ne seront pas purgées.

général des prix, s'installe et, en 1933, les prix auront baissé de 27 % par rapport à 1929. Ce cycle est renforcé par les **anticipations** des acteurs économiques qui, s'attendant à une nouvelle baisse des prix, retardent leurs achats et leurs investissements, accentuant un peu plus la dépression, qui s'auto-entretient. L'absence de réaction de la **banque centrale** américaine, la **Federal Reserve (Fed)**, qui laisse les banques faire faillite, et l'absence de relance de la demande par l'injection de dépenses publiques empêchent toute possibilité de briser cette dynamique déflationniste. Au plus fort de la dépression, en 1933, le PIB aura reculé de près de 27 % et le chômage affectera un quart de la population active.

2. La crise de 2008

OBJECTIF Connaître les principales caractéristiques de la crise financière de 2008.

C'est dans le secteur immobilier aux Etats-Unis que la crise de 2008 prend naissance. La demande soutient l'activité du secteur de la construction et provoque une hausse régulière de la valeur des biens immobiliers. On voit alors se développer, à côté des prêts traditionnels, des prêts spécifiques pour des ménages à faibles, voire très faibles revenus : les prêts ***subprime***. Pour inciter les plus modestes à s'endetter, les remboursements de ces prêts, à taux variables, commencent par des mensualités très légères, qui augmentent par la suite. Ces crédits *subprime*, comme tous les prêts hypothécaires, autorisent la saisie du bien immobilier en cas de défaut de remboursement, ce qui représente une solide garantie pour le créancier. Dans ce contexte, même des ménages pauvres font figure de « bons emprunteurs ».

Cependant, les banques qui distribuent ces crédits ne les conservent pas dans leur bilan. Elles les transfèrent à des filiales qui procèdent à leur **titrisation**. Cette opération consiste à transformer des créances (crédits immobiliers ou à la consommation, prêts étudiants, etc.) en **obligations**, c'est-à-dire en titres financiers qui rapportent des intérêts à ceux qui les acquièrent et dont la valeur dépend de la qualité des créances qu'ils rassemblent. Ces titres, souvent d'une très grande complexité, mélangent de manière opaque des créances de natures très différentes, d'échéances variées et porteuses de risques de défaut de remboursement très inégaux. Cependant, ils rapportent des intérêts supérieurs à la moyenne du marché et sont donc largement souscrits par toutes les institutions qui cherchent à placer leurs liquidités et qui vont même emprunter pour en acheter. En 2007, quelques mois avant le début de la crise, l'ensemble des créances titrisées sous forme d'obligations représente plus de 12 000 milliards de dollars aux Etats-Unis.

Mais au cours de l'année 2007, le relèvement des taux d'intérêt entraîne une augmentation du coût du crédit et des mensualités des prêts à taux variables. De plus en plus de ménages se retrouvent alors dans l'incapacité de rembourser leur emprunt. Les expulsions et les saisies de logements se multiplient et leurs reventes massives accélèrent le

Apprenez à mobiliser vos connaissances

CONSIGNE Sur le modèle de la réponse proposée à la première question, répondez en quelques lignes aux autres questions.

- **Comment une banque peut-elle faire faillite ?**

RÉPONSE Une banque est une entreprise dont les ressources sont principalement constituées des capitaux apportés par ses actionnaires (capitaux propres), des dépôts que ses clients ont effectués, des emprunts qu'elle a obtenus (dettes). Avec toutes ces ressources elle accorde des prêts à des clients en besoin de financement (ménages, entreprises, Etats), mais fait aussi des placements et spécule sur les marchés financiers. Si parmi les prêts qu'elle a consentis certains ne sont pas remboursés ou si les titres financiers qu'elle a achetés perdent de la valeur, alors elle doit faire face à des pertes. Si celles-ci dépassent le montant de ses fonds propres, elle devient alors incapable de restituer la totalité des dépôts à ses clients ou de faire face aux échéances de ses dettes, elle connaît donc une crise de solvabilité. Si elle n'obtient pas de nouveaux prêts ou si aucun nouvel actionnaire ne vient la renflouer (recapitalisation), elle est potentiellement en faillite.

- **Présentez deux caractéristiques de la crise financière de 2008.**
- **Quels liens peut-on faire entre comportement mimétique et formation d'une bulle spéculative ?**
- **A l'aide d'un exemple, illustrez la manière dont une banque centrale peut superviser l'activité des banques.**

Deux documents statistiques centraux

Evolution du PIB et des prix aux Etats-Unis, base 100 = 1er trimestre 2007

Source : OCDE

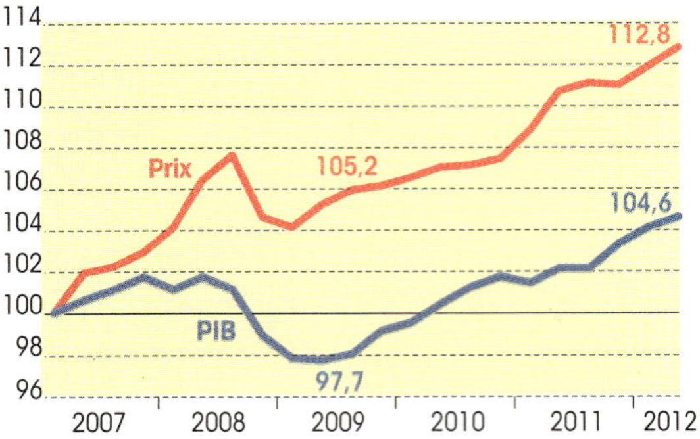

Taux de chômage aux Etats-Unis, en %

Source : OCDE

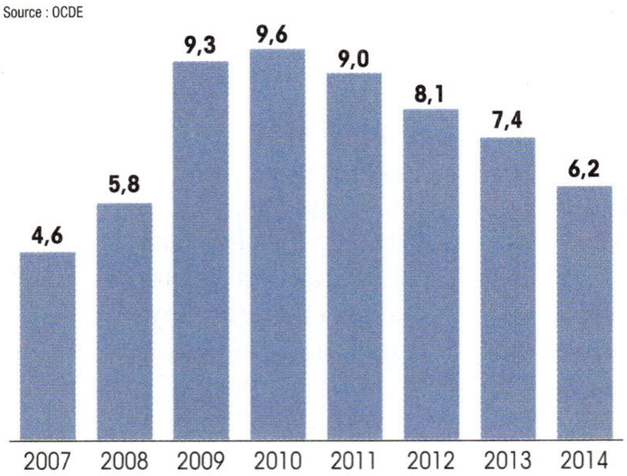

Comment exploiter ces documents ?

On observe sur ces graphiques les principaux effets de la crise des *subprime* sur l'activité économique. Lorsqu'à partir de septembre 2008 les banques réduisent brutalement les crédits qu'elles accordent aux agents économiques, elles créent les conditions d'une crise économique. Alors que la croissance du PIB reste positive jusqu'au début de l'année 2008, on observe ensuite une chute de 4 ou 5 points d'indice et, début 2009, au plus fort de la récession, le PIB s'est contracté de 2,3 % (97,7 – 100) par rapport à son niveau de 2007. Les prix vont connaître un bref recul au second semestre de 2008 en perdant 4 ou 5 points d'indice, mais l'inflation redémarre ensuite et, fin 2012, les prix aux Etats-Unis auront progressé de 12,8 % par rapport à leur niveau de 2007.
Très logiquement, la récession entraîne une aggravation du chômage. Entre 2007 et 2010, le taux de chômage fait plus que doubler (9,6/4,6), pour ensuite régresser de 3,4 points de % (6,2 – 9,6) au fil de la reprise économique.
On le constate, l'ampleur et la nature de la crise de 2008 restent éloignées de celles de la crise de 1929. D'une part, la récession économique y est considérablement plus faible et la déflation ne s'installe pas, mais surtout la récession ne se transforme pas en dépression.

retournement du marché immobilier, dont les prix baissent fortement. Ces reventes à prix bradés ne permettent plus aux ménages de rembourser leurs prêts. Résultat, ils se retrouvent à la rue et endettés !

Cette situation affecte ensuite les créanciers qui ne récupèrent plus le montant des prêts accordés en revendant les logements, et provoque aussi l'effondrement de la valeur des titres adossés à ces prêts. En juillet 2007, deux filiales appartenant à la banque Bear Stearns qui détenaient massivement ce genre de titres accumulent tellement de pertes qu'elles font faillite. **D'immobilière la crise devient bancaire**.

Petit à petit, la plupart des banques ou leurs filiales révèlent des pertes considérables et les compagnies d'assurances, censées garantir le remboursement de ces prêts hypothécaires, sont au bord du dépôt de bilan. Le 15 septembre, la banque Lehman Brothers annonce sa faillite. En quelques semaines, le Dow Jones perd près de 30 %, ce qui affaiblit un peu plus le bilan des banques qui détiennent des titres boursiers comme actifs. Pour compenser toutes ces pertes, les banques cherchent des liquidités et, pour cela, réduisent les prêts qu'elles accordent. Tous les secteurs économiques qui dépendent du crédit vont alors être touchés : **de bancaire la crise devient économique**.

En distribuant moins de crédits, les banques mettent en difficulté la trésorerie des entreprises les plus fragiles et poussent les autres à renoncer à leurs projets d'investissement. Par ailleurs, avec la baisse des prix de l'immobilier, le patrimoine des ménages se dévalorise mais beaucoup d'entre eux voient en plus leur capital retraite, placé par des fonds de pension en valeurs boursières, s'effondrer. Tous ces effets de richesse négatifs freinent la consommation des ménages, ce qui, conjugué à la baisse des investissements, provoque la récession. Dans l'année qui suit la faillite de Lehman Brothers, le PIB se contracte de 3,5 % et le taux de chômage double, pour atteindre 10 % de la population active.

B De la crise financière à la crise économique

1. La formation d'une crise boursière

OBJECTIF Comprendre et savoir illustrer la formation et l'éclatement d'une bulle spéculative (comportements mimétiques et prophéties autoréalisatrices).

Comment une **bulle spéculative** se constitue-t-elle ? Pour le comprendre, il faut d'abord faire appel à la notion d'**anticipation** comme ressort fondamental du comportement des spéculateurs. Sur les marchés financiers, la décision d'acheter ou de vendre aujourd'hui un **actif financier** (action, obligation, devise...) dépend de l'idée que l'on se fait de sa valeur future et des revenus qu'il promet de générer. Or, comme le rappelle **John Maynard Keynes** (1883-1946), le futur est par nature incertain. Alors comment agir dans un tel environnement ?

Dans un contexte incertain, Keynes suggère de comprendre le comportement des agents comme s'il s'agissait pour eux de deviner à qui le public attribuerait le premier prix lors d'un concours de beauté. Il ne s'agit pas d'essayer de choisir, sur des critères « objectifs », la personne qui se rapproche le plus de l'idéal de beauté, mais de deviner ce que la majorité des participants au vote choisira. Il faut donc pour un spéculateur anticiper ce que la foule des autres spéculateurs se forgera comme opinion. Mais, ajoute Keynes, comme tous les spéculateurs raisonnent de la même manière, il faut *« employer ses facultés à découvrir l'idée que l'opinion moyenne se fera à l'avance de son propre jugement »*. Cette *« opinion moyenne »* s'établit comme une **convention** entre spéculateurs, et c'est elle qui s'impose sur le marché. Si la convention est orientée à l'achat, et même si, objectivement, il semble déraisonnable de se porter acquéreur, ne pas le faire, c'est risquer de passer à côté d'une **plus-value** possible. Un tel processus incite à des **comportements mimétiques** où les intervenants calquent leurs actions sur celles de la masse, car personne ne s'estime mieux informé que l'ensemble du marché.

Il est donc individuellement rationnel d'acheter un actif à un prix « déraisonnable » si l'on est persuadé que tous les autres vont faire de même. Comme tout le monde tient le même raisonnement, la demande de ce titre augmente et entraîne son cours à la hausse. La convention qui s'est établie fonctionne donc comme une **prophétie autoréalisatrice** et conforte les acteurs du marché dans leur croyance en la justesse des orientations qu'ils ont adoptées. On comprend alors comment des actifs financiers peuvent atteindre des prix totalement déconnectés de leur valeur fondamentale. Mais bien sûr les arbres ne montent jamais jusqu'au ciel et les bulles finissent toujours par éclater.

L'exemple du krach des valeurs technologiques au début des années 2000 est, à ce sujet, assez éclairant. Confiants dans les promesses de la nouvelle économie qui s'organise autour de la révolution numérique, les investisseurs achètent en masse des actions des entreprises technologiques. Motorola, Yahoo, Compaq..., toutes ces entreprises qui utilisent les technologies dérivées de l'Internet semblent promises à un bel avenir. L'indice Nasdaq, baromètre de la valeur de ces sociétés, double entre avril 1999 et mars 2000. Le cours de certaines actions représente l'équivalent de cinquante années des bénéfices passés. Certaines atteignent même des sommets alors qu'elles n'ont encore réalisé aucun profit. En mars 2000, les difficultés financières évidentes des sociétés les plus fragiles font prendre conscience à certains opérateurs de la surévaluation des titres, ce qui enclenche le retournement du marché. La bulle Internet éclate, et en quelques semaines la valeur moyenne de tous les titres a baissé de moitié.

2. La transformation en crise bancaire

OBJECTIF Comprendre les phénomènes de panique bancaire et de faillites bancaires en chaîne.

Le vendredi 14 septembre 2007, la banque britannique Northern Rock, spécialisée dans la distribution de crédits immobiliers, annonce qu'elle n'est pas parvenue à financer ses besoins de liquidités, car les autres banques, méfiantes, lui ont refusé des prêts. L'action perd plus de 30 % de sa valeur dans la journée malgré le soutien affiché de la banque centrale anglaise, qui se dit prête à jouer son rôle de **prêteur en dernier ressort**, c'est-à-dire à lui prêter les liquidités qui lui font défaut, même si les autres banques s'y refusent. Le lundi suivant, d'immenses files d'attente se forment

Quiz

Répondez par vrai ou faux aux affirmations suivantes

1. La récession des années 1930 a été moins forte que celle de 2008.
■ Vrai ■ Faux
2. Les crédits *subprime* concernaient les ménages américains les plus modestes.
■ Vrai ■ Faux
3. Les comportements mimétiques sont ceux qui minimisent les risques encourus.
■ Vrai ■ Faux
4. L'actif du bilan d'une banque, ce sont toutes les ressources dont elle dispose.
■ Vrai ■ Faux
5. Un collatéral est un actif qui sert de garantie au prêteur.
■ Vrai ■ Faux
6. L'aléa moral conduit à réduire sa prise de risque.
■ Vrai ■ Faux
7. Une banque qui manque de liquidités est dite insolvable.
■ Vrai ■ Faux

Retrouvez les réponses à ce quiz pages 96-98.

Un document central

BILAN SIMPLIFIÉ D'UNE BANQUE

Actif (utilisation des ressources)	Passif (ressources)
Immobilisations (bureaux, agences...)	Fonds propres (apports des actionnaires)
Crédits à la clientèle (créances)	Dépôts de la clientèle
Portefeuille de titres	Dettes (obligations émises)
Prêts interbancaires accordés	Prêts interbancaires reçus
Avoirs à la banque centrale	Emprunts à la banque centrale

Comment exploiter ce document ?

Le travail des banques universelles consiste à la fois à gérer les comptes de leurs clients, à accorder des crédits aux particuliers ou aux entreprises, mais aussi à investir sur les marchés financiers.

Une part importante de leurs ressources, outre leurs fonds propres, vient des dépôts à vue effectués par leurs clients. Elles transforment ces dépôts à court terme en actifs beaucoup moins liquides, à travers des opérations à plus ou moins long terme (crédits immobiliers, achat de titres...).

En opérant cette transformation, elles doivent cependant veiller à conserver assez de liquidités pour faire face aux retraits de leurs clients. Elles peuvent en effet connaître une **crise de liquidités** si, brutalement, beaucoup de clients souhaitent récupérer leurs dépôts. Elles sont alors contraintes de se refinancer sur le marché interbancaire auprès d'autres banques et, en cas de refus, il leur reste la solution de s'adresser à la banque centrale, qui doit jouer son rôle de prêteur en dernier ressort.

Enfin, elles peuvent connaître une **crise de solvabilité** qui peut les conduire à la faillite. Si un trop grand nombre des prêts qu'elles ont accordés font défaut ou que les titres qu'elles possèdent connaissent une dévalorisation boursière, ces pertes peuvent dépasser le montant de leurs fonds propres. Elles deviennent alors incapables de restituer les dépôts de leurs clients ou de rembourser leurs dettes. Si elles n'obtiennent pas de nouveaux prêts et si aucun nouvel actionnaire ne vient renflouer leurs fonds propres (recapitalisation), elles sont alors en situation de faillite.

devant toutes les agences et, en quelques heures, 2 milliards de livres sterling sont retirés par les clients de la banque. Malgré le soutien des autorités monétaires, la banque finira par être rachetée par l'Etat, à peine six mois plus tard. Cet exemple de panique bancaire ne peut se comprendre que si l'on examine la structure du bilan d'une banque (voir document page 29).

Si les paniques bancaires peuvent conduire à une **crise de liquidités**, elles ne devraient pas en principe déboucher sur la faillite de la banque. En effet, si une banque manque de liquidités pour faire face à des retraits massifs et soudains, par exemple, elle peut toujours les emprunter auprès d'autres banques ou de la banque centrale en présentant comme garantie une partie des actifs qu'elle possède. Il en va tout autrement d'une **crise de solvabilité** où la banque, même en revendant tous les actifs qu'elle possède, ne parvient pas à honorer ses engagements (remboursement des dettes, restitution des dépôts des clients...).

L'exemple de Lehman Brothers est à cet égard révélateur. En septembre 2008, quelques jours avant sa mise en faillite, elle détenait près de 700 milliards de dollars d'actifs divers. Pourtant c'est essentiellement en s'endettant qu'elle les avait acquis, car ses capitaux propres ne s'élevaient qu'à 25 milliards de dollars. On comprend facilement qu'une baisse de seulement 5 % de la valeur de ces actifs, soit 5 % de 700 c'est-à-dire 35 milliards, suffise à épuiser les réserves de capitaux propres et à rendre insolvable la banque. C'est ce qui s'est produit au fur et à mesure que l'on a découvert que beaucoup des crédits *subprime*, qu'elle détenait en masse, ne valaient parfois plus rien. Cependant, sa faillite a été lourde de conséquences. Elle a entraîné des pertes colossales pour les autres banques qui détenaient des obligations que Lehman Brothers avait émises pour financer ses placements. Ces banques ont vu la valeur de ces titres s'effondrer et le risque d'insolvabilité les frapper à leur tour. C'est par ce jeu de dettes réciproques que la faillite d'une banque peut, par effet de dominos, en entraîner d'autres dans sa chute, et menacer tout le système bancaire d'effondrement.

3. La transmission à l'économie « réelle »

OBJECTIF Connaître les principaux canaux de transmission d'une crise financière à l'économie réelle : effets de richesse négatifs, baisse du prix du collatéral et ventes forcées, contraction du crédit.

Les crises bancaires se propagent en général très vite à l'économie « réelle », c'est-à-dire qu'elles affectent l'investissement, la production, et donc la croissance et l'emploi. On l'a déjà dit : le principal symptôme, c'est la chute des valeurs cotées en Bourse. Ainsi, en 2008, la crise des *subprime* a détruit l'équivalent de 25 000 milliards de dollars d'actifs dans le monde. Or, ces actifs constituaient pour ceux qui les possédaient (banques, assurances, entreprises, ménages...) une part de leur patrimoine. La première conséquence de cet **effet de richesse** négatif, c'est que pour reconstituer leur patrimoine antérieur, les ménages réduisent leur consommation, les entreprises limitent leurs investissements, ce qui affecte la demande globale, la croissance et l'emploi. Les banques utilisent leurs liquidités pour éponger leurs pertes et réduisent les prêts qu'elles accordent. Cette **contraction du crédit** déprime à son tour la consommation, l'investissement et accentue le risque de récession.

Mais les effets les plus graves viennent des agents qui se sont endettés en utilisant comme **collatéral** des actifs financiers. Un collatéral est un bien donné en garantie pour obtenir un prêt, comme le logement dans le cadre des prêts *subprime*. Lorsque le collatéral perd de sa valeur, le poids relatif de l'endettement par rapport aux actifs détenus s'accroît mécaniquement. Les prêteurs procèdent alors à des **appels de marge** : c'est-à-dire qu'ils exigent des emprunteurs un apport de fonds supplémentaires pour compenser cette perte de garantie. Du coup, les emprunteurs vont devoir procéder à des **ventes forcées** et liquider une partie des titres qu'ils détiennent. Mais comme tous font la même chose en même temps, cela entraîne un peu plus la valeur des titres financiers à la baisse, diminuant ainsi à nouveau la valeur des collatéraux, etc.

Dès les années 1930, **Irving Fisher** (1867-1947) avait théorisé ce mécanisme à travers le concept de **déflation par la dette**, en mettant en évidence que la nécessité de se désendetter conduisait à une baisse généralisée de la valeur des titres financiers, ce qui aggravait un peu plus le niveau d'endettement réel. Sans intervention des banques centrales pour baisser les taux d'intérêt et offrir massivement des liquidités, de tels enchaînements transforment la crise financière en récession.

C La régulation de la finance

1. Combattre l'aléa moral

OBJECTIF Comprendre l'aléa moral des banques.

L'**aléa moral** désigne toutes les modifications du comportement d'un agent vis-à-vis d'un risque dès lors qu'il se sait assuré contre ce risque. Appliqué au secteur bancaire, cela se traduit par le fait que les banques ont la conviction que la banque centrale leur prêtera toujours les liquidités dont elles ont besoin, et c'est cette « assurance » qui les incite à prendre toujours plus de risques. Dès lors, elles vont accorder des prêts avec peu de garanties mais à des taux d'intérêt élevés, spéculer dangereusement sur les marchés financiers et s'endetter au maximum pour financer toutes ces opérations risquées mais hautement rentables. La conviction que la banque centrale jouera toujours son rôle de prêteur en dernier ressort se fonde sur l'idée que les autorités monétaires ne laisseront pas les banques faire faillite car une telle décision pourrait plonger un pays dans la récession. Cette relation est d'autant plus vérifiée que les **banques sont systémiques**, c'est-à-dire dotées d'un bilan tellement important qu'elles deviennent *« too big to fail »*, car leur faillite causerait l'effondrement de tout le système financier. Le défi posé aux régulateurs par une telle situation est bien sûr de savoir comment réduire cet aléa moral.

2. Des instruments pour la régulation

OBJECTIF Connaître les principaux instruments de régulation du système bancaire et financier : supervision des banques par la banque centrale, ratio de solvabilité.

Après chaque crise de la finance, de nouvelles régulations apparaissent. Ainsi, après la crise de 1929, le **Glass-Steagall Act**, voté en 1933, instaurait aux Etats-Unis une séparation nette entre les banques commerciales (les banques de dépôt) et les banques d'investissement, qui seules avaient le droit d'intervenir sur les marchés financiers, mais sans pouvoir recueillir de dépôts. Cette règle protectrice de l'épargne des ménages finira par être abandonnée en 1999.

A la suite de la crise de 2008, il est à nouveau apparu nécessaire d'instaurer une plus grande surveillance des banques du fait de leur poids économique considérable. Par exemple, en France en 2022, l'actif cumulé des quatre plus grandes banques dépassait les 8 000 milliards d'euros et ce total s'élevait à plus de 11 000 milliards de dollars pour les quatre plus grandes banques des Etats-Unis.

Après la crise des *subprime*, la réaction américaine s'est traduite par l'adoption en 2010 de la loi **Dodd-Frank**, qui limite les activités spéculatives des banques, les oblige à mieux garantir les dépôts de la clientèle, sécurise l'octroi de prêts immobiliers ou encore ne fait plus supporter aux contribuables les conséquences d'une faillite bancaire. Mais les principaux éléments de régulation de cette loi ont été abandonnés sous la présidence de Donald Trump, ce qui accroît le risque d'une nouvelle crise financière.

En Europe, l'instauration à partir de 2014 de l'**Union bancaire** organise les principes de surveillance du secteur bancaire et particulièrement des 130 plus grands établissements bancaires. Cette surveillance s'opère à travers deux procédures : le **mécanisme de surveillance unique (MSU)** et le **mécanisme de résolution unique (MRU)**.

Le MSU est piloté par la **Banque centrale européenne (BCE)**, qui veille au respect des **règles prudentielles**. Ces règles sont fondamentales car elles visent à prévenir le risque d'une faillite bancaire. Elles imposent d'abord aux banques d'assurer leur solvabilité, c'est-à-dire de détenir un volume suffisant de capitaux propres pour leur permettre de faire face à des risques de pertes. Pour cela, la BCE s'inspire des recommandations du Comité de Bâle et impose aux banques un **ratio de solvabilité**. Celui-ci se calcule en divisant le montant des capitaux propres par le total des actifs pondérés par leur risque. Il a progressivement été porté à 10,5 %, ce qui signifie que les fonds propres doivent permettre d'absorber une perte de 10,5 % de la valeur des actifs à risque détenus par une banque. Les banques sont aussi soumises à un **ratio de liquidité**, qui doit montrer qu'elles peuvent traverser pendant un mois une situation de pénurie de refinancement. L'**Autorité bancaire européenne** organise des *« stress tests »* qui simulent les effets d'une crise économique sur le bilan de ces banques, afin de s'assurer de leur résistance. Le dernier, effectué en 2021 auprès des 50 plus grandes banques européennes, a montré, à une exception près, leur capacité à surmonter une crise financière sévère.

Enfin, le MRU organise les conditions de **résolution d'une crise bancaire** en sollicitant en priorité les actionnaires de la banque pour renflouer son bilan. Il crée aussi un fonds d'assurance alimenté par les banques pour recapitaliser celle qui serait défaillante. Enfin, il offre aux clients victimes d'une faillite bancaire une garantie de couverture de leurs dépôts jusqu'à 100 000 euros.

Toutes ces mesures renforcent la régulation. Mais on peut critiquer l'absence de régulation du *« shadow banking »*, regroupant toutes les filiales des banques qui ne sont pas considérées comme des banques, et qui ne sont donc pas soumises à la régulation prudentielle. Celles-ci détiennent d'importantes créances douteuses sorties des bilans des banques pour rendre ces derniers plus présentables aux yeux des régulateurs. Une autre critique porte sur le calcul du ratio de solvabilité. La pondération du risque des actifs est assez largement laissée à l'appréciation des banques. Elles ont donc intérêt à minorer le calcul de ces risques pour présenter un ratio élevé. Enfin, on attend toujours une régulation des paradis fiscaux, présents au sein même d'espaces nationaux qui prétendent les combattre, comme le Delaware aux Etats-Unis ou Jersey, Guernesey et le Luxembourg en Europe.

Les notions essentielles du programme

Actifs financiers : ensemble des titres financiers (devises, actions, obligations, créances...).

Aléa moral : modifications du comportement d'un agent vis-à-vis d'un risque dès lors qu'il se sait assuré contre ce risque.

Anticipations mimétiques : prévisions basées sur l'imitation des prévisions faites par les autres agents.

Banque centrale : banque des banques, disposant du monopole de l'émission de monnaie centrale et chargée de conduire la politique monétaire.

Bulle spéculative : situation où la valeur boursière d'un actif augmente sans lien avec sa valeur fondamentale.

Choc systémique : risque particulier (de crédit, de liquidité, de solvabilité...) qui lorsqu'il se réalise peut provoquer une crise de l'ensemble du système financier.

Collatéral : actif (action, obligation, bien immobilier...) déposé comme garantie lors d'un emprunt.

Crise financière : retournement des anticipations au sein de la sphère financière qui entraîne une dévalorisation des actifs financiers.

Effet de richesse : conséquences des variations de la valeur du patrimoine sur le comportement des agents.

Prophétie autoréalisatrice : croyance commune qui modèle le comportement des acteurs et conduit à la réalisation de l'événement anticipé.

Ratio de solvabilité : rapport entre les fonds propres d'une banque et les actifs pondérés par leur risque.

Régulation financière : ensemble des dispositifs qui visent à assurer la stabilité d'un système financier.

Système financier : ensemble du système bancaire, des marchés sur lesquels s'échangent les actifs financiers et des institutions chargées d'en assurer le contrôle.

Les sujets du bac les plus attendus

(en dissertation ou en 3e partie de l'épreuve composée)

- Comment une crise financière peut-elle se transmettre à l'économie réelle ?
- De quelle manière peut-on réguler le système financier ?
- Comment des phénomènes de panique bancaire et de faillites en chaîne des banques peuvent survenir ?
- Vous montrerez comment une bulle spéculative peut se former et éclater.

Pour en savoir plus

« Le retour des paniques bancaires », par Christian Chavagneux, *Alternatives Economiques* n° 433, avril 2023.

« Mettre au pas la finance : des choix très différents », par Christian Chavagneux, alternatives-economiques.fr, 26/06/2019, frama.link/TV-HPMRZ

Quelles politiques économiques dans le cadre européen ?

L'avenir de l'Union européenne (UE), qui reste, à ce jour, la plus ambitieuse tentative d'intégration économique et politique au monde, demeure toujours incertain. Fragilisé par la rupture avec le Royaume-Uni (le Brexit), le projet européen continue cependant d'attirer les pays d'Europe centrale, inquiets des tentations expansionnistes de la Russie. Si l'UE a su se doter d'un vaste marché intérieur et d'une monnaie unique, qu'en est-il de la convergence des économies des 27 pays qui la constituent ? A quelle coordination ont pu aboutir les politiques macroéconomiques dans ce cadre ? Demeure-t-il encore des marges de manœuvre pour mener à bien des stratégies politiques nationales ?

A Les étapes de l'intégration européenne et ses avantages attendus

1. De la Communauté économique européenne à la zone euro

OBJECTIF Connaître les grandes caractéristiques de l'intégration européenne (marché unique et zone euro).

L'objectif initial de la construction européenne était autant une intégration politique qu'une intégration économique, pour favoriser la paix sur le continent en rendant les pays européens interdépendants. Mais dès 1957, le **traité de Rome**, signé entre les six pays fondateurs, crée la **Communauté économique européenne** (CEE) et privilégie l'intégration économique plutôt que l'intégration politique, en raison des réticences des pays membres à abandonner des éléments de leur souveraineté nationale (monnaie, fiscalité, budget...) à des institutions communautaires. L'objectif était la constitution d'un vaste marché dans un cadre de **libre concurrence**, reprenant le modèle théorique d'approfondissement progressif de l'intégration proposé traditionnellement (voir encadré ci-contre).

En réalité, il a fallu attendre 1968 pour assister à la mise en place d'une simple union douanière sans pour autant que les personnes et les capitaux puissent alors librement circuler d'un pays à l'autre. Avec l'élargissement de l'Union à 9 (1973), puis à 12 (1986) est apparue la nécessité de donner une nouvelle impulsion à l'intégration européenne au travers de la signature de l'**Acte unique européen** en 1986. Celui-ci prévoit l'achèvement du **marché unique** assurant la libre circulation effective des marchandises, des services, des personnes et des capitaux, mais aussi une réforme des institutions et la mise en place de nouvelles politiques communes. En définitive, le marché unique n'entre en vigueur qu'en 1993. Il a fallu entre-temps parvenir à harmoniser de nombreux aspects comme les normes techniques et sanitaires ou les durées d'études validant les diplômes, ou encore rapprocher les taux de TVA. Il a également fallu favoriser la libre installation professionnelle.

C'est la nouvelle relance de l'intégration européenne, correspondant au **traité de Maastricht**, signé en 1992, qui a fixé les bases de l'**Union économique et monétaire** (UEM) devant aboutir, à terme, à l'adoption d'une monnaie unique. Dans un marché unique, il devenait indispensable pour les entreprises d'éviter les risques financiers liés aux variations de taux de change. Mais, pour parvenir à une zone euro plus homogène, le traité exigeait que chaque pays candidat s'engage à respecter certains critères communs appelés **« critères de convergence »** : déficit public limité à 3 % du produit intérieur brut (PIB), dette publique cumulée (Etat, protection sociale et collectivités locales) limitée à 60 % du PIB, évolution proche de la moyenne européenne des trois pays les plus performants en matière d'inflation et de taux d'intérêt, stabilité du taux de change sur deux ans. En 1997, le traité d'Amsterdam a transformé ces critères en un **Pacte de stabilité et de croissance (PSC)**.

Les Etats membres de l'Union européenne

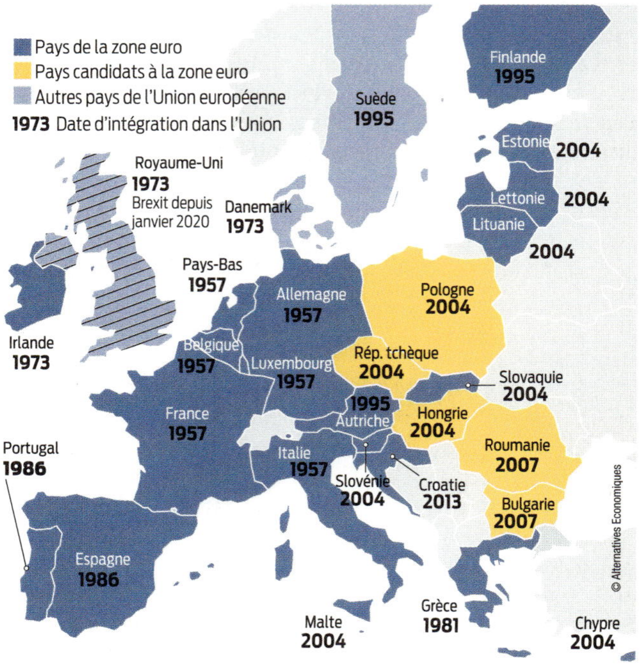

Les 5 étapes théoriques de l'intégration économique et politique

1. Zone de libre-échange (ZLE) = libre circulation des marchandises.
2. Union douanière (UD) = ZLE + tarif extérieur commun vis-à-vis des autres pays.
3. Marché commun (MC) = UD + libre circulation des individus et des capitaux.
4. Union économique (UE) = MC + mise en place d'un certain nombre de politiques communes, y compris création d'une monnaie commune (Union économique et monétaire dans ce cas).
5. Intégration totale = UE + passage à une autorité supranationale en matière d'institutions politiques.

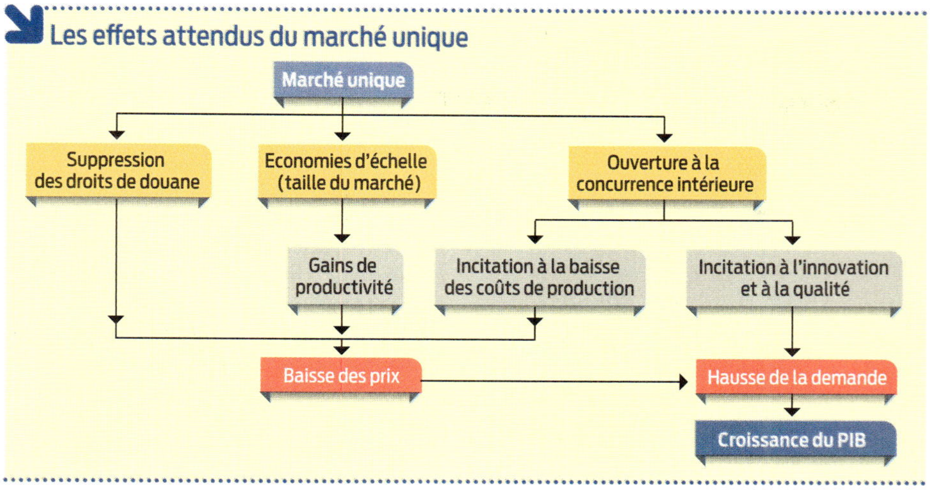

2. Les effets du marché unique et de l'euro sur la croissance

OBJECTIF Comprendre les effets du marché unique sur la croissance.

On attendait du marché unique qu'il devienne une source de croissance à différents titres, en particulier en provoquant une baisse des prix et donc une hausse du pouvoir d'achat pour les consommateurs européens (voir schéma ci-dessus). Au-delà de la suppression des droits de douane, le marché unique poussait les entreprises à améliorer la qualité de leurs produits et à gagner en productivité face à une concurrence accrue. Et la taille du marché leur laissait envisager d'importantes économies d'échelle avec la possibilité d'amortir leurs coûts fixes en les répartissant sur des quantités de produits bien supérieures. De telles évolutions devaient donc être favorables à une relance de la demande et à la croissance.

Puis l'euro est devenu la monnaie unique en 1999, avant sa mise en circulation en janvier 2002. Sa gestion a été confiée à la **Banque centrale européenne (BCE)**, indépendante des gouvernements nationaux et des instances européennes, et chargée de la **politique monétaire unique** pour les onze premiers pays de la zone euro. Elle devait permettre d'attirer les capitaux internationaux, y compris les investissements directs à l'étranger (IDE), séduits par le potentiel de croissance de la zone. Et les effets de cette monnaie unique devaient renforcer ceux du marché unique (voir schéma page 34), en permettant aux entreprises de bénéficier d'un environnement moins incertain en matière de prix, de taux de change et de taux d'intérêt, et aux ménages d'espérer de nouvelles baisses de prix sur une plus grande variété de produits.

Cette Union économique et monétaire est restée attractive au point d'accueillir un vingtième pays membre, la Croatie, en 2023 (voir la carte ci-contre), même si des Etats comme le Danemark ou la Suède ont préféré garder leur monnaie nationale.

B La politique de la concurrence, priorité européenne

OBJECTIF Comprendre les objectifs, les modalités et les limites de la politique européenne de la concurrence.

1. Les objectifs de la politique européenne de la concurrence

Avec plus de 500 millions de consommateurs potentiels, le marché unique doit favoriser la course aux innovations et la baisse des prix favorable au pouvoir d'achat des Européens. Dans cette optique, l'objectif général est de garantir une concurrence libre et non faussée entre les différents acteurs. Dans le cadre européen, cette **politique de la concurrence** est la compétence exclusive de la Commission européenne.

Celle-ci surveille d'abord les entreprises qui cherchent à acquérir un **pouvoir de marché** en voulant y imposer leurs propres prix (*« price makers »*) au lieu de subir les prix qui y sont pratiqués (*« price takers »*). C'est potentiellement le cas lorsqu'elles atteignent une **position dominante**, en contrôlant plus de 50 % des parts d'un marché, et peuvent alors décider des prix, voire empêcher l'entrée de nouveaux concurrents. Plus radicalement encore,

Apprenez à mobiliser vos connaissances

CONSIGNE Sur le modèle de la réponse proposée à la première question, répondez en quelques lignes aux autres questions.

- **Comment peut-on expliquer la difficulté à gérer les chocs asymétriques dans les pays de la zone euro ?**

RÉPONSE Un choc asymétrique se caractérise par un événement qui affecte différemment les pays d'une même zone. Ainsi les difficultés d'approvisionnement liées au déclenchement de la guerre en Ukraine ont provoqué un retour de l'inflation, qui a entraîné un choc asymétrique pour les pays de la zone euro. La réaction prévisible de la BCE, responsable exclusive de la politique monétaire, a alors été une hausse indifférenciée des taux d'intérêt. Or, cette politique pénalise à la fois les pays à faible inflation qui supportent alors des taux d'intérêt réels plus élevés pour se financer, mais aussi les Etats les plus endettés de la zone qui ont plus de mal à financer leurs dettes publiques. L'absence d'une véritable politique budgétaire commune pousse alors chaque pays à gérer ce choc au mieux de ses intérêts, en dépit des exigences du Pacte de stabilité et de croissance.

- **Présentez une limite de la politique européenne de la concurrence.**
- **Expliquez un effet du marché unique sur la croissance économique dans l'Union européenne.**
- **Vous montrerez comment la politique monétaire peut agir sur la politique économique.**

Les avantages attendus de la monnaie unique

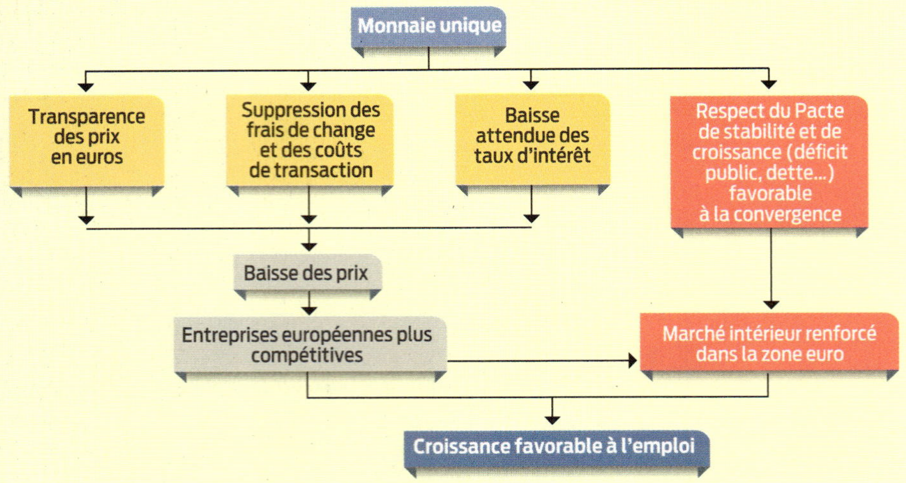

la Commission vise à combattre la formation de **cartels**, qui sont des ententes d'entreprises s'accordant pour se partager le marché et/ou se mettre d'accord sur les prix afin d'accroître leurs profits, là encore au détriment des consommateurs.

Elle cible aussi les cas de **monopoles naturels**, surtout dans les activités d'infrastructures de réseaux (ferroviaire, autoroutier, gaz...). Dans ces situations, en effet, la rentabilité n'est possible que pour une seule entreprise, du fait de l'importance des coûts fixes nécessaires à la mise en place du réseau lui-même. Or, par définition, une situation de monopole constitue une entorse aux règles de la concurrence.

Enfin, elle surveille également les Etats, qui pourraient être tentés de favoriser leurs entreprises en les subventionnant ou en leur accordant la préférence sur les marchés publics, voire en protégeant leurs services publics de la concurrence extérieure.

2. Les modalités

La Commission mène d'abord une **politique préventive** vis-à-vis des **entreprises** qui consiste à surveiller leurs projets de concentration, par fusion ou par absorption. Depuis 1990, celles qui désirent se lancer dans des opérations de concentration de grande ampleur doivent en informer la Commission européenne, qui ne donne son accord que lorsque la situation engendrée par la concentration ne risque pas de déboucher sur un possible abus de position dominante, source de prix excessifs et anticoncurrentiels. C'est ainsi que le rachat de l'américain Monsanto par l'allemand Bayer dans le domaine des semences et pesticides en 2018 n'a été autorisé que sous certaines conditions financières, mais qu'en revanche l'acquisition du français Alstom par l'allemand Siemens, deux entreprises spécialisées dans la construction de rames TGV, a été rejetée, au motif qu'une telle concentration pourrait entraîner une diminution de choix dans les produits, une hausse des prix et une moindre incitation à l'innovation.

La **politique répressive**, elle, sanctionne, par de lourdes amendes, un certain nombre d'**abus de position dominante**. Ainsi Google s'est vu infliger par la Commission une amende de 4,3 milliards d'euros en 2018 pour avoir abusé de son pouvoir de marché en conditionnant la vente de son système Android à l'acquisition simultanée de Google Chrome et Google Search. Cette politique répressive a également concerné les **cartels**. Ainsi, de nombreuses ententes entre équipementiers automobiles sur le partage du marché et le maintien des prix ont été sanctionnées par plus de 2 milliards d'euros d'amendes depuis 2013. Ce volet répressif s'appuie aussi depuis 1996 sur une **politique de la clémence**, inspirée des Etats-Unis, et qui permet à une firme d'échapper aux sanctions si elle dénonce elle-même l'existence de telles ententes et en apporte la preuve.

Quant à la surveillance des **Etats**, elle est d'abord passée par l'ouverture progressive à la concurrence des services collectifs marchands jusque-là offerts par des monopoles étatiques dans les domaines des transports, de l'énergie, des télécommunications et des services postaux. En séparant dans un premier temps la gestion et l'entretien des infrastructures de la fourniture des services (Réseau ferré de France et SNCF ou ERDF et les distributeurs d'électricité, par exemple), on souhaitait garantir à toutes les entreprises européennes un égal accès à ces réseaux pour y distribuer leurs services. Et les Etats sont eux-mêmes sanctionnés financièrement lorsqu'au nom de leur **politique industrielle**, ils accordent différentes aides (subventions, allègements fiscaux, prêts à taux privilégiés...) à des entreprises nationales, ou leur réservent des marchés publics au détriment d'autres entreprises européennes. Mais la Commission surveille aussi les Etats qui cherchent à tirer parti de l'absence d'harmonisation fiscale pour attirer les IDE par de très faibles impôts sur les sociétés. La Commission a ainsi imposé à l'Irlande qu'Apple s'acquitte du remboursement de 13 milliards d'euros d'avantages fiscaux qui lui avaient été consentis par ses autorités.

3. Les limites de ces politiques

Plusieurs reproches ont pourtant été adressés à cette politique européenne de la concurrence. Certains ont d'abord rappelé que les concentrations peuvent être positives, y compris en faveur des consommateurs, lorsque les activités des groupes sont complémentaires au point d'améliorer leur efficacité productive et de mettre en commun leurs efforts de recherche-développement. Entraver les concentrations dans le cadre européen risque donc d'empêcher les entreprises européennes, même les plus puissantes, d'atteindre la **taille critique** suffisante pour développer et imposer leurs innovations à l'échelle internationale. De même, la surveillance étroite des politiques industrielles nationales aurait dû s'accompagner de la mise en œuvre d'une véritable **politique industrielle européenne** capable de faire émerger de nouveaux champions, comme Airbus ou Arianespace, et d'orienter les investissements vers des objectifs stratégiques décisifs, notamment en matière de nouvelles technologies et de transition écologique.

Des doutes portent aussi sur la conception européenne des services collectifs. Celle-ci repose sur l'idée de **services d'intérêt économique général (Sieg)**, une sorte de service collectif minimum qui doit être offert à tous à un prix abordable. Au-delà, les usagers désirant une prestation plus complète devront supporter l'intégralité de son coût. La France y voit une menace pour sa tradition de **service public**, qui essaie de proposer une prestation étendue, sans recherche de rentabilité et avec la volonté de renforcer le lien social en garantissant à tous une égalité de traitement. Concrètement, l'interrogation porte sur les garanties que les Sieg offriront en matière de couver-

Un document statistique central

Taux d'inflation dans la zone euro, en %

Source : Eurostat

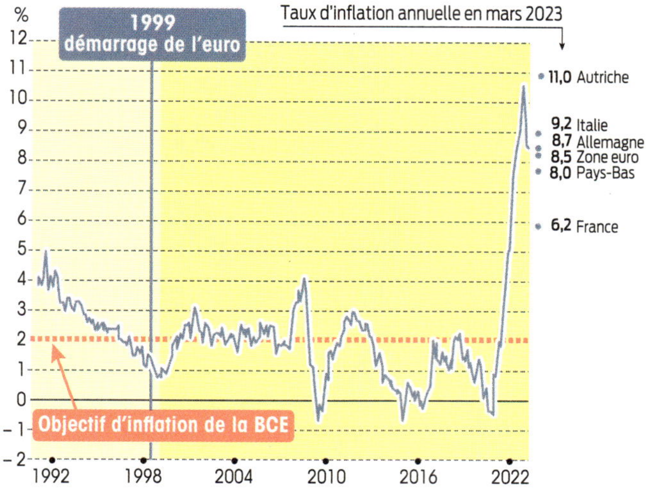

Comment exploiter ce document

Ce graphique illustre, depuis 1991, l'évolution du taux d'inflation moyen au sein des pays de la zone euro, ainsi que la situation particulière de quelques pays au regard de la hausse des prix en mars 2023.

On peut distinguer plusieurs périodes sur ce graphique.

Jusqu'en 1999, les pays candidats s'efforcent de respecter l'objectif posé à Maastricht en 1992 (un taux d'inflation limité à 2 %), ce qui provoque une phase de **désinflation** (ralentissement sensible du rythme de la hausse des prix).

Après 1999, l'inflation se stabilise autour d'un taux de 2 % jusqu'à la crise financière dite des *subprime*, qui, à partir de la fin 2008, provoque une récession et une forte désinflation. Au point qu'une nouvelle menace pèse sur l'Europe : celle de la **déflation**, à savoir une baisse généralisée et auto-entretenue des prix. Le risque d'un tel engrenage vers la déflation est connu (voir thème 4, page 26). Face à ce risque, la BCE a redéfini sa politique monétaire, d'abord en abaissant fortement ses taux d'intérêt, puis en pratiquant l'assouplissement quantitatif (voir page 37).

La situation a radicalement changé depuis 2020. La crise sanitaire a d'abord fragilisé les chaînes de valeur du commerce mondial pour la livraison de certains produits (semi-conducteurs, pièces détachées…). Puis le déclenchement de la guerre en Ukraine a multiplié les pénuries (énergie, produits agricoles…). La conjugaison des deux phénomènes a provoqué de telles difficultés d'approvisionnement qu'on assiste au retour de l'**inflation**.

Mais on peut voir aussi à quel point les pays subissent des chocs inflationnistes asymétriques en fonction de leurs dépendances plus ou moins grandes aux importations incontournables. Si l'inflation moyenne de la zone euro atteint 8,5 %, l'Autriche a un taux 1,8 fois supérieur à celui de la France.

Difficile, dans ces conditions, de traiter la diversité des situations avec une politique monétaire unique.

ture du territoire dans des domaines tels que la distribution du courrier, la fourniture de réseaux 4G, voire 5G, ou encore le maillage des réseaux ferroviaires.

Les critiques portent, enfin, sur le peu de résultats auxquels ces principes ont abouti jusqu'alors. En effet, ils ont souvent donné naissance à des oligopoles puissants (quatre groupes dominent la fourniture d'électricité) qui ont toute latitude pour offrir une variété de services à certains publics au détriment de l'universalité. Par ailleurs, la flambée récente des cours de l'énergie a démontré que la concurrence non seulement n'empêche pas les profits excessifs des producteurs, mais ne protège pas non plus les consommateurs de brutales hausses de prix.

C La politique conjoncturelle dans le cadre de l'Union européenne

1. En quoi consistent les politiques conjoncturelles et qui en a la charge au sein de l'Union européenne ?

OBJECTIF Comprendre comment la politique monétaire et la politique budgétaire agissent sur la conjoncture. Savoir que la politique monétaire dans la zone euro, conduite de façon indépendante par la Banque centrale européenne, est unique, alors que la politique budgétaire est du ressort de chaque pays membre mais contrainte par les traités européens.

Depuis la « révolution keynésienne » des années 1930, la **politique conjoncturelle** des Etats est considérée comme un moyen essentiel pour réagir aux fluctuations de court terme de l'activité économique. Elle consiste à utiliser les outils de la **politique monétaire** et de la **politique budgétaire**, en les combinant si possible (***« policy mix »***), pour assurer la stabilité de la croissance en agissant sur les principaux indicateurs conjoncturels (niveaux de croissance, d'inflation, de chômage et état des échanges extérieurs) dans une logique expansive ou restrictive.

Dans une logique expansive, la politique monétaire favorise la création monétaire et abaisse les taux d'intérêt pour relancer la consommation et l'investissement. Pour sa part, la politique budgétaire consiste alors à augmenter les dépenses publiques ou à réduire ses recettes fiscales pour relancer l'activité, notamment par des politiques d'investissements publics. En cas de **surchauffe** au contraire, lorsque l'offre est incapable de répondre à la demande, ce qui provoque une hausse des prix, on met en place des politiques monétaires et/ou budgétaires inverses de freinage de l'activité.

Au sein de la zone euro, la politique monétaire est le domaine de la seule Banque centrale européenne (BCE), indépendante de tout contrôle politique. En effet, l'Allemagne, traumatisée par l'hyperinflation des années 1920, n'avait accepté d'abandonner le mark au profit de l'euro qu'à la condition d'obtenir de ses partenaires des garanties en matière de **rigueur monétaire et budgétaire**, ce qui passait par cette stricte indépendance de la BCE. La mission d'origine de la BCE était donc uniquement de veiller à la **stabilité des prix** et accessoirement à celle du **taux de change de l'euro**, contrairement à la Fed, la banque centrale américaine, qui doit aussi soutenir la croissance et l'emploi. Elle devait donc faire respecter une inflation limitée à 2 %, en jouant sur ses taux d'intérêt directeurs (taux grâce auxquels elle oriente la politique de crédit des banques de la zone). Par ailleurs,

Un document statistique central

Situation de quelques pays de la zone euro en 2019, 2020, 2021 et 2022

Source : Eurostat n° 47, avril 2023

	Solde des finances publique (en % du PIB)				Dette publique (en % du PIB)				Taux d'intérêt à long terme (en %)			
	2019	2020	2021	2022	2019	2020	2021	2022	2019	2020	2021	Fév. 2023
Allemagne	1,5	− 4,3	− 3,7	− 2,6	59,6	68,7	69,3	66,3	− 0,3	− 0,6	− 0,4	2,4
France	− 3,1	− 9,0	− 6,5	− 4,7	97,4	114,6	112,9	111,6	0,0	− 0,3	0,1	2,9
Grèce	0,9	− 9,7	− 7,1	− 2,3	180,6	206,3	194,6	171,3	1,4	0,6	1,3	4,3
Italie	− 1,5	− 9,7	− 9,0	− 8,0	134,1	154,9	149,9	144,4	1,4	0,6	1,0	4,3
Pays-Bas	1,8	− 3,7	− 2,4	0,0	48,5	54,7	52,5	51,0	− 0,1	− 0,6	− 0,3	2,7
Zone euro	− 0,6	− 7,1	− 5,3	− 3,6	84,1	97,2	95,5	91,6	0,4	− 0,1	0,3	3,2

Comment exploiter ce document

Ce tableau montre à la fois l'impact de la crise sanitaire sur différents pays de la zone euro et l'ampleur très variable de cet impact sur chaque économie.

On constate d'abord qu'en 2019, la plupart des déficits publics montraient une certaine convergence dans le respect de la règle des moins de 3 % de déficit, même si la France s'en écartait encore légèrement. Du côté de la dette publique cumulée, en revanche, seuls les Pays-Bas et l'Allemagne demeuraient en dessous de la limite des 60 %, la moyenne de la zone euro dépassant 80 %. Mais grâce au soutien de la politique expansive de la BCE, les taux d'intérêt restaient limités, voire négatifs pour certains pays. Puis, face à la crise sanitaire, l'Union européenne décide de suspendre les règles du Pacte de stabilité, ce qui provoque, dès 2020, un gonflement des déficits et des dettes publiques de la zone euro au-delà des limites fixées (respectivement 7,1 % au lieu de 3 % et 97,2 % au lieu de 60 % du PIB).

Mais les chocs affectant les finances publiques restent très variables selon les pays. La Grèce, l'Italie et, à un degré moindre, la France n'ont d'autre choix que de laisser filer la dépense publique, au point que la dette y dépasse très largement les 100 %. Mais la décision de la BCE de relever ses taux d'intérêt face au retour de l'inflation annonce la fin de l'endettement « sans douleur » et le retour de politiques plus restrictives pour tous les pays de la zone euro, particulièrement les plus fragiles, alors que les pays les plus rigoureux s'opposent toujours à l'assouplissement définitif des règles du Pacte de stabilité et de croissance.

elle ne pouvait financer directement les déficits des Etats de la zone euro par la création monétaire. Cette politique monétaire stricte est restée intangible jusqu'en 2012. La politique budgétaire demeure en revanche de la compétence des Etats, d'autant que le budget de l'Union a toujours été trop faible (1 % du PIB européen environ) pour peser sur l'activité. Cependant, l'autonomie budgétaire des Etats membres est largement contrainte par les exigences du Pacte de stabilité et de croissance (PSC) (voir page 32).

Les marges de manœuvre en matière de politique conjoncturelle sont donc extrêmement restreintes. En particulier, en cas de **choc asymétrique**, affectant fortement l'offre ou la demande de l'économie d'un pays membre sans toucher ses partenaires, comme ce fut le cas lors de la réunification allemande, les règles de la zone euro lui interdisaient de choisir une politique budgétaire de relance massive et isolée en laissant creuser ses déficits. Par ce biais, on pensait obliger les pays partenaires à mener des **politiques coordonnées**, plus efficaces, et éviter la possibilité d'**« aléa moral »** d'un Etat « laxiste », qui laisserait ses difficultés financières s'accroître par des dépenses budgétaires non financées, se sentant à l'abri de la protection communautaire. Ce « *policy mix* » articulant une politique monétaire unique et des politiques budgétaires multiples mais contraintes traduit donc un compromis bancal, faute d'un engagement vers davantage de fédéralisme.

2. Quels problèmes entraîne cette répartition ?

OBJECTIF Comprendre les difficultés soulevées par cette situation (défaut de coordination, chocs asymétriques).

L'**élargissement de l'Union européenne** à 27 pays a évidemment rendu la coordination encore plus difficile. L'accueil des pays de l'Europe centrale et orientale a considérablement accru les écarts de richesses au sein de l'Union. Mais cette disparité des niveaux de développement n'est pas l'unique responsable des **défauts de coordination**. Certains pays ont surtout vu dans l'accès à la zone euro une solution de facilité pour bénéficier de taux d'intérêt plus bas que

Les notions essentielles du programme

Banque centrale : voir thème 4, page 31.

Cartel de producteurs : groupement de producteurs qui s'entendent de façon illégale pour pratiquer des prix identiques, voire se partager le marché, au détriment des consommateurs et de concurrents potentiels.

Choc asymétrique : choc qui affecte l'offre et/ou la demande de l'économie d'un pays sans concerner de la même manière l'économie de ses principaux partenaires.

Euro : monnaie unique européenne. Né officiellement en 1999, il s'est substitué totalement aux monnaies nationales depuis 2002 et est partagé actuellement par les 20 pays constituant la zone euro.

Marché unique : zone d'intégration économique où sont garanties les quatre libertés de circulation des marchandises, des services, des personnes et des capitaux.

Politique budgétaire : utilisation des dépenses et des recettes du budget de l'Etat en vue d'agir sur le rythme de croissance économique. Cette politique peut être expansive (politique de relance) ou restrictive (politique de rigueur), selon l'objectif poursuivi.

Politique conjoncturelle : choix des politiques budgétaire et monétaire les mieux à même de veiller à une croissance équilibrée et d'éviter des fluctuations trop importantes de l'activité en cas de chocs.

Politique de la concurrence : politique qui impose le strict respect des conditions d'une concurrence libre et non faussée par des mesures préventives et répressives à l'égard des entreprises concernées et une stricte neutralité des Etats vis-à-vis des entreprises en concurrence.

Politique monétaire : ensemble des moyens dont dispose la banque centrale pour peser sur l'activité économique par l'intermédiaire de l'offre monétaire et des taux d'intérêt.

Pouvoir de marché : situation d'une entreprise ayant atteint une position suffisamment dominante sur un marché pour y imposer ses prix sans subir ceux de ses concurrents.

ceux auxquels ils pouvaient prétendre avec leur monnaie nationale. En Grèce, c'est l'Etat qui s'est endetté massivement ; en Espagne, en Irlande et au Portugal, ce sont surtout les ménages et les entreprises qui ont multiplié les crédits, notamment immobiliers, cessant d'épargner pour consommer plus qu'ils ne produisaient. Et même les pays les plus puissants comme l'Allemagne ou la France n'ont pas hésité à accumuler les déficits de leurs comptes publics pendant plusieurs années, s'affranchissant ainsi des règles du PSC, sans en être pénalisés comme le prévoyaient pourtant les traités qu'ils avaient imposés aux autres.

Depuis 2008, l'économie de l'UE a dû faire face à une série de **chocs conjoncturels** d'origine extérieure. Tour à tour, la crise financière, la pandémie du Covid et la guerre en Ukraine vont imposer des adaptations successives et parfois contradictoires dans la conduite des politiques conjoncturelles.

La **crise financière de 2008** a d'abord obligé les gouvernements des pays de la zone euro à intervenir en creusant les déficits publics pour soutenir l'activité économique, car les banques, parfois menacées de faillite, n'étaient plus capables d'en assurer le financement.

Pourtant, jusqu'en 2012, la BCE a résolument poursuivi sa politique monétaire restrictive en maintenant des taux d'intérêt plus élevés que ceux des autres banques centrales, par peur de l'inflation et pour garantir la valeur de l'euro. Le **défaut de coordination** entre la politique monétaire de la BCE et les politiques budgétaires des Etats de la zone euro était alors flagrant.

Mais, à partir de 2012, c'est la crainte d'une déflation (baisse durable et auto-entretenue du niveau général des prix) qui devient prédominante, au point d'amener la BCE à changer radicalement sa politique monétaire. Elle pratique alors l'**assouplissement quantitatif** (*quantitative easing*), qui consiste à inonder le marché en liquidités pour permettre au secteur bancaire de continuer à distribuer les crédits nécessaires au soutien de la consommation et de l'investissement. Pour cela, elle rachète en dix-huit mois aux banques plus de 1 000 milliards d'euros d'actifs financiers, principalement des titres de dettes publiques, en échange de liquidités monétaires. De plus, la BCE a peu à peu abaissé ses taux d'intérêt jusqu'à les rendre négatifs pour inciter les banques à accorder des crédits plutôt que de détenir des liquidités en pure perte.

A partir de 2020, la **crise sanitaire** approfondit un peu plus la remise en cause des dogmes budgétaires. Afin de répondre aux conséquences de la pandémie, l'UE a activé, depuis mars 2020, une **clause de suspension générale** des règles du Pacte de stabilité, pour permettre aux Etats de financer massivement le soutien aux entreprises touchées par les mesures sanitaires, notamment en prenant en charge le chômage partiel. Cette suspension des règles de stabilité budgétaire, qui provoque de fortes hausses des déficits et des dettes publiques (voir document page 36), marque la fin du projet de coordination par les règles (Maastricht, PSC...) et ouvre un nouveau débat : comment bâtir des règles qui assurent une stabilité de la zone euro et permettent aussi de faire face à des crises de cette ampleur ?

Pour faire face à cette montée des dettes publiques, la Commission européenne s'efforce toujours de convaincre les pays les moins endettés d'accepter la création d'un fonds de **mutualisation des dettes** doté de 750 milliards d'euros. Cela aurait pour effet de transformer en partie les dettes nationales en dettes européennes, permettant aux pays les plus endettés de bénéficier de plus faibles taux d'intérêt.

Mais le déclenchement de la guerre en Ukraine bouleverse à nouveau les perspectives. Les sanctions économiques contre la Russie, mais aussi les difficultés d'approvisionnement qui en résultent provoquent un retour brutal de l'**inflation** (voir document page 35), menace qui semblait avoir disparu et qui affecte le pouvoir d'achat de la plupart des ménages.

La politique monétaire retrouve alors une logique restrictive avec la remise en cause de l'assouplissement quantitatif mais aussi une hausse progressive des taux d'intérêt redevenus positifs, alors que les politiques budgétaires cherchent toujours à s'affranchir durablement des contraintes du PSC pour être en mesure de financer les investissements nécessaires dans la santé, l'éducation ou encore l'indispensable transition écologique. La coordination entre politique monétaire et politiques budgétaires demeure donc toujours aussi problématique.

Quiz

Répondez par vrai ou faux aux affirmations suivantes

1. La politique de la concurrence vise à empêcher les abus de position dominante.
   - Vrai - Faux
2. La BCE a pour principale mission de lutter contre le chômage.
   - Vrai - Faux
3. L'Union économique et monétaire est une simple zone de libre-échange.
   - Vrai - Faux
4. Tous les pays de l'Union européenne ont adhéré à l'euro.
   - Vrai - Faux
5. La dette publique d'un pays ne peut jamais dépasser les 100 % du PIB.
   - Vrai - Faux

Retrouvez les réponses à ce quiz pages 96-98.

Les sujets du bac les plus attendus

(en dissertation ou en 3e partie de l'épreuve composée)

- Quels sont les effets du marché unique sur la croissance ?
- Quels sont les avantages et les limites de la politique de la concurrence européenne ?
- Vous montrerez comment les Etats membres de l'Union européenne ont approfondi l'intégration de leurs économies.
- Les politiques budgétaires sont-elles toujours compatibles avec la politique monétaire au sein de la zone euro ?
- A quelles difficultés se heurtent les Etats membres de la zone euro pour conduire leurs politiques économiques conjoncturelles ?

Pour en savoir plus

« Banque centrale européenne : les risques d'un changement de cap », par Christian Chavagneux, alternatives-economiques.fr, 14/06/2022, cutt.ly/6Kqhrvg

« 1957 : l'Europe-marché voit le jour », dans « Les grandes dates de l'histoire économique », hors-série des *Dossiers d'Alternatives Economiques* n° 7, octobre 2018.

« 2016 : après le Brexit, l'Europe doit repenser l'Union », dans « Les grandes dates de l'histoire économique », *Dossiers d'Alternatives Economiques* n° 7, octobre 2018.

Comment est structurée la société française actuelle ?

Certaines positions sociales confèrent à leur détenteur davantage de richesses, de pouvoir ou de prestige. L'étude de cette distribution inégale des ressources permet de mettre en évidence l'existence d'une hiérarchie sociale. On doit à Karl Marx la première analyse globale de ces hiérarchies à l'aide du concept de classe sociale, aujourd'hui au cœur de nombreux débats. Les identités de classe semblent en effet s'effacer au profit d'autres facteurs. Dans ces conditions, comment rendre compte de la stratification au sein de la société française actuelle ?

A Comment décrire la structuration de l'espace social ?

1. Une structure socioprofessionnelle en évolution

OBJECTIF Comprendre les principales évolutions de la structure socioprofessionnelle en France depuis la seconde moitié du XXᵉ siècle (salarisation, tertiarisation, élévation du niveau de qualification, féminisation des emplois).

Pour étudier la structuration de la société, les sociologues utilisent un outil spécifique à la France : les **professions et catégories socioprofessionnelles (PCS)**. En créant cette nomenclature, l'Institut national de la statistique et des études économiques (Insee) cherchait à classer l'ensemble de la population en un nombre restreint de catégories présentant chacune une certaine homogénéité sociale à partir de l'activité professionnelle mais aussi du secteur d'activité, du statut (salarié ou non) et de la position hiérarchique dans l'entreprise (pour les salariés).

La **structure socioprofessionnelle** a connu de profondes évolutions depuis la seconde moitié du XXᵉ siècle et cela n'a pas été sans conséquences sur la société française.

La France a d'abord connu une forte **salarisation** de l'emploi, c'est-à-dire une progression de l'emploi salarié. En 2022, 86,9 % des personnes en emploi sont salariées, alors qu'elles n'en représentaient que 72 % en 1962. Tout en restant la norme majoritaire aujourd'hui, cette progression de l'emploi salarié a fortement ralenti depuis le début des années 2000 et a même tendance à s'infléchir depuis 2008, en raison notamment du développement du statut de micro-entrepreneur (voir thème 9, pages 56-61).

Ces mutations ont également été caractérisées par une **tertiarisation** des emplois, c'est-à-dire la forte progression de l'emploi dans le secteur des services. 40,9 % des actifs ayant un emploi en 1962 travaillaient dans le secteur tertiaire. Cette proportion s'élevait en 2021 à 76,3 %. La progression du secteur tertiaire s'est opérée dans un contexte de désindustrialisation de l'économie française et de décroissance du secteur primaire (agriculture). Ainsi, le poids de l'industrie dans l'emploi total a été divisé par deux entre 1962 et 2021 et celui de l'agriculture par huit. C'est la composante la moins qualifiée de la main-d'œuvre ouvrière qui a été la plus touchée par cette décroissance et cela s'est inséré dans un mouvement plus général d'élévation du **niveau de qualification** de la population active. L'augmentation du niveau général de diplôme de la population ou encore le développement des nouvelles technologies de l'information et de la communication (NTIC) ont eu pour conséquence une forte progression du nombre des emplois de cadres et de professions intermédiaires.

Un document statistique central

Comment exploiter ce document

Ce graphique présente l'évolution de la répartition des professions et catégories socioprofessionnelles (PCS) dans la population active française. On constate que la part des agriculteurs exploitants s'est effondrée puisqu'elle est 5 fois plus faible (7/1,6) qu'en 1982. De même, la part des artisans, commerçants et chefs d'entreprise s'est trouvée progressivement réduite d'environ 20 % sur la période (6,8/8,2 = 0,8), malgré une augmentation récente avec les nouvelles incitations à l'auto-entrepreneuriat.

Longtemps catégorie dominante dans la population active en France, les ouvriers n'ont cessé de voir leur part se réduire depuis la fin des Trente Glorieuses : ils ne représentent plus qu'environ un actif sur cinq aujourd'hui, contre un peu moins d'un sur trois (30,4 %) en 1982. En revanche, les autres catégories de salariés des entreprises et des administrations (cadres, professions intermédiaires, employés) ont fortement progressé au moins jusqu'aux années 2010. Entre 1982 et 2022, la proportion de cadres et professions intellectuelles supérieures dans l'emploi a par exemple progressé de 13,8 points (21,7 – 7,9). Ces changements traduisent l'évolution de la structure des emplois, en particulier l'essor des emplois salariés les plus qualifiés du secteur tertiaire et le déclin des emplois les moins qualifiés du secteur industriel.

Répartition des emplois occupés selon les professions et catégories socioprofessionnelles, en %

Source : Insee 2022

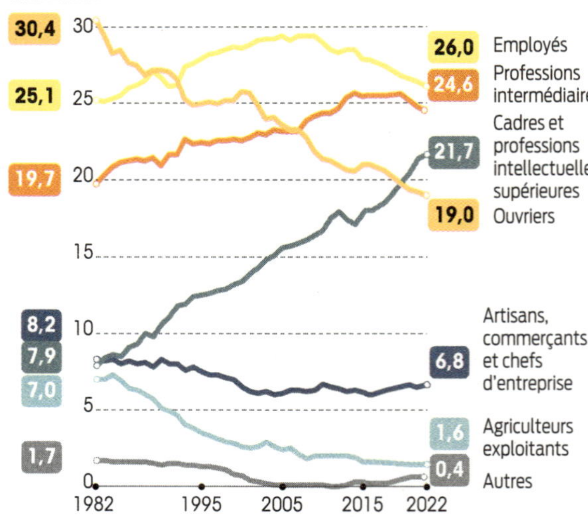

N. B. : les « Autres » représentaient surtout les militaires du contingent et les réponses non renseignées.

Un document statistique central

Comment exploiter ce document

Ce graphique présente le taux de pauvreté à 60 % du revenu médian en fonction de différentes variables. Il permet de montrer que les catégories socioprofessionnelles sont un bon outil de description de la hiérarchisation de l'espace social. En effet, en France, en 2019, alors que 3,6 % des cadres et professions intellectuelles supérieures ont un niveau de vie inférieur au seuil de pauvreté (à 60 % du revenu médian), c'est le cas de 12,3 % des employés et de 14,9 % des ouvriers. Mais au-delà de la catégorie socioprofessionnelle, ce document montre aussi de nombreux autres facteurs d'inégalités entre les individus. Ainsi, le risque de connaître la pauvreté dépend aussi du niveau de diplôme des individus : le taux de pauvreté des personnes n'ayant aucun diplôme ou seulement le CEP (certificat d'études primaires) est trois fois plus élevé (21,6/6,9) que celui des diplômés de l'enseignement supérieur. L'exposition à la pauvreté dépend en outre de la composition du ménage, de la position dans le cycle de vie (âge), du lieu de résidence ou encore du sexe. Alors que le taux de pauvreté moyen en France est de 14,6 %, il est de 31,2 % pour les individus appartenant à une famille monoparentale, 19 % pour les jeunes de 18 à 29 ans, 27,9 % pour les habitants de la Seine-Saint-Denis et 15 % pour les femmes.

Taux de pauvreté à 60 % du revenu médian selon les caractéristiques des individus et des ménages en France en 2019, en %

Sources : Insee, DGFiP, Cnaf, Cnav, CCMSA, enquête Revenus fiscaux et sociaux 2019

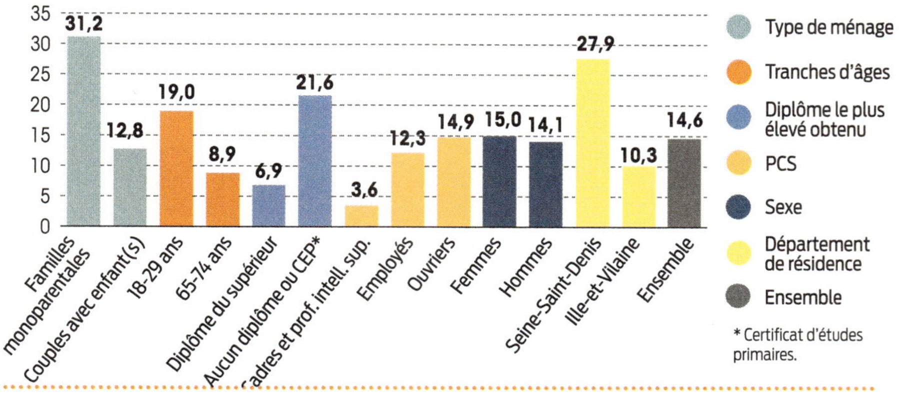

* Certificat d'études primaires.

Cette évolution est allée de pair avec une très forte **féminisation des emplois**. Les femmes ont toujours travaillé, notamment dans la sphère domestique, mais elles sont entrées très progressivement sur le marché du travail. En 1962, en France, seulement un tiers des actifs occupant un emploi étaient des femmes, alors qu'elles en représentaient 48,9 % en 2021. Cette progression de l'emploi féminin s'explique en partie par l'élévation du niveau d'éducation de la population ou encore par les besoins nouveaux du marché du travail, en particulier dans le secteur des services, avec par exemple le développement des emplois d'aide à la personne.

2. Les facteurs de structuration de l'espace social

OBJECTIF Avoir identifié les multiples facteurs de structuration et de hiérarchisation de l'espace social (catégorie socioprofessionnelle, revenu, diplôme, composition du ménage, position dans le cycle de vie, sexe, lieu de résidence).

Les PCS sont de très bons outils pour décrire à la fois la structuration et la hiérarchisation de l'espace social. En effet, lorsqu'on les compare, on observe d'importantes **inégalités économiques et sociales** (voir thème 11, pages 68-73). La position sociale des individus est donc fortement corrélée à leur **catégorie socioprofessionnelle**. Ainsi, en moyenne, **le revenu disponible** des cadres est aujourd'hui deux fois supérieur à celui des ouvriers et leur **patrimoine** moyen est, quant à lui, trois fois supérieur. Du côté des inégalités sociales, les écarts sont aussi extrêmement importants entre ces deux catégories : les hommes cadres ont par exemple une espérance de vie de six ans supérieure à celle des ouvriers et leurs enfants ont deux fois plus de chances d'accéder à un diplôme de l'enseignement supérieur.

Cependant, d'autres facteurs que l'ancrage dans une PCS doivent être pris en compte pour restituer la diversité des inégalités, à commencer par les inégalités en fonction du **sexe**. Ainsi, les femmes occupent une position dominée dans de nombreuses sphères de l'espace social : elles ont des salaires inférieurs à ceux des hommes ; elles prennent en charge une plus grande partie des tâches ménagères et du soin aux enfants ; et elles représentent encore moins de 20 % des maires élus en 2020. Il existe aussi de fortes inégalités en fonction de la **position dans le cycle de vie** : la détention du patrimoine économique, l'accès aux fonctions électives sont, par exemple, très

Apprenez à mobiliser vos connaissances

CONSIGNE Sur le modèle de la réponse proposée à la première question, répondez en quelques lignes aux autres questions.

- **Présentez deux facteurs de structuration et de hiérarchisation de l'espace social.**

RÉPONSE La position des individus dans l'espace social, qui est composé de différents groupes sociaux hiérarchisés, dépend de plusieurs facteurs. La structuration et la hiérarchisation de l'espace social peuvent d'abord s'expliquer par le genre. En effet, les femmes occupent une position dominée dans cet espace, qui se traduit par exemple par le fait qu'elles ont des revenus inférieurs à ceux des hommes, qu'elles occupent majoritairement les emplois les moins qualifiés ou encore qu'elles accèdent moins facilement au pouvoir politique. Par ailleurs, la position des individus dans l'espace social peut aussi s'expliquer par leur catégorie socioprofessionnelle. Ainsi, si l'on compare les revenus, les conditions de travail ou encore l'état de santé des cadres et des ouvriers, on remarque qu'il existe des inégalités très fortes.

- **Vous montrerez, à travers deux arguments, que l'approche en termes de classes sociales reste pertinente pour rendre compte de la société française.**
- **Comparez les théories des classes sociales de Karl Marx et Max Weber.**
- **Vous présenterez deux évolutions de la structure socioprofessionnelle en France depuis la seconde moitié du XXe siècle.**
- **A l'aide d'un exemple, montrez que les rapports sociaux de genre et de classe s'articulent.**

inégalement répartis en fonction de l'âge et, aujourd'hui, les jeunes sont les principales victimes du chômage et de la précarisation, alors que leur niveau de diplôme est plus élevé que celui des générations précédentes.

A côté des quatre facteurs déjà cités, il faut en ajouter d'autres, qui, lorsqu'ils sont combinés, permettent d'expliquer la structuration et la hiérarchisation de l'espace social. Il existe en effet des inégalités très marquées en fonction de la **composition du ménage** (personnes seules, couples avec enfants, familles monoparentales...), du **niveau de diplôme** et du **lieu de résidence** (voir document statistique central page 39).

B Les approches théoriques de la stratification sociale

OBJECTIF Connaître les théories des classes et de la stratification sociale dans la tradition sociologique (Marx, Weber).

La **stratification sociale**, c'est-à-dire la manière dont les groupes sociaux sont hiérarchisés au sein d'une société, a fait l'objet de plusieurs approches théoriques fondatrices. Selon leurs orientations, elles ont tenté de rendre compte des hiérarchies sociales en mettant en avant différents critères (nature et importance des revenus, prestige, pouvoir, etc.).

1. L'approche de Karl Marx

Frappé par les dégâts sociaux causés par la révolution industrielle sur les populations les plus pauvres, **Karl Marx** (1818-1883) construit une théorie critique du système capitaliste. De manière générale, il considère que l'histoire est marquée par une succession de modes de production (antique, féodal, puis capitaliste), qui tous structurent les sociétés en classes antagonistes. Les **classes sociales** sont définies par la place qu'occupent ces groupes sociaux dans les rapports de production, et notamment s'ils possèdent ou non les moyens de production (outils, bâtiments, terres, etc.).

Chaque mode de production est caractérisé par un conflit fondamental entre classes sociales autour de l'appropriation du produit du travail humain. Marx en déduit que *« l'histoire de toute société jusqu'à nos jours n'a été que l'histoire de la lutte des classes »*. Cette lutte se termine toujours par une révolution sociale permettant le passage au mode de production suivant.

Le mode de production capitaliste est caractérisé par l'exploitation du prolétariat (ceux qui ne possèdent que leur force de travail) par la bourgeoisie ou les capitalistes (ceux qui possèdent les moyens de production), qui s'approprient le produit du travail des prolétaires. En effet, la bourgeoisie tire son profit du versement de salaires inférieurs à la valeur des richesses créées par le travail des prolétaires : c'est la **plus-value**. Marx évoque l'existence d'autres classes sociales comme la petite bourgeoisie, mais elles sont selon lui vouées à disparaître progressivement dans un mouvement de **polarisation** qui va les fondre dans la bourgeoisie ou le prolétariat.

Marx estime que ce système est condamné à disparaître en raison de ses contradictions internes. En particulier, il pense qu'à la faveur de leur rassemblement dans les usines, les prolétaires vont prendre conscience de l'exploitation dont ils sont victimes et de la nécessité de s'organiser collectivement pour y résister. Alors qu'ils constituaient une **classe « en soi »** ayant des intérêts communs sans en avoir conscience, faute de communication suffisante entre eux et d'occasions d'organisation collective, les ouvriers acquièrent ainsi une conscience de classe et deviennent une **classe « pour soi »**, capable de mettre en place des appareils politiques et syndicaux à même de renverser le capitalisme.

2. L'approche de Max Weber

Max Weber (1864-1920) ne nie pas l'importance de l'ordre économique dans le fonctionnement des sociétés, mais il ajoute aux différences entre classes sociales deux autres dimensions de la stratification sociale.

Il distingue ainsi trois types d'« ordres », chacun fondé sur des hiérarchies différentes. Au sein de l'**ordre économique**, les « classes » sont des regroupements d'individus qui partagent une même situation par rapport au travail et à leurs revenus. Weber distingue quatre **classes sociales** : celles des possédants, des ouvriers, de la petite bourgeoisie, et des intellectuels et techniciens, ces deux dernières formant les classes « moyennes ». Ces catégories restent des constructions opérées par le sociologue et ne constituent pas comme chez Marx des acteurs sociaux toujours conscients de leur situation de classe et luttant pour défendre leurs intérêts, même si leurs conditions d'existence les opposent clairement.

De son côté, l'**ordre social** détermine la manière dont le prestige social est distribué dans la société, permettant de positionner les individus dans des **groupes de statut**. Ces groupes sont alors classés hiérarchiquement en fonction du style de vie, de la naissance (l'hérédité sociale), de la profession et du niveau d'instruction reconnu par des diplômes.

L'**ordre politique**, enfin, détermine le niveau de pouvoir dont cherchent à disposer les individus lorsqu'ils se regroupent dans des **partis politiques**.

Ainsi, Weber distingue trois hiérarchisations qui ne se superposent pas nécessairement, au contraire de Marx. Une personne située sur une position élevée de l'une d'entre elles, telle que la classe sociale, aura de fortes chances de l'être également sur les autres dimensions de statut et de pouvoir, mais cela n'est pas toujours le cas.

La stratification sociale dans la tradition sociologique

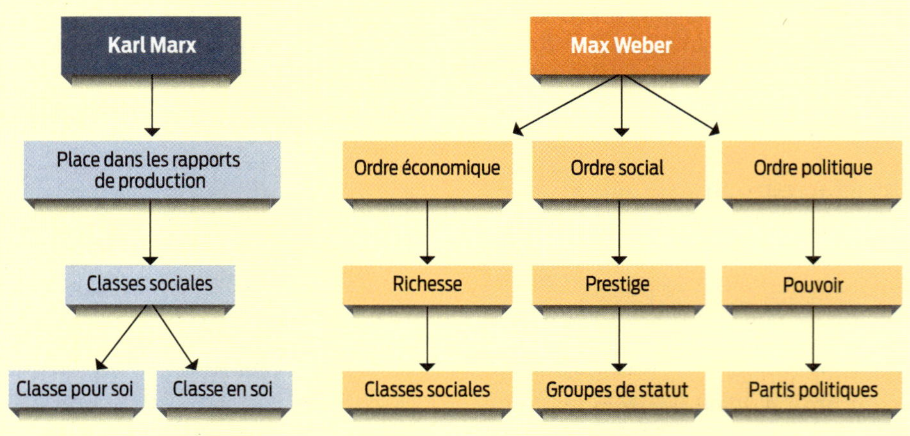

La classe sociale, une notion qui fait débat

OBJECTIF Comprendre que la pertinence d'une approche en matière de classes sociales pour rendre compte de la société française fait l'objet de débats théoriques et statistiques : évolution des distances inter et intraclasses, articulation avec les rapports sociaux de genre, identifications subjectives à un groupe social, multiplication des facteurs d'individualisation.

Les approches traditionnelles de la stratification sociale ont fait l'objet de nombreux débats au point de s'interroger sur la pertinence de la notion de « classe sociale » pour décrire la société actuelle. Si l'on veut définir aujourd'hui cette notion, on peut dire qu'elle repose principalement sur un critère économique qui peut aussi intégrer une dimension culturelle et politique. On considérera donc qu'une classe sociale est un vaste ensemble d'individus occupant une position similaire dans l'ordre économique et partageant des intérêts communs.

1. La fin des classes sociales ?

a. Un effacement des frontières de classes ?

La pertinence du concept de classe sociale pour analyser la société française fait l'objet de débats entre sociologues depuis la fin des années 1960. Critiquant la théorie marxiste, certaines analyses insistent au contraire sur la tendance à une homogénéisation sociale, c'est-à-dire à un effacement des **distances interclasses**, à partir de la période des Trente Glorieuses. Avec la mise en place d'un Etat-providence, le développement du salariat et des droits qui y sont associés, on observe un recul des inégalités économiques et sociales et une progression de la mobilité sociale. Le niveau d'éducation de la population augmente fortement et la participation à la société de consommation devient possible pour les classes populaires.

Dès 1968, **John Goldthorpe** publie une grande enquête sur la classe ouvrière au Royaume-Uni et pose la question de son embourgeoisement en raison de l'élévation de ses revenus et du rapprochement de son mode de vie avec la classe moyenne. Par ailleurs, avec le déclin de l'industrie au profit du secteur des services, on observe une forte diminution du nombre d'ouvriers, qui étaient au cœur de la théorie marxiste des classes sociales. En France, **Henri Mendras** (1927-2003) développe le concept de **moyennisation** : les individus ont des possibilités accrues de mobilité sociale en raison de la multiplication des emplois de cadres et de professions intermédiaires. Cela s'accompagne, selon lui, d'un rapprochement des styles de vie, et en particulier des pratiques de consommation. Une vaste classe moyenne très diversifiée aurait émergé, symbolisant l'effacement des barrières entre les classes sociales.

Plus récemment, on a aussi pu observer une augmentation des **distances intraclasses** qui, en remettant en cause l'homogénéité à l'intérieur des classes sociales, fragilise la théorie de Marx. Du côté des ouvriers, au cours des trente dernières années, le développement du chômage de masse, l'exposition de l'industrie à la concurrence internationale et la précarisation croissante des emplois (développement des CDD, de l'intérim et du temps partiel) ont eu pour conséquence un éclatement de la classe ouvrière. Par exemple, lorsqu'on compare les ouvriers qualifiés et non qualifiés, on observe qu'ils ne sont absolument pas égaux face à l'accès à un emploi stable (en CDI) à temps complet, à l'exposition au chômage, à des conditions de travail difficiles ou encore au risque de pauvreté. Et des disparités similaires s'observent entre employés qualifiés et non qualifiés. Par ailleurs, au sein des indépendants, les différences se sont accentuées. Ainsi, un petit commerçant, un livreur sous statut de micro-entrepreneur et un grand patron d'industrie figurent dans la même catégorie socioprofessionnelle (« artisans, commerçants, chefs d'entreprise »), alors qu'ils n'ont ni le même niveau de vie, ni le même mode de vie.

b. Un affaiblissement des identités de classe ?

L'**individualisation** est un phénomène qui se caractérise par le développement de l'autonomie des individus par rapport aux normes et aux valeurs dominantes dans les groupes sociaux. Il se manifeste aussi par la progression de l'importance donnée aux libertés individuelles. Depuis la deuxième moitié du XXe siècle, il a progressivement touché de nombreuses sphères de la vie sociale (famille, travail, politique) et a affaibli la référence aux identités collectives. Dans le monde professionnel, cela s'est traduit par le développement de nouvelles organisations du travail qui ont mis l'accent sur l'individualisation des parcours (octroi de primes au mérite, avancement de carrières conditionné à des objectifs de productivité, valorisation des compétences personnelles...). La perception des inégalités s'est individualisée et l'idée que les trajectoires sociales dépendent d'abord du mérite et des efforts de chacun s'est progressivement imposée. Ces évolutions, s'ajoutant à la multiplication des emplois précaires, ont contribué à affaiblir les collectifs sur les lieux de travail et se sont accompagnées d'une forte désyndicalisation. Le pourcentage de salariés syndiqués a en effet été divisé par quatre depuis 1945.

Ces mutations ont surtout touché la classe ouvrière et sa capacité à se mobiliser pour défendre ses intérêts, toutes deux au cœur de la définition de la « classe pour soi » chez Marx. Ainsi, le nombre de jours de grève a diminué tout au long de la seconde moitié du XXe siècle et on a observé un recul des partis qui défendaient traditionnellement les intérêts de la classe ouvrière, comme le Parti communiste. L'**identification subjective** à la classe ouvrière, c'est-à-dire le sentiment d'appartenir à cette classe, a fortement chuté en France tandis que progressait celui d'appartenir à la classe moyenne, catégorie aux contours beaucoup plus flous. Dans une enquête sur les ouvriers des usines Peugeot publiée en 1993, **Stéphane Beaud** et **Michel Pialoux** ont montré que la culture ouvrière, faite de solidarité et de fierté de la qualité du travail manuel, avait perdu de sa force et laissé place, pour les enfants d'ouvriers, à la honte d'appartenir à une catégorie sociale en déclin et à la volonté d'en sortir.

c. Des facteurs de différenciation multiples

La notion de classe sociale, en raison d'une définition centrée sur le critère économique, ne permet pas de rendre compte de la position de certains groupes sociaux. En effet, la place des individus dans l'espace social semble dépendre de plus en plus de facteurs qui ne sont pas liés à la classe sociale : le sexe, l'origine ethnique, l'âge et la génération, etc.

Ainsi, les recherches sur le **genre** qui se développent dès les années 1950 aux Etats-Unis, puis en France, montrent qu'il existe des inégalités entre femmes et hommes qui traversent les classes sociales. On peut dégager des similitudes entre les femmes ouvrières et les femmes cadres, qui, même si elles sont éloignées en matière de niveaux de vie, occupent une position dominée dans les sphères domestique (répartition des tâches ménagères, par exemple) et politique.

Autre facteur de différenciation sociale qui transcende les classes sociales : l'**origine ethnique**. Aux Etats-Unis, le mouvement des droits civiques a introduit la « question raciale » dans le débat social dans les années d'après-guerre, en montrant qu'il existait des discriminations spécifiques qui transcendent les classes. En France, ces questionnements sont arrivés plus tardivement, mais ils sont l'objet aujourd'hui de nombreuses recherches. Les pratiques de *testing*, qui visent à mesurer l'ampleur des discriminations, ont par exemple permis de mettre au jour un désavantage important lié au fait d'être étranger ou d'avoir un nom d'origine étrangère dans l'accès à un emploi ou au logement.

Un document statistique central

Comment exploiter ce document

Ce tableau présente différents facteurs de structuration de l'espace social (âge, sexe, profession, diplôme) et montre comment leur imbrication permet de caractériser la position sociale des personnes étudiées.
Les aides à domicile et aides ménagères sont des métiers qui relèvent principalement de l'assistance aux personnes âgées ou handicapées. Ces emplois, faiblement qualifiés, sont occupés majoritairement par des travailleurs dont les caractéristiques diffèrent de la moyenne des personnes en emploi en France. En effet, selon la Dares en 2018, 95 % des aides à domicile et aides ménagères sont des femmes alors que celles-ci ne représentent que 48 % de l'ensemble des personnes en emploi. Elles sont aussi plus âgées et moins diplômées que le reste de la population active. Ces caractéristiques en termes de genre, niveau de diplôme et catégorie socioprofessionnelle placent ces personnes parmi les catégories dominées de la population française, ce qu'illustre le fait que les emplois qu'elles occupent sont marqués par une grande précarité, des conditions de travail difficiles et de faibles salaires. Ainsi, selon la Dares, en France, sur la période allant de 2017 à 2019, le salaire mensuel net médian des aides à domicile et aides ménagères était inférieur de 30 % à la moyenne des personnes en emploi et la part des personnes en temps partiel, le plus souvent subi, était 4 fois plus élevée (73/18) que la moyenne nationale. Enfin, la part de salariés exposés à des risques professionnels (contraintes posturales et articulaires) et à des horaires de travail atypiques (travail le dimanche) est, pour ces emplois, largement supérieure à la moyenne de l'ensemble des métiers.

Caractéristiques et conditions de travail des aides à domicile et aides ménagères

Sources : enquêtes Emploi, Insee, moyenne annuelle sur les années 2017 à 2019, traitement Dares

Caractéristiques des personnes en emploi (en 2017-2019)	Aides à domicile et aides ménagères	Ensemble des métiers
Part des femmes en 2018 (en %)	95	48
Part des 60 ans ou plus (en %)	12	6
Part des salariés non diplômés ou avec seulement le brevet des collèges (en %)	36	14
Caractéristiques de l'emploi (en 2017-2019)	**Aides à domicile et aides ménagères**	**Ensemble des métiers**
Salaire mensuel net médian (en euros)	1 290	1 841
Part des personnes déclarant travailler le dimanche (en %)	35	21
Part des personnes à temps partiel (en %)	73	18
Part des salariés exposés à des contraintes posturales et articulaires* (en %)	88,9	71,5

* Source : enquête Sumer, Dares, 2017.

2. Des classes sociales qui résistent ?

a. Des inégalités qui n'ont pas disparu

La forte croissance des classes moyennes n'a pas fait disparaître les inégalités (**distances interclasses**), qui ont même plutôt tendance à progresser dans certains domaines depuis les années 1980, et la position de classe reste centrale pour les comprendre. **Louis Chauvel** parle même en 2001 d'un *« retour des classes sociales »*. Le monde ouvrier est loin d'avoir disparu : il représente encore environ un actif occupé sur cinq en France. Et si les employés sont désormais largement plus nombreux, leur situation tend à se rapprocher de celle des ouvriers en matière de conditions de rémunération et de travail. Les tâches répétitives d'exécution, de même que le travail à temps partiel, se multiplient et s'étendent à un nombre croissant de secteurs des services (hôtellerie-restauration, nettoyage, centres d'appels). Employés et ouvriers occupent donc les métiers les plus pénibles et les plus dangereux et sont, plus que le reste de la population, exposés au risque de chômage et à la précarité de l'emploi. En outre, ils ont un mode de vie qui les différencie encore de la plupart des autres groupes sociaux : faibles revenus et patrimoines, médiocres conditions de logement, faible taux de départ en vacances, espérance de vie inférieure de six ans à celle des cadres, etc. Employés et ouvriers non qualifiés peuvent être regroupés au sein d'un groupe social assez homogène que l'on qualifie de **classes populaires**. On peut également y ajouter les travailleurs indépendants « ubérisés » (voir thème 9, pages 56-61), qui connaissent des condi-

Les notions essentielles du programme

Classes sociales : ensemble de personnes occupant une même position sociale dans l'ordre économique et partageant des intérêts communs.

Conscience de classe : sentiment subjectif d'appartenance à une classe sociale.

Distances inter et intraclasses : inégalités économiques et sociales entre classes sociales (inter) ou au sein d'une même classe sociale (intra).

Groupe social : ensemble de personnes partageant des caractéristiques sociales communes et ayant plus ou moins conscience de cette communauté de situation.

Individualisation : autonomie croissante de l'individu par rapport aux normes et aux valeurs dominantes de son groupe social d'appartenance.

Inégalités : différences d'accès aux ressources socialement valorisées (richesse, pouvoir, prestige, etc.).

Intersectionnalité : concept qui définit la position sociale comme s'articulant autour de différents facteurs qui interagissent entre eux (profession, revenu, genre, origine ethnique...).

Professions et catégories socioprofessionnelles (PCS) : classification utilisée par l'Insee pour regrouper les individus en fonction de leur activité professionnelle, constituant ainsi des catégories relativement homogènes.

Rapports sociaux de genre : relations de pouvoir et hiérarchies entre les sexes qui sont socialement construites.

Salarisation : développement de l'emploi salarié au sein de la population active en emploi.

Stratification sociale : manière dont les groupes sociaux sont hiérarchisés au sein d'une société. Cette hiérarchisation peut obéir à différents principes (richesse, prestige, etc.).

Structure sociale : ensemble des groupes sociaux différenciés et des relations sociales qu'ils entretiennent.

Tertiarisation : développement de l'importance du secteur tertiaire (services) et des emplois qui y sont associés.

tions de travail et de vie similaires. L'épidémie de Covid-19 a d'ailleurs été un révélateur de ces inégalités puisque les classes populaires, de par leurs emplois et modes de vie, ont été plus exposées à la contamination et aux formes mortelles de la maladie.

De l'autre côté de l'échelle sociale, l'enrichissement a été extrêmement important et les **classes dominantes** n'ont pas disparu. Si l'on reprend la définition de **Pierre Bourdieu** (1930-2002), ce sont les groupes sociaux qui occupent une position dominante dans l'espace social en raison de la possession d'un volume important de capital sous ses quatre formes : économique, culturel, social (réseau de relations) et symbolique (prestige). Aujourd'hui, ces classes restent relativement homogènes du point de vue de leurs conditions d'existence (hauts revenus et important patrimoine), de leurs conditions de travail et d'emploi (autonomie, faible pénibilité, faible exposition aux aléas économiques) ou encore de leur mode de vie (pratiques culturelles distinctives, parcours scolaires élitistes, recours aux services à la personne, forte mobilité internationale).

Les sociologues qui étudient les **classes moyennes** considèrent également que la notion de classe sociale reste opérante car les individus présentent des caractéristiques communes du point de vue de leur niveau de revenu et de patrimoine (proche de la médiane), de leurs diplômes, de leur exposition au chômage, de leurs lieux de vie ou de leurs valeurs.

b. Une conscience de classe qui résiste

Si elle s'est affaiblie, l'**identification aux classes sociales** ou même à la lutte des classes n'a pas disparu. Les **mobilisations collectives** (voir thème 10, pages 62-67), révélatrices de l'existence d'identités et d'une conscience de classe, sont encore vives. Lors de conflits sociaux autour de réformes comme celle du système de retraite ou lors du mouvement des gilets jaunes en 2018, la référence aux identités de classe reste forte. La référence à des identités professionnelles est aussi centrale lors de conflits dans le monde du travail sur les thèmes de la défense des emplois, des salaires ou des conditions de travail.

En outre, les classes populaires sont aujourd'hui caractérisées par des **comportements politiques** qui ont évolué mais qui se distinguent du reste de la population. Elles s'abstiennent bien plus lors des élections et, même si les ouvriers et employés non qualifiés ne votent plus autant pour les partis de gauche que dans les années 1950, ils le font encore davantage que les classes dominantes.

Enfin, les travaux sur les catégories dominantes, comme ceux de **Monique et Michel Pinçon-Charlot**, montrent que la classe sociale qui semble avoir le mieux conservé sa conscience de classe aujourd'hui est bien la grande bourgeoisie. Ses membres déploient des stratégies efficaces pour s'enrichir toujours plus et préserver leur « entre-soi ». Ils partagent des lieux de résidence inaccessibles aux autres catégories sociales et leur capital social est essentiel pour préserver l'avenir matrimonial (organisation de rallyes mondains pour éviter les mésalliances) et professionnel de leurs enfants.

c. L'articulation des facteurs de hiérarchisation

La classe sociale ne suffit pas à rendre totalement compte de la stratification sociale, mais cela ne signifie pas pour autant qu'elle ne permet plus de la comprendre. Les inégalités ne sont pas unidimensionnelles et il faut articuler différents cadres d'analyse. Par exemple, les rapports de domination ou de pouvoir entre les sexes sont vécus différemment selon qu'on est une femme ouvrière ou cadre, et leur position sociale ne peut se comprendre qu'en articulant les rapports de genre et de classe. En sont les témoins les conflits sociaux opposant les femmes de chambre travaillant pour l'hôtellerie de luxe et leurs employeurs autour de leurs conditions de travail et de rémunération, conflits qui se sont multipliés ces dernières années. Ces travailleuses sont exposées à une forte précarité de l'emploi, à une pénibilité élevée du travail et à des salaires faibles à la fois en raison de leur sexe, de leur catégorie socioprofessionnelle (employées non qualifiées) et de leur origine ethnique.

Plutôt que de se demander si la classe compte plus que l'origine ethnique, le genre ou la génération, les sociologues utilisent le concept d'**intersectionnalité** qui permet de montrer que c'est l'imbrication de ces différents facteurs qui explique la position sociale et les rapports sociaux. Les inégalités sont cumulatives (voir thème 11, pages 68-73) et cela ne signifie pas que l'approche en matière de classes sociales soit dépassée mais que la stratification de la société est un phénomène multidimensionnel.

Quiz

Répondez par vrai ou faux aux affirmations suivantes

1. Pour Max Weber, la stratification sociale repose uniquement sur un critère économique.
   ■ Vrai ■ Faux
2. Les employés sont désormais la PCS la plus nombreuse en France.
   ■ Vrai ■ Faux
3. La position sociale des individus dépend uniquement de leur richesse.
   ■ Vrai ■ Faux
4. La salarisation est en progression en France depuis les années 1950.
   ■ Vrai ■ Faux
5. Le processus de moyennisation a complètement effacé les frontières entre les classes sociales.
   ■ Vrai ■ Faux

Retrouvez les réponses à ce quiz pages 96-98.

Les sujets du bac les plus attendus

(en dissertation ou en 3e partie de l'épreuve composée)

- Peut-on dire qu'une approche en termes de classes sociales est toujours pertinente pour rendre compte de la société française actuelle ?
- Vous montrerez quelles ont été les principales évolutions de la structure socioprofessionnelle en France depuis la seconde moitié du XXe siècle.
- Quels facteurs structurent et hiérarchisent l'espace social actuel ?
- Vous montrerez que l'approche en termes de classes sociales, pour rendre compte de la société française, peut être remise en cause.

Pour en savoir plus

« Les enfants sont inégaux aussi dans leur estime de soi », entretien avec Bernard Lahire, *Alternatives Economiques* n° 399, mars 2020, frama.link/7RCnNpYk

« Les cinq fractures françaises », dossier paru dans *Alternatives Economiques* n° 386, janvier 2019, frama.link/sfG84qcQ

Quelle est l'action de l'école sur les destins individuels et sur l'évolution de la société ?

L'école est une instance de socialisation et d'intégration centrale dont la place dans la société française a énormément évolué au cours du XXe siècle. Elle s'est progressivement ouverte aux enfants de tous les milieux sociaux et des deux sexes. Toutefois, son rôle est aujourd'hui questionné car il existe une contradiction entre l'idéal méritocratique qu'elle porte et la persistance de fortes inégalités de réussite scolaire et d'accès aux diplômes.

A Une égalité des chances qui progresse à l'école ?

1. Ecole et idéal méritocratique

OBJECTIF Comprendre que, dans les sociétés démocratiques, l'école transmet des savoirs et vise à favoriser l'égalité des chances.

Dans les sociétés démocratiques, l'école a pour rôle de favoriser la cohésion sociale en transmettant des savoirs, des normes et des valeurs qui sont la base d'une culture commune.

L'école française s'est construite autour de l'idéal de la **méritocratie**. Cette notion renvoie à un idéal de justice sociale (voir thème 11, pages 68-73) qui repose sur l'idée que les meilleures places dans la société doivent être attribuées aux plus méritants. Dans ce modèle, les inégalités considérées comme acceptables sont celles qui découlent du mérite, c'est-à-dire du « talent » et des efforts de chacun. Et l'école est l'institution qui évalue ce mérite, donne une valeur aux individus et les classe.

Pour cela, il faut qu'il y ait une **égalité des droits** face à l'accès à l'éducation. C'est pourquoi des politiques d'ouverture progressive de l'école à tous les enfants et d'élévation du niveau d'éducation se sont succédé tout au long du XXe siècle.

La deuxième forme d'égalité indispensable à l'existence de la méritocratie est l'**égalité des chances**. Promouvoir cette forme d'égalité, c'est considérer que donner un même droit à l'éducation n'est pas suffisant et qu'il faut également mettre en place des politiques qui accordent à tous les enfants les mêmes chances de réussite à l'école en fonction de leur mérite. Pour cela, se développent des politiques scolaires dont l'objectif est de « donner plus à ceux qui ont le moins ». Les exemples les plus marquants sont le développement de bourses scolaires sur critères sociaux, la création en 1981 des zones d'éducation prioritaire (ZEP) qui fournissent davantage de moyens à des établissements scolaires accueillant des enfants de milieux sociaux particulièrement défavorisés (notamment pour réduire les effectifs d'élèves dans les classes) ou encore les politiques d'ouverture sociale des grandes écoles comme Sciences Po au début des années 2000.

2. Massification et démocratisation scolaires

OBJECTIF Comprendre l'évolution, depuis les années 1950, des principaux indicateurs mesurant l'accès à l'école et à l'enseignement supérieur (taux de scolarisation, taux d'accès à un diplôme ou à un type de formation) en distinguant les processus de massification et de démocratisation.

a. La massification scolaire

Le système scolaire français a connu une **massification** qui s'est accélérée à partir des années 1950. Ce phénomène s'est traduit par une augmentation très importante du niveau de scolarisation pour tous les enfants, et en particulier de groupes qui ont été longtemps exclus de l'école et de l'enseignement supérieur : les filles et les enfants issus de milieux populaires.

A partir de 1950, les réformes se sont succédé, chacune impulsant une nouvelle vague de « massification scolaire ». La première a été observée à partir de 1954. Après une homogénéisation de l'enseignement primaire, on a assisté à une forte augmentation des effectifs d'élèves au collège en raison notamment du passage de l'obligation scolaire de 14 à 16 ans et de l'unification de la scolarité avec l'instauration du collège unique en 1975. Le **taux de scolarisation** des jeunes de 14 ans est ainsi passé de 68 % en 1958 à 97 % en 1978.

La seconde vague de cette massification a été observée dans les années 1980-1990. En 1985, les pouvoirs publics se fixent pour objectif d'atteindre 80 % d'une classe d'âge au baccalauréat. Pour cela, on encourage les passages en seconde générale ou technologique et on crée le baccalauréat professionnel. Enfin, depuis le début des années 2010, on observe à nouveau un bond dans la massification de l'enseignement avec une forte progression du **taux d'accès au baccalauréat** (depuis 2018, l'objectif de 80 % d'une classe d'âge au baccalauréat est atteint) et une explosion des effectifs d'étudiants inscrits dans l'enseignement supérieur (voir thème 8, page 54).

b. Massification et démocratisation

Peut-on pour autant dire que la massification scolaire s'est accompagnée d'une réduction des inégalités face à la réussite scolaire et l'accès aux diplômes ?

Pour répondre à cette question, les sociologues distinguent la notion de massification scolaire de celle de **démocratisation** scolaire, qui fait référence à l'égalisation des chances d'accéder à n'importe quel diplôme quels que soient l'origine sociale ou le sexe. Si l'on s'intéresse à l'évolution des inégalités selon le milieu social, la massification scolaire s'est aussi accompagnée d'une démocratisation dans l'accès à certains niveaux de diplôme. On a par exemple observé une réduction des écarts d'accès entre enfants de cadres et d'ouvriers à certains diplômes comme le brevet des collèges ou le baccalauréat. La massification scolaire a aussi eu pour conséquence une progression très importante des taux de scolarisation et des taux d'accès aux différents diplômes pour les filles.

Un document statistique central

Proportion de bacheliers dans une génération (1980-2022), en %

Source : Depp, 2023

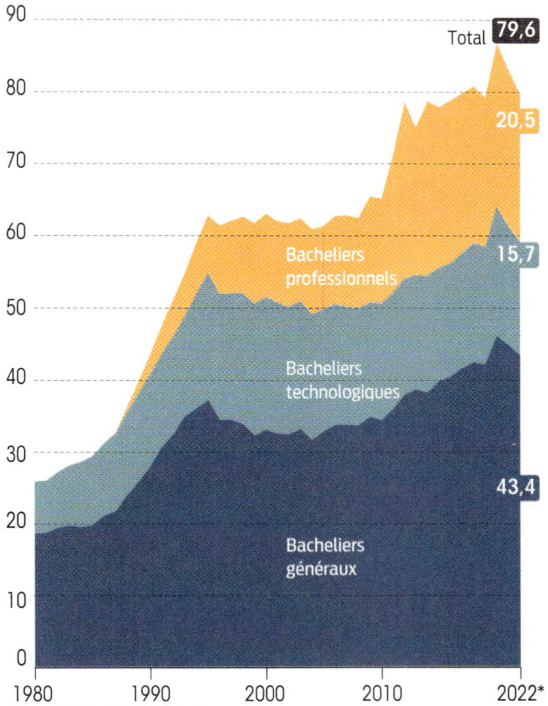

* Prévisions pour 2021 et 2022.

Comment exploiter ce document

Ce graphique illustre le processus de massification scolaire depuis une quarantaine d'années. Tout d'abord, on observe qu'en 1980, un quart d'une génération était titulaire d'un baccalauréat et que ce taux d'accès a plus que triplé en 2022. On peut dire que le slogan gouvernemental de 1985 *« 80 % d'une classe d'âge au niveau du bac »* est atteint.

Cette évolution compte trois périodes distinctes. Une forte poussée de la massification scolaire de 1980 à 1995, le taux d'obtention du baccalauréat progresse de 37 points de % pour dépasser les 60 % ; puis une relative stagnation de ce processus qui va durer jusqu'en 2010 ; avant un nouvel essor de ce taux d'obtention du baccalauréat qui va passer de 65 % à quasiment 80 % au cours des dix dernières années.

Les progressions des taux d'accès aux différents baccalauréats ont été inégales. D'abord, les titulaires d'un baccalauréat général ne représentent qu'un peu plus de la moitié (43,4/79,6) des bacheliers en 2022, alors qu'ils en représentaient près des trois quarts (18,6/25,9) en 1980. Cela permet de comprendre que la massification du système scolaire doit beaucoup au développement des baccalauréats technologiques, dont le taux d'obtention a été multiplié par 2 (15,7/7,3), et surtout à celui des baccalauréats professionnels, inexistants en 1980 et qui à eux seuls fournissent un quart des effectifs de bacheliers en 2022.

Apprenez à mobiliser vos connaissances

CONSIGNE Sur le modèle de la réponse proposée à la première question, répondez en quelques lignes aux autres questions.

- **Distinguez les processus de massification et de démocratisation scolaires.**

RÉPONSE La massification désigne la progression du nombre de jeunes ayant accès à l'école et aux études supérieures ainsi que l'élévation du niveau de scolarisation. Ainsi, grâce aux politiques publiques menées dans la seconde moitié du XXe siècle (collège unique, création du baccalauréat professionnel, etc.), le taux d'accès au baccalauréat et aux diplômes de l'enseignement supérieur n'a cessé d'augmenter. La démocratisation scolaire, quant à elle, correspond à la réduction des inégalités de réussite scolaire et d'accès aux diplômes. Si elle est une condition nécessaire à la démocratisation scolaire, la massification n'y mène pas automatiquement. En effet, les inégalités de réussite scolaire sont encore extrêmement élevées, par exemple entre les enfants de cadres et d'ouvriers. De plus, l'accès aux diplômes les plus valorisés de l'enseignement supérieur reste très inégalitaire en fonction du milieu social et du sexe des élèves.

- **En quoi le capital culturel peut-il expliquer les inégalités de réussite scolaire ?**
- **Comment les stratégies des familles participent-elles aux inégalités de parcours de formation ?**
- **En quoi la socialisation selon le genre permet-elle d'expliquer les inégalités de réussite scolaire entre les filles et les garçons ?**
- **A l'aide d'un exemple, illustrez le rôle de l'école comme facteur d'inégalités de réussite scolaire.**

Toutefois, on ne peut pas dire que la massification s'est traduite par une forte démocratisation pour deux raisons principales.

– Les écarts de réussite scolaire et d'accès à un même niveau de diplôme selon le milieu social restent très importants. A l'entrée en CP, les écarts de réussite entre enfants d'ouvriers et de cadres aux évaluations nationales en français et en mathématiques sont déjà élevés. Ces écarts vont progressivement s'accroître au cours de la scolarité. Ainsi, la proportion d'enfants de cadres qui obtiennent le baccalauréat est aujourd'hui plus de deux fois supérieure à celle des enfants d'ouvriers. Enfin, 80 % des enfants d'enseignants et de cadres supérieurs accèdent à l'enseignement supérieur alors que ce n'est le cas que de 30 % des enfants d'ouvriers non qualifiés.

– La massification s'est accompagnée d'une hiérarchisation plus forte des filières pour un même niveau de diplôme (par exemple entre le baccalauréat général et le baccalauréat professionnel). On observe aussi une persistance des inégalités d'accès aux filières les plus prestigieuses de l'enseignement supérieur (classes préparatoires aux grandes écoles, filières scientifiques) selon le milieu social et le sexe. La massification ne s'est pas accompagnée d'une disparition des inégalités d'accès à l'enseignement mais de leur déplacement de la sixième au baccalauréat et à l'enseignement supérieur.

Ces observations ont amené **Pierre Merle**, dans un article publié en 2000, à qualifier cette démocratisation de

« ségrégative ». En effet, si la proportion d'enfants des catégories populaires est globalement croissante dans chaque filière, cette croissance est beaucoup plus forte dans les filières les moins valorisées que dans les filières prestigieuses, où les inégalités d'accès ont donc augmenté de façon relative.

B Comment expliquer les inégalités de réussite scolaire et de trajectoires de formation ?

Dès les années 1960, les études sociologiques ont montré que la valorisation du mérite n'était pas la seule condition nécessaire pour qu'il y ait égalité des chances à l'école et ont mis en lumière le rôle respectif de la famille et de l'école en tant qu'institutions dans la construction et le maintien de ces inégalités.

1. Le rôle de la famille

OBJECTIF Comprendre la multiplicité des facteurs d'inégalités de réussite scolaire, notamment le rôle du capital culturel, des investissements familiaux et des stratégies des ménages dans la construction des trajectoires individuelles de formation.

a. La transmission du capital culturel

Pierre Bourdieu (1930-2002) et **Jean-Claude Passeron** ont montré que les parcours scolaires étaient fortement influencés par le **capital culturel** transmis dans les familles lors du processus de **socialisation**. Ce capital culturel a plusieurs formes et regroupe, outre les diplômes détenus par les parents, des manières de se comporter, de parler et de penser, mais aussi des éléments matériels comme la transmission de biens culturels (livres, œuvres d'art, etc.). Ses caractéristiques sont différentes selon le milieu social et plus ou moins adaptées aux exigences de l'école, qui, en délivrant des diplômes, légitime ce capital culturel et lui donne une valeur.

Dans certaines familles, l'apprentissage de la lecture se fait avant même l'entrée à l'école primaire. Les activités culturelles, comme aller au musée ou à la bibliothèque, sont valorisées et les jeux sont davantage choisis pour leur fonction pédagogique que pour leur fonction de divertissement. Ainsi, certains enfants développent des savoirs, des savoir-faire et des comportements (autonomie, calme, réflexivité, etc.) plus ou moins rentables scolairement. En conséquence, on observe des écarts d'apprentissage très élevés entre les enfants de milieux sociaux différents dès l'école maternelle.

La transmission d'un capital culturel au rendement scolaire inégal selon les familles joue un rôle considérable dans l'explication des inégalités de réussite scolaire mais on ne peut pour autant en conclure qu'il existe un déterminisme social total, c'est-à-dire que l'on ne peut prédire de manière certaine la réussite scolaire des élèves en fonction de leur capital culturel. Il existe d'autres facteurs qu'il convient de mettre en lumière.

b. Des investissements familiaux différents

Pour expliquer les inégalités à l'école, il faut également s'intéresser de façon plus précise à la mobilisation des familles dans la réussite scolaire, c'est-à-dire aux **investissements familiaux**.

Cette mobilisation des familles passe d'abord par des investissements familiaux économiques très inégaux selon le milieu social, comme le choix du lieu de résidence afin de scolariser les enfants dans des écoles jugées meilleures, mais aussi par des investissements dans des activités qui peuvent s'avérer « scolairement rentables » (voyages linguistiques ou cours particuliers, par exemple). Les conditions matérielles du cadre de vie (chambre à soi, matériel informatique à disposition...) jouent aussi un rôle non négligeable dans la réussite scolaire, même si elles restent un facteur moins important que la transmission du capital culturel.

Toutefois, ces investissements prennent aussi des formes non matérielles. En effet, les notions de capital économique et culturel des familles ne permettent pas d'expliquer pourquoi certains enfants des milieux populaires réussissent bien à l'école, tandis que d'autres enfants issus des milieux très favorisés y échouent. Quel que soit le milieu social, la mobilisation des familles face à l'école joue un rôle important (valorisation de l'effort scolaire, aspirations parentales en matière d'orientation, suivi du travail scolaire, etc.). Dès le début des années 1990, en étudiant les **configurations familiales** d'élèves de CE2 issus de familles populaires, **Bernard Lahire** a montré qu'au sein d'une même catégorie sociale, la socialisation diffère fortement. Les usages de l'écrit, l'exercice de l'autorité par les parents, l'organisation de la vie familiale ou encore le discours porté sur l'école sont plus ou moins en accord avec les attentes de l'institution scolaire. Dans certaines familles, avec des parents très peu diplômés et éloignés du capital culturel valorisé par l'école, ces formes de la socialisation peuvent expliquer la réussite scolaire « paradoxale » de certains enfants. Par ailleurs, l'influence des réseaux relationnels peut être forte : les membres de la famille, même éloignés, qui ont fait des études ou les voisins peuvent apporter une aide parfois déterminante dans la réussite scolaire (aide aux devoirs, prêt de matériel scolaire, conseils pour l'orientation, etc.).

c. Les stratégies des familles

Les inégalités de trajectoires scolaires s'expliquent aussi par le fait que les familles ne sont pas égales face aux **stratégies** utilisées pour les choix des établissements scolaires et de l'orientation.

Raymond Boudon (1934-2013) montre que pour comprendre ces inégalités, il faut étudier comment se forment les choix des individus. Ces choix se font en considérant trois variables : le risque d'échec, les coûts économiques et psychologiques, et les bénéfices anticipés de l'orientation envisagée. Selon lui, avant toute décision, les familles font un calcul rationnel qui compare le coût aux avantages tout en tenant compte des risques.

L'origine sociale influence fortement l'évaluation de ces trois variables car le coût économique de la poursuite d'études est relativement plus élevé pour les familles des milieux populaires que pour les familles des milieux favorisés et les chances de réussite sont plus faibles. Cela se traduit par des différences très marquées, à résultats scolaires identiques, dans les choix d'orientation selon le milieu social. Les études les plus prestigieuses sont en effet les plus risquées du point de vue du coût et de l'échec, car elles sont plus longues et plus sélectives. Par exemple, l'orientation en médecine, dont les études se caractérisent par un très fort taux d'échec en première année et une durée très importante, est beaucoup moins choisie par les enfants d'ouvriers.

Enfin, les familles des milieux populaires, tout en manifestant un fort investissement dans l'école, n'en maîtrisent qu'imparfaitement les codes, et leurs stratégies de choix

Un document statistique central

Niveau de diplôme des 25-34 ans selon le milieu social d'origine en 2021, en %

Source : l'état de l'école, 2022

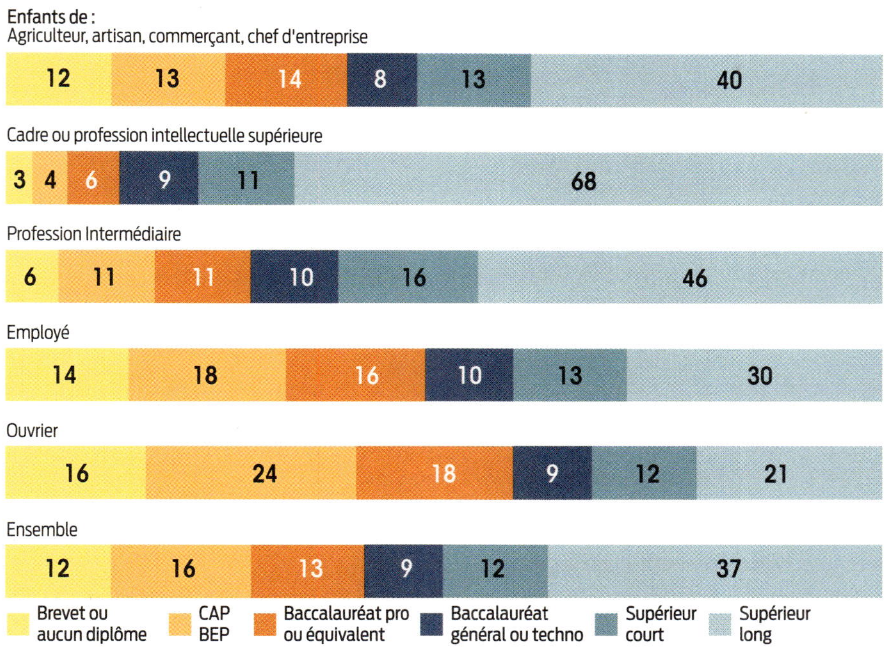

Comment exploiter ce document

Ce graphique nous permet d'illustrer le phénomène de démocratisation ségrégative qui caractérise le système scolaire français. Tout d'abord, on observe que l'enseignement secondaire a connu une certaine démocratisation puisque la proportion d'adultes de 25 à 34 ans ayant pour plus haut niveau de diplôme le baccalauréat général diffère peu selon le milieu social. Toutefois, lorsque l'on s'intéresse aux autres types de formations, on remarque que le niveau de diplôme diffère fortement selon la catégorie socioprofessionnelle des parents. En 2021, parmi les 25-34 ans, 79 % (68 + 11) des enfants de cadres ou professions intellectuelles supérieures sont diplômés du supérieur, contre 33 % (12 + 21) des enfants d'ouvriers. Par ailleurs, la proportion d'enfants d'ouvriers qui ont pour plus haut diplôme un diplôme du second degré professionnel (baccalauréat professionnel, CAP ou équivalent) est quatre fois plus élevée (42/10) que pour les enfants de cadres. Enfin, on observe que sortir du système scolaire sans aucun diplôme est une caractéristique inégalement distribuée. Alors que 12 % de l'ensemble des jeunes âgés de 25 à 34 ans en 2021 sont sortis du système scolaire sans aucun diplôme ou avec seulement le brevet, c'est le cas de 16 % des enfants d'ouvriers et de seulement 3 % des enfants de cadres et professions intellectuelles supérieures.

d'enseignements de spécialité, d'options ou d'établissements scolaires sont moins efficaces que celles des familles de milieux sociaux favorisés qui savent jouer avec la carte scolaire et choisir les « bonnes » options et orientations.

2. Le rôle de l'école

OBJECTIF Comprendre la multiplicité des facteurs d'inégalités de réussite scolaire, notamment le rôle de l'école, dans la construction des trajectoires individuelles de formation.

Les inégalités se forment très tôt dans les familles, avant même l'entrée à l'école des enfants. Si l'école n'est pas responsable de la formation de ces inégalités, son rôle doit néanmoins être interrogé car non seulement elle ne parvient pas à les combler, mais elle les laisse même s'accentuer au cours de la scolarité des élèves.

a. Une école qui échoue à réduire les inégalités

Bourdieu et Passeron ont montré que l'école, en valorisant la **méritocratie**, reproduisait les inégalités et les légitimait. A l'école, les programmes scolaires valorisent le capital culturel des classes dominantes et l'évaluation des élèves repose en partie sur des attentes qui ne font pas l'objet d'apprentissages explicites (par exemple l'autonomie, l'originalité, l'aisance verbale, etc.). En traitant de manière égale tous les enfants, l'école ne tient pas compte des différences de capital culturel, ce qui avantage les enfants des milieux favorisés et conduit à transformer des inégalités sociales en inégalités de « talents », et à les légitimer en les mettant sur le compte du don ou du mérite personnel. De plus, à partir du collège, l'importance donnée par l'institution scolaire au travail à la maison renforce aussi les inégalités entre des familles inégalement dotées en capital culturel et économique.

Malgré certaines limites méthodologiques, l'enquête Pisa (Programme international pour le suivi des acquis des élèves) de l'OCDE (Organisation de coopération et de développement économiques), qui vise à mesurer les performances des systèmes éducatifs, montre que l'école française peine à gommer les inégalités dont elle hérite. En compréhension de l'écrit par exemple, l'étude révèle qu'en 2018, les jeunes Français de 15 ans obtiennent un score proche de la moyenne des pays de l'OCDE, mais que les écarts de réussite entre ceux issus d'un milieu favorisé et ceux issus d'un milieu défavorisé sont parmi les plus élevés des pays étudiés.

b. Des politiques éducatives qui renforcent la sélection et la ségrégation

Certaines politiques éducatives peuvent renforcer les inégalités de réussite scolaire parce qu'elles peuvent aggraver la **ségrégation** entre élèves au sein du système scolaire, mais aussi parce qu'en intensifiant la sélection à un stade précoce de la scolarité, elles peuvent accentuer les inégalités face à l'orientation.

Le contexte de scolarisation des élèves influe sur leurs résultats scolaires. En effet, les recherches sur la progression des élèves montrent que lorsqu'on regroupe ceux de même niveau au sein de classes ou d'établissements, les inégalités sont renforcées car les « bons » progressent plus vite et ceux qui sont en difficulté beaucoup moins que dans une configuration avec une forte mixité sociale. Depuis le début des années 2000, la plus grande liberté donnée aux familles dans les choix des établissements a renforcé la ségrégation scolaire. L'assouplissement de la carte

Un document statistique central

Part des femmes dans l'enseignement supérieur selon la formation ou le type de formation en 2020, en %

Source : « Filles et garçons sur le chemin de l'égalité, de l'école à l'enseignement supérieur. Edition 2021 », ministère de l'Education nationale et de la Jeunesse

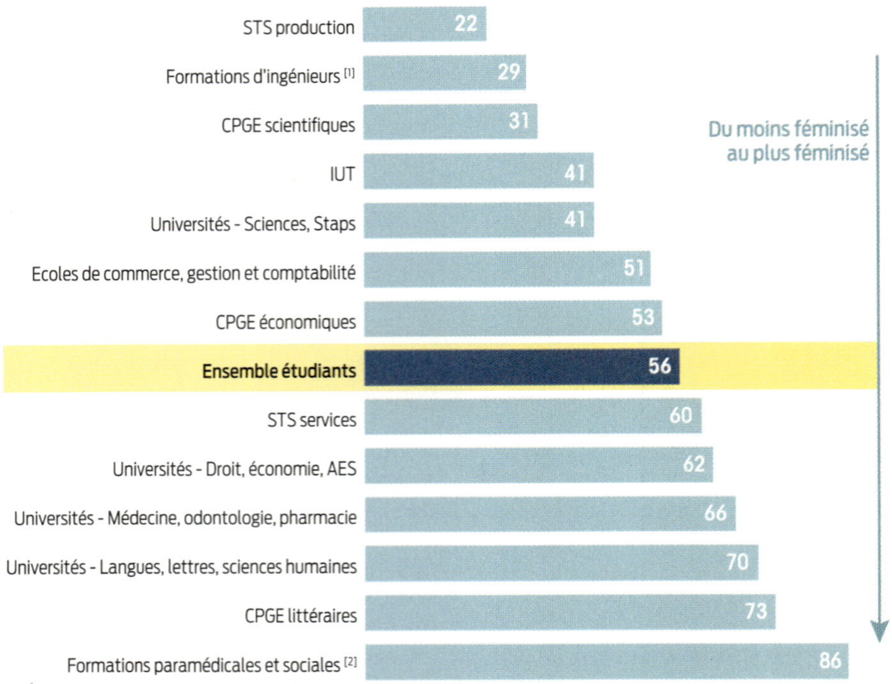

[1] Ensemble des formations d'ingénieurs (universitaires ou non), y compris formations en partenariat.
[2] Données 2019-2020.

Comment exploiter ce document

Ce graphique illustre les inégalités entre femmes et hommes face à l'orientation en France. De manière générale, les femmes sont globalement plus nombreuses que les hommes dans l'enseignement supérieur. En effet, en 2020, 56 % des étudiants sont des femmes. Cependant, il existe de profondes inégalités selon les types d'orientation. Ainsi, les femmes sont surreprésentées dans les filières du supérieur centrées sur les formations littéraires, sociales ou médicales. Par exemple, la proportion de femmes dans les formations paramédicales et sociales est environ cinq fois plus élevée (86/14) que celle des hommes. Ce document nous permet également de montrer que même si l'accès des femmes aux filières les plus prestigieuses de l'enseignement supérieur a progressé, il reste encore faible dans certains domaines. Ainsi, en 2020, seulement 31 % des étudiants en classes préparatoires aux grandes écoles scientifiques sont des femmes, tandis que les hommes représentent 71 % des étudiants en écoles d'ingénieurs.

scolaire, qui est un système d'affectation des élèves permettant d'assurer une mixité sociale à l'école, en est un bon exemple. En effet, cela a eu pour conséquences la fuite des familles les plus favorisées des écoles les moins « réputées » et la concentration des élèves en difficulté scolaire dans certains établissements et certaines classes. L'existence d'un enseignement privé qui entre en concurrence avec l'enseignement public, et dans lequel on retrouve en moyenne des familles plus favorisées, renforce également ces tendances. Les difficultés se sont ainsi concentrées dans certains établissements scolaires.

Enfin, en matière d'orientation, les politiques qui rendent les choix plus précoces et diversifient les filières accentuent les inégalités. L'importance donnée par l'institution scolaire au « projet personnel » tend à ignorer le fait que la construction de ce projet est fortement influencée par le milieu social des élèves. En effet, les familles sont inégalement dotées face à ces choix d'orientation et les conseils de classe ont tendance à valider les vœux des familles, vœux qui sont socialement marqués. Quand ils ne le font pas, c'est plus souvent pour signifier le refus d'une orientation jugée trop ambitieuse que pour proposer une orientation plus prestigieuse que celle demandée par les familles les plus modestes.

3. Le rôle spécifique de la socialisation selon le genre

OBJECTIF Comprendre la multiplicité des facteurs d'inégalités de réussite scolaire (notamment la socialisation selon le genre) dans la construction des trajectoires individuelles de formation.

L'école et la famille, en tant qu'instances de **socialisation**, participent à la construction des **rôles sociaux** spéci-

Les notions essentielles du programme

Capital culturel : ensemble des ressources culturelles présentes sous la forme de titres scolaires, de biens culturels et de manières de se comporter et de penser.

Démocratisation : réduction des inégalités de parcours de formation à l'école et dans l'enseignement supérieur.

Egalité : situation où règne une équivalence face aux droits, aux chances ou aux conditions d'existence.

Egalité des chances : principe selon lequel tous les individus ont les mêmes chances de réussir et d'occuper les meilleures places dans la société.

Genre : différenciation sociale entre le masculin et le féminin.

Investissements familiaux : mobilisation des familles qui peut être « immatérielle » (aide aux devoirs) mais aussi économique (cours particuliers).

Massification : élargissement de l'accès à l'éducation et à l'enseignement supérieur.

Méritocratie : principe selon lequel les inégalités de situation sont légitimes uniquement si elles reflètent les talents et les efforts de chacun.

Socialisation : processus d'apprentissage et d'intériorisation des normes, des valeurs et des pratiques propres à un groupe social ou à une société.

Ségrégation scolaire : séparation des élèves entre des classes, des établissements scolaires ou des formations selon leur niveau scolaire, origine sociale ou sexe.

Taux de scolarisation : rapport entre le nombre d'élèves inscrits dans un établissement d'enseignement et le nombre de jeunes de cet âge.

Taux d'accès à un diplôme ou à un type de formation : rapport entre le nombre d'élèves ou d'étudiants ayant accès à un même niveau de diplôme ou de formation et le nombre de jeunes de cet âge.

fiques en fonction du **genre**. Ce processus permet d'expliquer les inégalités de réussite scolaire et d'orientation entre les garçons et les filles.

a. Le rôle des familles et de l'école

Dans les familles, les enfants apprennent les rôles sociaux propres à leur sexe. Dès la naissance, les différences sont très marquées entre les garçons et les filles. Ainsi, **Marie Duru-Bellat** montre que les filles sont plus stimulées sur le plan social (langage), alors que les garçons le sont davantage sur le plan moteur (apprentissage de la marche, par exemple). Par ailleurs, les parents différencient très tôt les jeux, les règles ou les attentes en matière de comportement en fonction du sexe des enfants. Par exemple, les filles sont davantage éduquées à être calmes et dociles que les garçons.

L'école joue aussi un rôle dans la socialisation différenciée selon le genre à la fois par les contenus enseignés, mais aussi à travers les interactions entre élèves et avec les personnels d'éducation qui contribuent eux aussi à véhiculer les stéréotypes de genre.

Dans les manuels scolaires par exemple, les femmes sont globalement moins présentes que les hommes et les rôles sont encore différenciés. Ainsi, les femmes y sont plus souvent représentées dans un rôle de mère et dans la sphère domestique, alors que les hommes le sont davantage dans la sphère professionnelle.

Cette socialisation selon le genre s'opère également à l'intérieur du groupe de pairs. Dès l'école maternelle, les enfants se regroupent davantage avec ceux de leur sexe, ne pratiquent pas les mêmes jeux et sanctionnent fortement ceux qui ne se conforment pas aux rôles sexués dominants dans la société. Par exemple, les comportements féminins adoptés par les garçons sont très tôt moqués par le groupe.

Quiz

Répondez par vrai ou faux aux affirmations suivantes

1. **Démocratisation et massification sont deux termes synonymes.**
   ■ Vrai ■ Faux
2. **En France, la massification a permis une augmentation du taux de scolarisation.**
   ■ Vrai ■ Faux
3. **Les garçons réussissent mieux que les filles au collège et au lycée.**
   ■ Vrai ■ Faux
4. **Le capital économique des familles est plus important que le capital culturel dans la réussite scolaire.**
   ■ Vrai ■ Faux
5. **L'école parvient avec succès à réduire les inégalités de réussite scolaire.**
   ■ Vrai ■ Faux
6. **Le taux d'accès au niveau licence est plus élevé pour les garçons que pour les filles.**
   ■ Vrai ■ Faux
7. **Les choix d'orientation sont très différents en fonction du milieu social.**
   ■ Vrai ■ Faux

Retrouvez les réponses à ce quiz pages 96-98.

Ces différences dans la socialisation vont avoir des conséquences sur la réussite scolaire et sur l'orientation des filles et des garçons.

b. Des inégalités de réussite et de choix d'orientation

La socialisation selon le genre produit très tôt des effets en matière d'inégalités entre filles et garçons à l'école car certains comportements sont plus « rentables scolairement ». Ainsi, les filles sont généralement plus calmes, plus concentrées et acceptent davantage la coopération avec les enseignants. Dès l'école primaire, les garçons redoublent plus souvent que les filles et ont des résultats scolaires inférieurs. Cela se poursuit ensuite dans l'enseignement secondaire : les filles y ont de meilleures notes, sont moins souvent orientées vers l'enseignement professionnel après le collège et obtiennent de meilleurs taux de réussite au bac. Enfin, en 2019-2020, les femmes représentaient 56 % des inscrits dans l'enseignement supérieur et leur taux d'échec en licence, à l'université, est moins important que celui des hommes.

Par ailleurs, la socialisation induit des choix d'orientation différents. Selon leur genre, les élèves s'orientent plus ou moins vers les formations qui réclament des compétences associées aux rôles sociaux traditionnellement considérés comme féminins ou masculins. Par exemple, les filles sont surreprésentées dans les filières littéraires ou dans les écoles du secteur paramédical et social (voir document page ci-contre).

De plus, alors qu'elles réussissent mieux à l'école, les choix d'orientation des filles s'avèrent moins ambitieux puisqu'elles sont sous-représentées dans les filières les plus prestigieuses comme les écoles d'ingénieurs ou les classes préparatoires scientifiques.

Ces inégalités face à l'orientation peuvent s'expliquer en partie par le fait que les femmes anticipent des difficultés à s'insérer dans des filières traditionnellement masculines où le sexisme peut être très fort. Le fait que le poids des tâches domestiques et du soin aux enfants repose encore majoritairement sur leurs épaules peut également les amener à formuler des choix d'orientation moins ambitieux car menant à des emplois réputés plus compatibles avec une vie de famille. Enfin, les recommandations des familles ou de l'institution scolaire en matière d'orientation peuvent elles aussi être très stéréotypées et freiner l'accès des filles aux filières les plus prestigieuses. ■

Les sujets du bac les plus attendus

(en dissertation ou en 3e partie de l'épreuve composée)

- Comment expliquer les inégalités de réussite scolaire ?
- Quel rôle joue la famille dans les inégalités de réussite scolaire ?
- Montrez que l'école joue un rôle dans les inégalités de parcours de formation.
- La massification s'est-elle traduite par une forte progression de l'égalité des chances à l'école ?
- Vous montrerez que l'école favorise l'égalité des chances.

Pour en savoir plus

« Pourquoi l'école française est-elle toujours aussi inégalitaire ? », par Philippe Watrelot, hors-série d'*Alternatives Economiques* n° 120, février 2020, frama.link/V9aDqXa5

Quels sont les caractéristiques contemporaines et les facteurs de la mobilité sociale ?

Comment se fixe le statut social des individus dès lors que la naissance ne leur assigne plus une position sociale donnée ? Pour répondre à cette question, il faut recenser l'ensemble des trajectoires individuelles à travers la construction de tables de mobilité qui, même si elles connaissent des limites, donnent une assez bonne image de la mobilité observée. Ces trajectoires traduisent-elles l'existence d'une société de plus en plus fluide ou au contraire en panne « d'ascenseur social » ? Enfin, il faut chercher à comprendre comment l'évolution des emplois, le milieu familial ou encore l'école agissent sur les trajectoires sociales des individus.

A Des outils pour rendre compte de la mobilité

OBJECTIF Savoir distinguer la mobilité sociale intergénérationnelle des autres formes de mobilité (géographique, professionnelle).

En sciences sociales, le concept de mobilité peut revêtir plusieurs significations. Il peut s'agir, d'abord, d'observer la **mobilité géographique** des individus, en examinant par exemple leurs déplacements quotidiens, ou les changements de résidence au cours de leur vie. Il peut aussi s'agir de **mobilité professionnelle**. On suivra alors les changements de profession ou de statut professionnel qu'une génération d'individus a pu connaître au cours de sa vie active (mobilité intragénérationnelle). Mais le plus souvent, on étudie la **mobilité sociale** intergénérationnelle, à savoir les changements de position sociale observables entre deux générations.

1. Les tables de mobilité

OBJECTIF Comprendre les principes de construction des tables de mobilité et leur intérêt comme instruments de mesure de la mobilité sociale.

En 2017, pour observer les flux de mobilité, l'Insee a constitué un échantillon de plusieurs millions d'hommes et de femmes, âgés de 40 à 59 ans au moment de l'enquête, qui ont tous répondu à deux questions simples : « Quelle est votre profession actuelle ? » et « Quelle était la profession de vos parents lorsque vous avez fini vos études ? ». Ces réponses sont ensuite réparties entre les six grands groupes de professions et catégories socioprofessionnelles (PCS, voir thème 6, pages 38-43) et permettent de bâtir des tables de mobilité.

La première table que l'on peut construire à partir de ces données brutes est une table dite des **« recrutements sociaux »**. Elle permet de connaître, au sein de chaque PCS, la proportion d'individus ayant la même origine sociale, ce qui constitue une indication sur le degré d'homogénéité de ce groupe. La seconde table que l'on peut bâtir est une table dite des **« destinées sociales »** (voir pages 51 et 53). Elle permet de répondre à la question suivante : « Que deviennent les fils ou les filles issus de telle ou telle PCS ? »

L'intérêt principal de ces tables est de permettre d'analyser la **mobilité observée**, c'est-à-dire de connaître la diversité des trajectoires sociales observables. A priori, à partir de leur situation d'origine, les individus peuvent faire l'expérience de trois grandes destinées : l'**ascension sociale**, la **reproduction** du statut social de leurs parents ou le **déclassement social**.

Grâce à ces tables, on peut aussi apprécier dans quelle mesure l'origine sociale détermine la trajectoire des personnes et ainsi évaluer le degré de **fluidité sociale**, c'est-à-dire le degré d'égalité des chances d'accéder à une position sociale donnée, quelle que soit son origine. On pourra alors questionner la réalité de l'idéal démocratique qui s'est construit autour de l'idée que tous les individus devaient pouvoir accéder à n'importe quelle position sociale, quelle que soit leur origine.

2. Les limites de ces instruments

OBJECTIF Comprendre les limites des tables de mobilité comme instruments de mesure de la mobilité sociale.

Les tables de mobilité tentent de rendre compte d'une réalité sociale complexe, et comme beaucoup d'outils utilisés en sciences sociales, elles présentent de réelles limites. Ainsi, observer la mobilité à partir des six groupes conduit forcément à ne pas percevoir une partie des flux. La fille d'une employée de maison qui devient agent des impôts, c'est-à-dire fonctionnaire d'Etat, sera considérée comme un cas de reproduction sociale, car ces deux professions font partie du vaste monde des employés, alors qu'objectivement sa position sociale s'est améliorée par rapport à celle de sa mère. Raisonner à partir de six groupes d'actifs conduit donc à minorer les mouvements de mobilité que l'on pourrait observer si l'on partait de la nomenclature détaillée en 42 catégories socioprofessionnelles.

La mesure de la mobilité des femmes pose aussi des problèmes spécifiques. Pendant longtemps, il a été difficile de caractériser les destinées sociales des filles car peu de leurs mères étaient professionnellement actives. Avec l'accroissement de l'activité féminine à partir des années 1960, cette difficulté s'est résorbée peu à peu et l'Insee peut désormais produire des tables de destinées représentatives des trajectoires sociales des femmes. Faut-il pour autant apprécier la mobilité sociale féminine en faisant uniquement référence au statut social des mères, sans tenir compte de celui des pères ? Un tel choix amplifie artificiellement les flux de mobilité ascendants des filles car beaucoup de leurs mères occupaient des emplois peu qualifiés. Mais, à l'inverse, se référer au seul statut des pères conduit à minorer l'ascension sociale observable chez les femmes depuis quarante ans.

Ensuite, il est parfois difficile d'apprécier la nature de certains flux de mobilité. Par exemple, comment évaluer le sens de la trajectoire d'un fils d'agriculteur qui devient ouvrier qualifié ? Il y a bien une

mobilité de statut, de celui d'indépendant vers celui de salarié, mais s'agit-il d'une ascension sociale ou d'un déclassement ? De la même manière, une fille d'ouvrier qui devient employée change de PCS sans qu'il soit possible de qualifier ce type de mobilité. Ni ascendante ni descendante, on parlera de **mobilité horizontale**. L'Insee regroupe ces deux situations (mobilité de statut et mobilité horizontale) sous l'appellation de **mobilité non verticale**.

On peut, pour terminer, repérer deux dernières limites. D'une part, la hiérarchie des professions et leur prestige respectif évoluent au cours du temps : être instituteur dans un petit village entre les deux guerres mondiales, c'était faire partie des notables de la commune ; c'est bien moins le cas aujourd'hui. Alors, comment interpréter une dynastie familiale où on demeure instituteur au fil des générations : reproduction sociale ou mobilité descendante ? Enfin, doit-on considérer qu'à 30 ou 35 ans, le statut social d'une personne est définitivement fixé ou peut-il encore connaître des évolutions qui pourraient modifier la mobilité observée ? En tout cas, il vaut mieux constituer des échantillons avec des personnes âgées d'au moins 40 ans.

B Les flux de mobilité et leur interprétation

1. Les principaux flux de mobilité

OBJECTIF A partir de la lecture des tables de mobilité, être capable de mettre en évidence des situations de mobilité ascendante, de reproduction sociale et de déclassement.

La lecture d'une table des destinées (voir ci-dessous) permet de recenser tous les flux qui composent la **mobilité observée**. Une partie de ces flux traduit une mobilité ascendante. Par exemple, 11,5 % des fils d'ouvriers, 21,7 % des fils d'employés et 29,8 % de ceux des professions intermédiaires sont devenus cadres et professions intellectuelles supérieures (Capis), c'est-à-dire ont connu une amélioration de leur situation sociale par rapport à celle de leur père.

Réciproquement, on peut recenser des flux de mobilité descendante. Par exemple, lorsque les fils des Capis intègrent pour 23,5 % d'entre eux la PCS « pro-

Apprenez à mobiliser vos connaissances

CONSIGNE Sur le modèle de la réponse proposée à la première question, répondez en quelques lignes aux autres questions.

- **Vous présenterez deux limites des tables de mobilité comme instrument de mesure de la mobilité sociale.**

RÉPONSE Une première limite est que les tables de mobilité sont construites à partir de la nomenclature de l'Insee regroupant seulement six catégories socioprofessionnelles. Si une fille de petit commerçant devient cheffe d'une entreprise de 500 salariés, elle restera dans la même PCS. La trajectoire de mobilité ascendante demeurera invisible.
Une seconde limite est qu'elles ne rendent pas compte des modifications intervenues dans le positionnement social des PCS. Par exemple appartenir à la catégorie des agriculteurs exploitants aujourd'hui n'a plus du tout la même signification sociale en termes de revenus, patrimoine, diplômes… qu'il y a cinquante ans. Une même catégorie peut donc traduire des réalités différentes au cours du temps.

- **Distinguez, en les illustrant, la mobilité intergénérationnelle de la mobilité professionnelle.**
- **Quelles différences peut-on observer entre la mobilité des filles et celle des garçons ?**
- **Vous montrerez, à partir d'un exemple, comment les configurations familiales contribuent à expliquer la mobilité sociale.**

La table des destinées sociales masculines

Répartition des hommes âgés de 40 à 59 ans en 2017 selon leur PCS et celle de leur père, en %

Source : Insee, enquête Emploi 2017

PCS du père	Agriculteur	Artisan, commerçant, chef d'ent.	Cadre, prof. intellect. sup.	Prof. intermédiaire	Employé	Ouvrier	Total	Structure des PCS dans la génération des pères
Agriculteur	25,2	7,5	10,7	15,3	7,4	34,0	100	9,5
Artisan, commerçant, chef d'ent.	0,6	21,2	23,7	22,3	9,5	22,7	100	13,7
Cadre, prof. intellect. sup.	0,5	10,6	49,1	23,5	7,9	8,5	100	13,1
Prof. intermédiaire	0,5	8,2	29,8	31,0	12,3	18,3	100	14,8
Employé	0,5	7,5	21,7	27,3	15,9	27,2	100	10,0
Ouvrier	0,6	8,7	11,5	22,3	11,5	45,4	100	38,9
Ensemble	2,9	10,3	21,8	23,6	10,9	30,5	100	100

Cette table permet de répondre à la question suivante : que deviennent les fils issus de telle ou telle PCS ? Par exemple, en 2017, 25,2 % des fils d'agriculteurs sont devenus agriculteurs et 34 % sont devenus ouvriers.

La dernière colonne indique la part, en %, de chacune des PCS dans la génération des pères. Ainsi on observe que les agriculteurs représentaient 9,5 % des actifs dans cette génération. En revanche, la dernière ligne indique le poids, en %, de chaque PCS au sein de la génération des fils, c'est-à-dire les hommes âgés de 40 à 59 ans lors de l'enquête en 2017. Dans cette génération, les agriculteurs ne représentaient plus que 2,9 % des actifs. D'une manière générale, la comparaison de cette colonne et de cette ligne permet de mesurer les évolutions de la structure des emplois entre deux générations. Si la part des emplois agricoles ou d'ouvriers a diminué, celle des cadres et des professions intermédiaires a fortement progressé, témoignant ainsi de la tertiarisation des emplois.

fessions intermédiaires », pour 7,9 % celle des employés et 8,5 % celle des ouvriers, on peut analyser ces trajectoires comme autant de formes de déclassement, que ce soit en termes de qualifications, de revenus ou de prestige social.

Cependant, certaines trajectoires, marquées par un changement de PCS, sont difficiles à apprécier. Par exemple, pour les 27,2 % des fils d'employés devenus ouvriers, ou pour les 7,5 % de fils d'agriculteurs devenus artisans ou commerçants, il s'agit pour l'Insee d'une mobilité **non verticale**.

Enfin, il est possible d'isoler des flux de reproduction sociale que l'on peut observer sur la diagonale de la table des destinées. Ainsi, en 2017, 49,1 % des fils de Capis sont devenus cadres à leur tour et 45,4 % des fils d'ouvriers sont devenus ouvriers comme leur père. Au sein de quelle PCS cette reproduction est-elle particulièrement importante ? Pour le savoir, il faut imaginer une situation théorique où la destinée sociale ne dépendrait en rien de l'origine sociale. Dans ce cas, chaque ligne devrait être identique à la ligne de l'ensemble, car le destin des fils d'une PCS ne devrait pas être différent de la destinée de l'ensemble de la population. Or, tel n'est pas le cas. Les fils d'agriculteurs ont près de neuf fois plus de chances (25,2/2,9) de devenir agriculteurs que si leur destinée était fixée par le hasard. La reproduction sociale est donc très forte dans cette PCS, ainsi que chez les Capis, où elle est 2,2 fois plus importante (49,1/21,8) que si elle résultait du hasard ou encore chez les artisans-commerçants-chefs d'entreprise, où elle est deux fois plus forte (21,2/10,3) également. Globalement, l'Insee indique qu'après avoir fortement régressé jusqu'à la fin des années 1980, la reproduction sociale s'est stabilisée, en particulier chez les garçons, et représente aujourd'hui environ 35 % des destinées possibles d'une génération.

Un document statistique central

Mobilité des hommes comparés à leur père et des femmes comparées à leur mère en 1977 et 2015, en %

Source : Insee, « Portrait social 2019 »

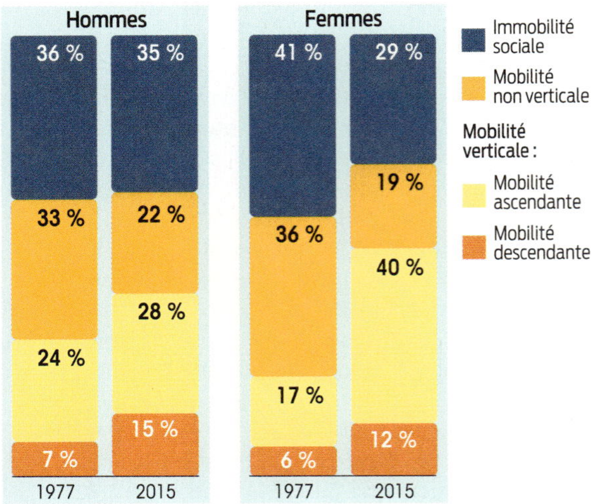

Comment exploiter ce document

Depuis une quarantaine d'années, la mobilité des femmes a été croissante et elles sont devenues au fil du temps plus mobiles que les hommes.

En effet, en 1977, seulement 59 % (6 + 17 + 36) des filles occupaient un statut social différent de celui de leur mère. Cette proportion gagne 12 points de % entre 1977 et 2015 pour représenter 71 % (12 + 40 + 19), soit 6 points de plus que celle observée chez les garçons. En revanche, la mobilité stagne chez les garçons depuis quarante ans, avec un taux de reproduction quasiment constant à hauteur de 35-36 %.

Ensuite, cette mobilité est de plus en plus marquée par des flux ascendants, qui sont eux aussi devenus beaucoup plus intenses chez les filles par rapport à ceux observables chez les garçons. Ces flux sont 2,3 fois plus importants pour les femmes (40/17) en 2015 qu'en 1977, avec 40 % d'une génération de filles qui connaît un destin social meilleur que celui de leurs mères. En 2015, la mobilité ascendante chez les filles dépasse désormais celle des garçons, qui progresse peu depuis 1977 en restant inférieure à 30 %.

Pour les deux populations, la fréquence du déclassement double d'intensité. Chez les femmes, cela reflète la progression, au sein de la génération des mères, de l'accès à des emplois de plus en plus qualifiés, ce qui accroît la probabilité pour la génération des filles de ne pas faire « aussi bien ».

2. Les particularités de la mobilité des femmes

OBJECTIF A partir de la lecture des tables de mobilité, être capable de retrouver les spécificités de la mobilité sociale des hommes et de celle des femmes.

Si l'on veut comparer les destinées des femmes et des hommes, il faut d'abord s'intéresser aux particularités de la structure de leurs emplois. Les dernières lignes de chacune des deux tables de destinées font apparaître deux grandes différences : d'une part, l'accès aux emplois salariés les plus qualifiés (cadres, professions intermédiaires) est plus faible pour les femmes que pour les hommes, d'autre part, la structure des emplois salariés les moins qualifiés diffère radicalement. Chez les hommes, elle est marquée par l'importance des emplois ouvriers et la faiblesse des emplois d'employés ; c'est l'inverse chez les femmes.

Tout cela modifie bien sûr les destinées possibles de chacun des genres. Et si l'on peut remarquer que la structure des emplois féminins se rapproche au fil du temps de celle des hommes (ce qui témoigne d'une égalisation progressive des conditions depuis quarante ans), l'inégalité des chances d'accéder aux professions les plus qualifiées demeure très importante. Globalement (voir « Un document statistique central » ci-dessus), la mobilité est à la fois plus intense et plus souvent tournée vers l'ascension sociale chez les femmes que chez les hommes.

3. Une société plus mobile et plus fluide ?

OBJECTIF Comprendre que la mobilité observée comporte une composante structurelle (mobilité structurelle), que la mobilité peut aussi se mesurer de manière relative indépendamment des différences de structure entre origine et position sociales (fluidité sociale) et qu'une société plus mobile n'est pas nécessairement une société plus fluide.

Les mutations de l'emploi ont été à l'origine d'une partie de la **mobilité observée** en France. En effet, alors que certaines PCS ont pris de l'importance au cours du temps, d'autres ont vu leur part diminuer. On peut repérer ces évolutions grâce aux marges des tables de mobilité, c'est-à-dire en comparant la part que représentait chacune des PCS dans la génération des parents (dernière colonne des tables) à celle qu'elle occupe dans la génération des fils ou des filles (dernière ligne des tables). Par

La table des destinées sociales féminines

Répartition des femmes âgées de 40 à 59 ans en 2017 selon leur PCS et celle de leur mère, en %

Source : Insee, enquête Emploi 2017

PCS de la mère	Agricultrice	Artisane, commerçante, cheffe d'entreprise	Cadre, prof. intellect. sup.	Prof. intermédiaire	Employée	Ouvrière	Total	Structure des PCS dans la génération des mères
Agricultrice	8,1	4,3	8,1	22,6	45,0	11,9	100	9,2
Artisane, commerçante, cheffe d'ent.	0,4	9,8	17,0	24,8	41,0	7,0	100	9,4
Cadre, prof. intellect. sup.	0,2	6,0	40,7	34,2	16,8	2,1	100	6,0
Prof. intermédiaire	0,3	4,2	30,7	37,4	24,0	3,4	100	16,1
Employée	0,5	4,1	13,5	26,9	46,7	8,3	100	44,0
Ouvrière	0,8	4,0	7,8	20,7	50,9	15,8	100	15,3
Ensemble	1,2	4,7	16,9	27,5	41,2	8,5	100	100,0

Plusieurs tendances se dégagent de la comparaison de cette table avec celle des hommes (voir pages 51). Tout d'abord, une reproduction sociale plus faible chez les filles que chez les garçons, plus de mobilité et en particulier de mobilité ascendante, mais un accès moindre aux professions salariées les plus qualifiées. D'autres différences importantes peuvent aussi être repérées, en particulier concernant les destinées des enfants de professions indépendantes. Les filles d'agricultrices plus souvent que les fils d'agriculteurs accèdent à des emplois de cadres ou de professions intermédiaires. En revanche, elles sont sensiblement moins nombreuses que les garçons à reproduire le statut d'artisane ou encore de commerçante qu'occupait leur mère.

exemple, comme on peut le constater, la part des emplois agricoles dans le total des emplois a profondément diminué entre les deux générations : elle a été divisée par 3,3 (9,5/2,9) chez les garçons et par 7,7 (9,2/1,2) chez les filles. En conséquence, même si tous les enfants d'agriculteurs l'avaient souhaité, ils n'auraient pas pu reprendre la profession de leur père ou de leur mère, faute d'un nombre suffisant d'emplois agricoles ; ils ont en quelque sorte été poussés à connaître une mobilité qui ne serait sans doute pas apparue si la structure des emplois était restée la même. Dans le même temps, la part des emplois de cadres ou de professions intermédiaires, qui n'a pas cessé d'augmenter au fil du temps, a donc exigé des recrutements en provenance d'autres PCS, ce qui a mécaniquement aussi créé de la mobilité. On appelle **mobilité structurelle** tous ces flux de mobilité qui résultent des transformations de la structure des emplois.

Cette mobilité ne représente qu'une partie seulement de la mobilité totale que l'on peut observer. Mais mesurer la mobilité restante, c'est-à-dire celle qui ne s'explique pas par les mutations de l'emploi, se révèle extrêmement complexe sur le plan méthodologique. C'est pourquoi les chercheurs ont exploré une autre piste pour apprécier l'intensité de la mobilité, en neutralisant les effets dus aux transformations de l'emploi. Pour cela, ils ont élaboré le concept de **fluidité sociale**, c'est-à-dire le degré plus ou moins élevé d'égalité des chances d'atteindre un statut social donné, indépendamment de son origine sociale.

Pour qu'il y ait de la fluidité sociale, il faut en premier lieu qu'il y ait de la mobilité. Si l'on veut que les filles d'employées aient les mêmes chances de devenir cadres que les filles de cadres, il faut d'abord qu'une partie d'entre elles accomplissent cette trajectoire sociale. Mais si cette condition est nécessaire, elle n'est pas suffisante. Par exemple, si au cours du temps, deux fois plus de filles d'employées deviennent cadres (la mobilité a donc augmenté) et que, parallèlement, quatre fois plus de filles de cadres deviennent cadres à leur tour, l'inégalité des chances entre les deux groupes s'est accrue (la fluidité a donc diminué).

Selon le sociologue **Louis-André Vallet**, la fluidité sociale a constamment progressé en France depuis les années 1950 et au moins jusqu'au début des années 2000. En revanche, cette tendance semble moins nette depuis une vingtaine d'années. Le tableau ci-dessous résume les principales évolutions en la matière. Et si, globalement, on peut affirmer que l'ascenseur social fonctionne mieux en 2015 qu'en 1977, force est de constater que les inégalités sociales dans les chances d'accès au statut de cadre demeurent très fortes.

Par ailleurs, cette amélioration de la fluidité a fait des « gagnants » et des « perdants ». Si les chances des enfants de milieux populaires de devenir cadres se sont accrues, c'est bien que les chances relatives des seconds se sont réduites et que, pour eux, le risque de déclassement est devenu un peu plus fréquent. Par exemple, sur les tables de destinées en 2017, on constate que près de 40 % des fils et plus de 50 % des filles de cadres ont connu des formes plus ou moins accentuées de déclassement social.

Rapport des chances relatives de devenir cadre selon la PCS d'origine

Source : Insee, « Portrait social 2019 »

Pour les enfants...

	de professions intermédiaires		d'employés et d'ouvriers qualifiés		d'employés et d'ouvriers non qualifiés	
	Garçons	Filles	Garçons	Filles	Garçons	Filles
1977	3,5	5,4	28	35	164	Non connu
2015	2,3	1,7	12	8	35	17

Lecture : en 1977, les chances d'être cadres plutôt que professions intermédiaires étaient 3,5 fois plus élevées pour les fils dont les pères étaient cadres que pour les fils dont les pères étaient professions intermédiaires. En 2015, les chances d'être cadres plutôt que professions intermédiaires sont 1,7 fois plus élevées pour les filles dont les mères étaient cadres que pour les filles dont les mères étaient professions intermédiaires.

Un document statistique central

Effectifs étudiants de l'enseignement supérieur depuis 1960, en milliers

Source : « L'état de l'enseignement supérieur, de la recherche et de l'innovation en France » n° 15, 2022

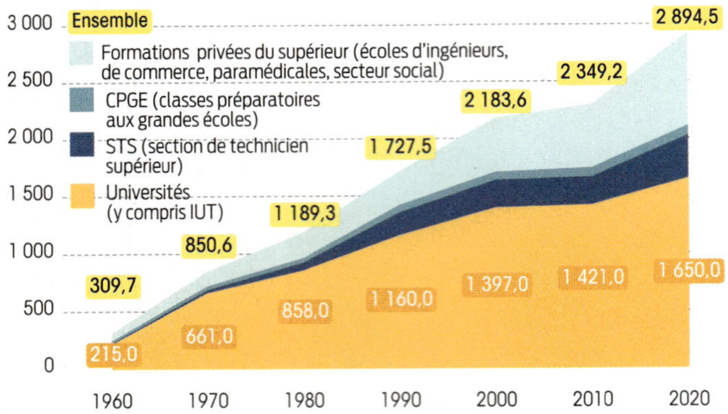

Comment exploiter ce document

Ce graphique constitue une bonne illustration du processus d'élévation du niveau de formation de la population depuis soixante ans en France. Tout d'abord, on observe que le nombre d'étudiants inscrits dans un établissement de l'enseignement supérieur a été multiplié par plus de 9 entre 1960 et 2020. Le total des étudiants représente aujourd'hui une population de près de 2,9 millions de personnes, ce qui représente presque la moitié des 18-25 ans.

Cette augmentation s'est d'abord faite dans le cadre des universités publiques, dont les effectifs ont triplé au cours de la décennie 1960, mais cette massification n'a pas toujours reposé sur l'université. En particulier, si l'on observe la décennie 2000-2010, on constate que les effectifs universitaires ne progressent presque plus et que ce sont les autres voies du supérieur qui assurent l'élévation du niveau de formation. Les sections de techniciens supérieurs, mais aussi des formations privées diplômantes (écoles de commerce et d'ingénieurs, écoles du secteur social et paramédical) connaissent une forte croissance. Cela témoigne, d'une part, de la poursuite du mouvement d'élévation du niveau de qualification au sein des générations les plus récentes. Mais cela révèle aussi le poids croissant de l'enseignement supérieur privé, donc payant, qui représente aujourd'hui 23 % des cursus de formation des étudiants.

C Les facteurs explicatifs de la mobilité

1. L'évolution de la structure des emplois

OBJECTIF Comprendre comment l'évolution de la structure socioprofessionnelle contribue à expliquer la mobilité sociale.

La hausse de la mobilité sociale s'explique en partie, on l'a dit, par l'évolution de la structure des emplois au cours des cinquante dernières années. Le déclin des professions indépendantes (agriculteurs, artisans, commerçants...) a réduit les possibilités de reproduction de ces statuts sociaux par la transmission de l'entreprise familiale. La mobilité a aussi été favorisée par la contraction des emplois agricoles, qui a conduit mécaniquement les fils et les filles des personnes occupant ces professions à choisir une autre voie. De même, l'expansion des emplois du tertiaire a créé comme un « appel d'air » pour des enfants issus d'autres PCS et a constitué une source importante de mobilité. Cette mobilité structurelle est cependant de moins en moins importante : alors qu'en 1977, elle permettait d'expliquer environ 40 % de la mobilité des hommes et des femmes, elle n'en explique plus, en 2017, que 28 % chez les hommes et 33 % chez les femmes. L'essentiel de la mobilité observée a donc d'autres causes que celle des mutations de la structure des emplois.

2. Diplôme et mobilité sociale

OBJECTIF Comprendre comment l'évolution des niveaux de formation contribue à expliquer la mobilité sociale.

A côté de ces mutations de l'emploi, l'école et sa démocratisation (voir thème 7, page 44) constitue un second facteur de compréhension des flux de mobilité. La prolongation de la scolarité obligatoire jusqu'à 16 ans (effective depuis 1967) et les objectifs volontaristes d'élévation du niveau de formation (collège unique en 1975, « 80 % d'une classe d'âge au niveau bac » en 1985, et plus récemment l'objectif de 50 % d'une génération diplômée du supérieur) ont permis à une part croissante de jeunes d'accéder aux études supérieures (voir ci-dessus). Ainsi, la population étudiante est passée de 1,2 million au début des années 1980 à près de 2,9 millions aujourd'hui, et la part des 20-24 ans diplômés de l'enseignement supérieur de moins de 20 % à 45 % sur la même période.

Cette massification a d'abord permis d'accompagner les mutations des emplois et en particulier la nécessité de former des actifs à des postes de plus en plus qualifiés. Par exemple, le nombre

Les notions essentielles du programme

Capital culturel : voir thème 7, page 48.

Capital social : ensemble des relations sociales que l'on peut mobiliser.

Configuration familiale : ensemble des règles et des relations qui caractérisent la vie de la famille.

Déclassement social : dégradation de la situation sociale d'un individu par rapport à celle de ses parents.

Fluidité sociale : degré plus ou moins élevé d'égalité des chances d'accéder à un statut social donné, indépendamment de son origine sociale.

Mobilité ascendante : désigne le fait d'occuper une situation sociale plus valorisée que celle de ses parents.

Mobilité intergénérationnelle : mesure les changements de positions sociales observables entre des individus appartenant à deux générations différentes (par exemple, les pères et leurs fils).

Mobilité professionnelle : retrace l'ensemble des changements de professions survenus au cours de la vie active des individus d'une génération.

Mobilité non verticale : elle caractérise une mobilité dont on ignore si elle correspond à une promotion ou à un déclassement social.

Mobilité sociale observée : ensemble des flux de mobilité (ascendante, descendante, non verticale...).

Mobilité structurelle : ensemble des flux de mobilité qui découlent des modifications de la structure des emplois au fil des générations.

Reproduction sociale : désigne le fait d'occuper une situation sociale similaire à celle de ses parents.

de médecins est passé de 60 000 au début des années 1970 à près de 230 000 aujourd'hui, et le nombre d'élèves ingénieurs a plus que quadruplé depuis 1980. Ensuite, elle a aussi permis de favoriser la fluidité en réduisant l'inégalité des chances. C'est particulièrement net pour les femmes, qui, quelle que soit leur origine sociale, ont vu leurs chances d'accéder au statut de cadre progresser. La massification de l'école explique donc une partie importante des flux de mobilité ascendants. Cependant, l'école, par la démocratisation ségrégative (voir thème 7, page 45) qu'elle a connue, a aussi joué un rôle non négligeable dans la reproduction sociale.

L'élévation du niveau de formation et l'augmentation du nombre de diplômés de l'enseignement supérieur ont réactivé un débat entre les sociologues. Pour Louis Chauvel et Marie Duru-Bellat, la valeur des diplômes a décliné. La possession du baccalauréat, voire d'une licence, permet de moins en moins d'accéder aux PCS des classes moyennes. La croissance des emplois qualifiés progresserait en effet moins fortement que celle des diplômes permettant d'y accéder. Cette thèse de la dévalorisation des titres scolaires est vigoureusement contestée par Eric Maurin, qui rappelle que jamais autant qu'aujourd'hui la possession du baccalauréat ou d'un diplôme de l'enseignement supérieur n'a été aussi discriminante pour l'accès à l'emploi et la promotion sociale. Jamais donc ces titres scolaires n'ont eu autant de valeur.

3. Les contextes familiaux

OBJECTIF Comprendre comment les ressources et configurations familiales contribuent à expliquer la mobilité sociale.

Les **ressources** dont disposent les familles jouent un rôle décisif dans la compréhension de la mobilité sociale et en particulier dans la reproduction des positions sociales. Le **capital culturel** (voir thème 7, page 46) constitue une première ressource qui se transmet lors du processus de socialisation primaire. Les enfants sont ainsi conduits à intérioriser les normes, les valeurs et les pratiques propres à leur milieu social d'origine et à identifier ce milieu d'appartenance comme « LE » milieu de référence. Les ambitions sociales et les goûts professionnels qui s'y forgent n'ont donc rien de « naturels », mais reproduisent souvent ceux des parents. Il existe ainsi des dynasties familiales chez les professions libérales (médecins, avocats, notaires...).

La transmission d'un **capital économique** forme une autre ressource que certaines familles utilisent pour favoriser la reproduction de leur position sociale. C'est par exemple souvent le cas chez les indépendants, lorsque les enfants héritent d'un patrimoine professionnel (agriculteurs, commerçants, chefs d'entreprise...).

Enfin, le **capital social** constitue pour les familles une ressource inégale qui va modifier considérablement le rendement social des diplômes. En effet, à diplôme égal, les enfants issus des milieux sociaux les mieux dotés en capital social vont pouvoir mobiliser un intense réseau de relations sociales qui leur permettra de prétendre à de meilleures positions sociales que ceux des milieux populaires, ce qui constitue un frein à la fluidité sociale.

Cependant, comment expliquer que près de 30 % des cadres se recrutent au sein des milieux populaires ou qu'à l'inverse plus de 16 % des fils de cadres deviennent ouvriers ou employés ?

Certaines trajectoires sociales semblent donc paradoxales car elles échappent aux explications fondées sur l'inégalité des ressources. Pour les comprendre, il faut observer ce que **Bernard Lahire** appelle les **configurations familiales**.

Dans son ouvrage *Tableaux de familles*, il montre qu'au sein même des milieux populaires, faiblement dotés en ressources, existent des configurations familiales qui favorisent l'ascension sociale. Ces configurations s'organisent d'abord autour d'un « ordre moral domestique » particulier, fait de règles de vie commune, d'horaires réguliers et de responsabilisation des enfants. Elles incluent aussi les manières dont on valorise, même sous des formes simples, la culture écrite et la lecture. Enfin, elles reposent sur l'importance que la famille accorde à l'école, au souci qu'elle manifeste à l'égard du travail scolaire des enfants, alors même que les parents peuvent être démunis d'instruction scolaire.

Quiz

Répondez par vrai ou faux aux affirmations suivantes

1. Il existe des flux de mobilité qui ne sont ni ascendants, ni descendants.
   ■ Vrai ■ Faux
2. Aujourd'hui, il y a en France plus de reproduction sociale que de mobilité.
   ■ Vrai ■ Faux
3. Une partie de la mobilité s'explique par les mutations de l'emploi.
   ■ Vrai ■ Faux
4. Le milieu familial produit surtout de la mobilité ascendante.
   ■ Vrai ■ Faux
5. La dévalorisation des diplômes est une réalité qui ne fait plus débat chez les sociologues.
   ■ Vrai ■ Faux
6. Aujourd'hui, il n'y a plus de différences entre les destinées sociales des filles et des garçons.
   ■ Vrai ■ Faux
7. La fluidité sociale a globalement progressé depuis quarante ans.
   ■ Vrai ■ Faux

Retrouvez les réponses à ce quiz pages 96-98.

Les sujets du bac les plus attendus

(en dissertation ou en 3e partie de l'épreuve composée)

- Comment peut-on expliquer la mobilité observée ?
- Comment l'évolution de la structure socioprofessionnelle contribue-t-elle à expliquer la mobilité sociale ?
- Quels sont les facteurs explicatifs de la mobilité sociale ?
- Vous montrerez que les ressources et les configurations familiales jouent un rôle dans la mobilité sociale.
- Une société plus mobile est-elle toujours une société plus fluide ?

Pour en savoir plus

« La mobilité sociale est tombée en panne », par Yves Besançon, *Alternatives Economiques* n° 366, mars 2017, frama.link/hBvSC1Aj

Quelles mutations du travail et de l'emploi ?

Le travail joue un rôle essentiel dans l'organisation économique et sociale de nos sociétés. A l'origine de toute création de richesse, il permet à l'individu d'acquérir une position sociale. Les nouvelles formes d'emploi et le numérique transforment les conditions de travail et en particulier brouillent les frontières entre temps de travail et temps hors travail. Ces évolutions amènent à s'interroger sur l'affaiblissement du rôle du travail comme facteur d'intégration.

A Les multiples dimensions du travail et de l'emploi

1. Comment distinguer emploi, chômage et inactivité

OBJECTIF Savoir distinguer les notions de travail, activité, statut d'emploi (salarié, non salarié), chômage.

Si le **travail** consiste à produire des biens et services destinés à satisfaire ses propres besoins ou ceux d'autrui, l'**emploi** se définit par une activité professionnelle rémunérée.

A partir de la révolution industrielle, la nature de l'**emploi** se transforme avec le développement rapide du **salariat** à côté de ceux qui continuent à travailler pour leur propre compte. Cela accentue le partage du monde du travail entre **deux statuts** : les **salariés** et les **indépendants**. Contrairement à l'indépendant, qui est propriétaire de son outil de travail et de la production qu'il réalise, le salarié vend, contre rémunération, son temps de travail, et non plus sa production, à un employeur qui dispose, comme il l'entend, du produit de ce travail. La salarisation progresse tout au long du XXe siècle et particulièrement après 1945 (voir thème 6, page 38). La part des salariés, qui était de 56 % au début du XXe siècle, approche des 90 % dans les années 2000.

Aujourd'hui, l'Insee définit la **population active** comme l'ensemble des personnes qui exercent ou cherchent à exercer une activité professionnelle rémunérée. Elle comprend donc non seulement les **actifs occupés** mais aussi les personnes à la recherche d'un emploi, les **chômeurs**. Au dernier trimestre 2022, on comptait 30,6 millions de personnes actives, dont 28,4 millions d'actifs occupés et 2,2 millions de chômeurs.

Mais une telle définition de l'activité pose quelques problèmes. En effet, de nombreuses personnes travaillent sans être considérées comme de véritables actifs. C'est par exemple le cas des femmes qui exercent l'essentiel des activités domestiques familiales sans rémunération ou encore de toutes les personnes engagées dans du travail bénévole.

2. Les effets des transformations des formes d'emploi

OBJECTIF Comprendre que les évolutions des formes d'emploi rendent plus incertaines les frontières entre emploi, chômage et inactivité.

La précarisation croissante des emplois brouille les frontières de la population active. En effet, les embauches en **contrat**

Un document statistique central

Part des temps partiels, des indépendants, des CDD et intérim dans l'emploi en France*, en %

Source : Insee, enquête Emploi 2019

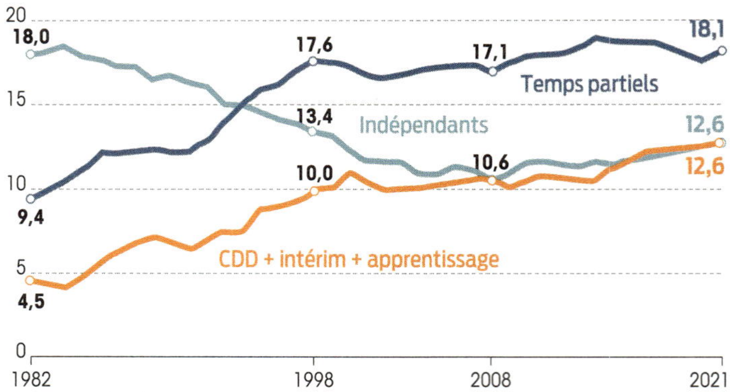

* France hors Mayotte.

Comment exploiter ce document

Ce graphique décrit plusieurs transformations importantes ayant affecté l'emploi depuis 1982. On y constate, tout d'abord, la poursuite du lent déclin des indépendants (agriculteurs, artisans et commerçants principalement), dont la part diminue encore de moitié entre 1982 et 2008, pour s'approcher des 10 %. Pourtant, depuis 2008, leur proportion augmente lentement à nouveau et dépasse en 2021, avec 12,6 %, son niveau de 2000. Mais il s'agit moins d'un renouveau du travail indépendant traditionnel que de nouvelles possibilités d'activités indépendantes offertes par la législation (création du statut d'auto-entrepreneur) et/ou par les multiples utilisations du numérique (économie des plates-formes, voir page 60).

Le deuxième constat concerne la hausse du pourcentage d'actifs en situation de contrat à durée déterminée (CDD) ou d'intérim qui constitue un indicateur de la précarisation de l'emploi. Leur part a plus que doublé entre 1982 et 2000 (de plus de 4,5 % à 11 %), avant une relative stabilisation à 12,6 % en 2021. Aujourd'hui, une personne en emploi sur huit est donc privée des garanties habituellement offertes aux salariés en contrat à durée indéterminée (CDI).

De même, la part du travail à temps partiel a pratiquement doublé entre 1982 et 1998, avant une stabilisation autour de cette proportion (17,6 % en 2020, mais 18,1 % en 2021, année atypique). Ce temps partiel, trois fois plus important chez les femmes que chez les hommes, est souvent subi, et ce sous-emploi accroît la précarisation des actifs concernés.

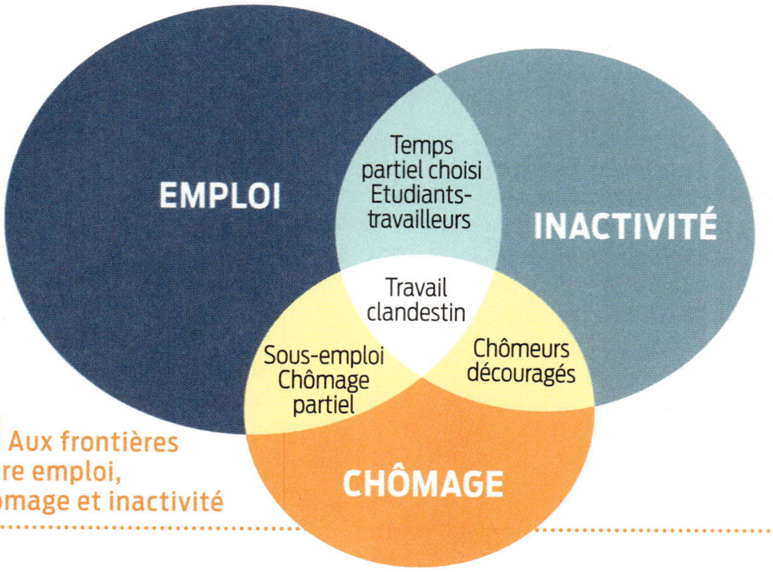

Aux frontières entre emploi, chômage et inactivité

à durée déterminée (CDD) ont pour conséquence de provoquer de fréquents va-et-vient entre l'emploi et le chômage. De même, l'intérim introduit un intermédiaire (l'agence d'intérim) entre l'actif et l'entreprise utilisatrice, ce qui brouille les définitions habituelles des droits et des devoirs qui lient le salarié et son employeur. On assiste par ailleurs à un raccourcissement de la durée moyenne de ces différents contrats, ce qui est un facteur supplémentaire de précarisation. Avec pour conséquence probable une augmentation de la **pluriactivité**. Celle-ci concernait en 2019 près de 2,5 millions d'actifs en France, dont à 63,2 % dse femmes cumulant le plus souvent plusieurs emplois salariés ou combinés plus rarement à des emplois non salariés.

L'augmentation de la part des **indépendants** depuis 2008 (voir graphique page ci-contre) dissimule en réalité la multiplication de situations précaires à l'égard de l'emploi. Les pouvoirs publics ont en effet créé depuis 2009 le statut d'**auto-entrepreneur** pour inciter en particulier les chômeurs de longue durée à retrouver un emploi en créant leur microentreprise à l'avenir incertain. Et certains employeurs, en quête de **flexibilité** (voir thème 3, page 24), incitent leurs salariés à devenir « indépendants », la relation de travail devenant alors un simple contrat commercial aux contraintes bien moins lourdes pour l'employeur que celles d'un contrat de travail. Ces situations sont particulièrement fréquentes dans le monde des plates-formes numériques, où elles sont porteuses de tensions (voir page 60).

A cela il faut ajouter la difficulté à préciser la situation au regard de l'emploi, et même de l'activité, d'un nombre croissant de personnes. Ainsi, à côté du **chômage**, l'Insee définit et mesure désormais le **« halo autour du chômage »** (1,9 million de personnes en 2021), soit les inactifs qui souhaitent un emploi sans être toujours disponibles ou sans en avoir vraiment cherché et qui, sans être totalement inactifs, ne sont pas considérés comme pleinement chômeurs. S'y ajoutent, enfin, les personnes en **sous-emploi** (1,74 million) dont le nombre a explosé en 2020 sous l'effet de la pandémie liée au Covid et des mesures favorisant le chômage partiel (voir thème 3, page 20). Bref, il est devenu de plus en plus difficile de tracer des **frontières** précises entre **inactivité, emploi et chômage** (voir schéma ci-dessus).

3. Les différentes dimensions de la qualité des emplois

OBJECTIF Connaître les principaux descripteurs de la qualité des emplois (conditions de travail, niveau de salaire, sécurité économique, horizon de carrière, potentiel de formation, variété des tâches).

Définir la **qualité des emplois** revient à déterminer le degré de satisfaction qu'un actif peut retirer de son activité professionnelle. Celle-ci repose sur trois principaux aspects : d'abord sur les conditions concrètes dans lesquelles ce travail s'exerce, ensuite sur les garanties qu'il offre sur le plan des conditions matérielles d'existence et, enfin, sur sa capacité à faciliter l'intégration sociale. Les **conditions de travail**, largement contraintes, sont généralement imposées au salarié sans toujours lui permettre de valoriser son savoir-faire professionnel. Elles peuvent même comporter des risques pour la santé physique et mentale. Elles s'accompagnent d'une plus ou moins grande **variété des tâches** proposées pour éviter une routine néfaste à l'investissement du salarié (voir point B).

La **sécurité économique** apportée par le travail repose d'abord sur le **niveau de salaire**, et plus largement le niveau de rémunération (en y ajoutant les prestations sociales) auquel chacun peut prétendre en fonction des garanties apportées par le **droit du travail**, et en particulier du travail salarié. Depuis sa mise en place avec l'essor de l'Etat-providence, ce droit offre aussi un cadre légal garantissant généralement un **contrat à durée indéterminée (CDI)**, à temps plein, avec des conditions de travail et d'avancement dans la carrière garanties par des **conventions collectives** négociées au sein de l'entreprise ou de la branche d'acti-

Apprenez à mobiliser vos connaissances

CONSIGNE Sur le modèle de la réponse proposée à la première question, répondez en quelques lignes aux autres questions.

- **Comment décrire la qualité d'un emploi ?**

RÉPONSE La qualité d'un emploi correspond au degré de satisfaction qu'un actif peut retirer de son activité professionnelle. Celui-ci dépend d'abord des conditions de travail, à savoir les conditions matérielles dans lesquelles ce travail s'effectue et permet de valoriser son savoir-faire professionnel, mais aussi des garanties de sécurité économique qui accompagnent ses perspectives de carrière, à la fois en matière de rémunération et de protection sociale. Mais la qualité de l'emploi s'apprécie aussi en fonction de l'image plus ou moins positive qu'il renvoie à celui qui l'exerce en matière d'estime de soi et de sentiment d'utilité sociale.

- **Donnez deux exemples qui montrent comment le travail contribue à l'intégration sociale.**
- **Présentez les caractéristiques du modèle d'organisation du travail taylorien.**
- **Montrez que les frontières entre emploi, chômage et inactivité deviennent incertaines.**
- **A l'aide d'un exemple, montrez que le numérique brouille les frontières du travail.**

vité, selon les cas. Il s'agit ainsi d'offrir de véritables perspectives d'**horizon de carrière** à la fois en matière d'évolution de la rémunération et d'accès à la **formation continue** pour faciliter les possibilités de reconversion et de départ à la retraite. Mais à partir des années 1980, la recherche croissante de **flexibilité** dans l'utilisation de la main-d'œuvre de la part des employeurs a progressivement remis en cause ces garanties sur la **sécurité économique** de l'emploi en favorisant une forte **précarisation**.

La **qualité du travail** dépend enfin du sens que le travailleur trouve à son activité. Au-delà de la possibilité d'y développer ses capacités professionnelles en faisant des tâches répondant à ses attentes et conformes à ses valeurs, il cherche aussi à éprouver un sentiment d'**utilité sociale**. Or, ce sentiment est aujourd'hui souvent contrarié par l'obligation de répondre à des objectifs purement comptables. Ainsi, les soignants hospitaliers, particulièrement vantés pour leur utilité sociale, font face à des suppressions de lits au nom de la rentabilité, qui les empêchent de trouver satisfaction dans leur travail au point de provoquer de nombreuses démissions.

B L'évolution des formes d'organisation du travail et ses conséquences

1. L'organisation du travail depuis Taylor

OBJECTIF Comprendre les principales caractéristiques des modèles d'organisation tayloriens (division du travail horizontale et verticale, relation hiérarchique stricte) et post-tayloriens (flexibilité, recomposition des tâches, management participatif).

Dès 1776, **Adam Smith** commence son ouvrage *La richesse des nations* en affirmant que *« l'opulence naît de la* ***division du travail*** *»*. Il vante en effet les avantages de la **division technique du travail**. Il prend l'exemple d'une manufacture d'épingles où la division des tâches produit de formidables **gains de productivité**, chaque ouvrier répétant toujours plus vite la même séquence de gestes sans perdre de temps à passer d'une activité à une autre.

Ce célèbre exemple préfigure les méthodes de travail industrielles qui seront systématisées et prolongées tour à tour par **Frederick Winslow Taylor** (fin XIXe) puis **Henry Ford** (début XXe) afin de mettre au point une **organisation scientifique du travail (OST)** de plus en plus performante. Le taylorisme poursuit les mêmes objectifs que ceux décrits par Smith en s'appuyant sur une double division du travail, verticale et horizontale. La **division verticale du travail** impose une **relation hiérarchique stricte** entre le travail de conception, réservé aux ingénieurs du bureau des méthodes qui déterminent par une étude chronométrée la meilleure séquence de gestes possible, et le travail d'exécution, destiné aux ouvriers les moins qualifiés. Et pour ces derniers, la **division horizontale du travail** décompose l'activité productive en gestes élémentaires, approfondissant ainsi la **parcellisation des tâches** préconisée par Smith.

Puis Ford, en ajoutant le convoyeur du **travail à la chaîne**, impose une contrainte supplémentaire à l'ouvrier : c'est désormais la machine qui dicte le rythme de travail. La généralisation de ces méthodes permet de renforcer les trois mécanismes décrits par Smith : l'accroissement de l'habileté de l'ouvrier, le gain de temps (c'est le convoyeur qui se déplace et non plus l'ouvrier) et les possibilités de mécaniser des gestes devenus très simples.

Mais si ces méthodes ont permis le formidable essor de la production de masse, et donc de la consommation de masse, elles ont provoqué dès les années 1970 une **« crise du travail taylorien »** marquée par des manifestations de rejet tant passives (fort absentéisme et *turn-over* élevé) qu'actives (grèves sauvages, grèves-bouchons dans des ateliers stratégiques pour bloquer toute la chaîne, voire sabotages). De plus, la routine et le manque d'intérêt des emplois proposés dans l'industrie s'avèrent de plus en plus contradictoires avec le niveau croissant de formation des futurs salariés.

On cherche alors de **nouvelles formes d'organisation du travail (NFOT)** pour tenter de remobiliser les salariés. Certaines restent limitées, comme la rotation des postes. Mais ce sont surtout les méthodes de **Toyota** qui servent de modèle à ces nouvelles organisations du travail en pratiquant le « juste-à-temps » avec une production en flux tendus (l'offre s'adapte à la demande, et non l'inverse). On réduit les coûts grâce à une gestion évitant tout gaspillage (zéro stock, zéro délai, zéro défaut…). On introduit la **recomposition des tâches** en proposant aux salariés des séquences de gestes plus complètes qui redonnent du sens à leur travail, y compris en leur confiant des tâches jusque-là réservées à l'encadrement (commandes, gestion de stocks…). On encourage la **flexibilité fonctionnelle**, qui repose sur des salariés bien intégrés dont on facilite l'adaptabilité grâce à une formation permanente qui développe leur polyvalence et leurs facultés de reconversion en fonction des évolutions de la demande et de la technologie. Un peu partout, on encourage le **management participatif** pour impliquer les salariés, dont on valorise le savoir-faire en favorisant leur participation active à des « cercles de qualité ». Ces derniers doivent susciter chez eux des propositions destinées à l'amélioration des produits, des méthodes de production et de leurs conditions de travail.

2. Bilan des nouvelles formes d'organisation du travail

OBJECTIF Comprendre les effets positifs et négatifs de l'évolution des formes de l'organisation du travail sur les conditions de travail.

Le bilan de ces **NFOT** reste mitigé. Les salariés ont bénéficié de quelques améliorations qui ont redonné du sens à leur travail à travers l'élargissement et l'enrichissement des tâches ou la mise en place de groupes autonomes chez Volvo, qui confie à un groupe d'ouvriers en auto-organisation une séquence complète de production. La surveillance étroite du contremaître semble moins pesante. La polyvalence suscite l'adhésion des salariés, qui retrouvent la fierté d'un savoir-faire professionnel. Et les progrès de la robotisation évitent certains des gestes les plus pénibles.

Mais ces quelques avancées ne permettent pas de surmonter les limites du taylorisme. Ainsi le **toyotisme** maintient certains principes tayloriens comme le travail à la chaîne et le chronométrage. Les sociologues ont même parlé de **néo-taylorisme** puisque les responsabilités accrues de la production en flux tendus mettent le salarié en situation de stress permanent, alors que les exigences de qualité et de délais le poussent à accroître lui-même sa charge de travail et à en accepter les contraintes. Les différentes enquêtes montrent que les contraintes de rythme continuent de s'accroître pour les salariés à tous les niveaux hiérarchiques, notamment sous la pression de la clientèle. Et avec la multiplication des situations précaires, il semble difficile de susciter l'adhésion de salariés qui n'ont pas d'avenir prévisible dans l'entreprise.

Non seulement le **modèle taylorien** n'a pas disparu des industries traditionnelles malgré la robotisation, mais il se développe dans les industries agroalimentaires souvent féminisées et s'étend à de nombreux services où les employés connaissent des conditions de travail de plus en plus proches de celles des ouvriers : restauration rapide, hôtellerie, sociétés de nettoyage, grande distribution, centres d'appels téléphoniques... Cela se traduit par une liste précise de tâches minutées à accomplir sans perdre le sourire. La réalité des changements organisationnels s'avère donc très variable selon les secteurs, mais les enquêtes sont formelles : les salariés sont toujours plus nombreux à se plaindre de leurs conditions de travail. Il est par exemple intéressant d'observer que les périodes de confinement, liées à la crise sanitaire de 2020-2021, ont modifié les routines habituelles du travail et ont conduit de nombreux salariés à remettre en question les conditions dans lesquelles ils exerçaient habituellement leur activité.

Quiz

Répondez par vrai ou faux aux affirmations suivantes

1. Le numérique menace plus de la moitié des emplois, selon l'OCDE.
   ■ Vrai ■ Faux
2. Un CDD est plus protecteur qu'un CDI.
   ■ Vrai ■ Faux
3. Le nombre de travailleurs indépendants est en augmentation depuis 2008.
   ■ Vrai ■ Faux
4. Le modèle taylorien d'organisation du travail tend à s'étendre à de nouvelles activités.
   ■ Vrai ■ Faux
5. La polarisation des emplois se vérifie dans tous les pays de l'OCDE.
   ■ Vrai ■ Faux
6. Le travail n'est plus une source majeure d'intégration sociale.
   ■ Vrai ■ Faux

Retrouvez les réponses à ce quiz pages 96-98.

Un document statistique central

Proportion des salariés utilisant l'informatique, en %

Source : « Quelles étaient les conditions de travail en 2019 avant la crise sanitaire ? », *Dares Analyses* n° 144, août 2021

		Cadres	Professions intermédiaires	Ouvriers qualifiés	Ouvriers non qualifiés	Ensemble
Utiliser l'informatique	2005	94	82	30	19	60
	2019	99	96	53	39	79
Utiliser Internet	2005	78	52	6	3	35
	2019	94	83	28	13	60
Utiliser un téléphone portable	2005	53	38	37	18	32
	2019	67	54	53	33	51
Utiliser un ordinateur portable	2005	44	17	3	1	13
	2019	72	43	8	5	32

Comment exploiter ce document

La révolution numérique a profondément transformé l'organisation et les conditions de travail. La maîtrise des différents outils liés aux technologies de l'information et de la communication est devenue un enjeu essentiel dans tous les secteurs d'activité.

On constate ainsi que la proportion de salariés qui utilisent l'informatique est passée en moyenne de 60 % en 2005 à 79 % en 2019, soit une progression de près d'un tiers en quinze ans. La quasi-totalité des cadres et des professions intermédiaires l'utilise désormais mais son usage a fortement progressé dans toutes les professions et catégories socioprofessionnelles (PCS), y compris chez les moins qualifiés. Savoir travailler sur ordinateur, en recourant de plus en plus à l'échange d'informations sur Internet, s'avère donc presque indispensable aujourd'hui. Certes, l'usage au travail d'un ordinateur ou d'un téléphone portables reste moins répandu, mais il progresse rapidement, remettant en cause la relation traditionnelle entre temps de travail et lieu de travail.

Mais si ces progressions se vérifient dans toutes les PCS, on ne peut que constater l'ampleur persistante des inégalités selon le niveau de qualification. Par exemple, seuls 5 % des ouvriers non qualifiés utilisent un ordinateur portable et 13 % ont accès à Internet, contre respectivement 72 % et 94 % des cadres, ce qui confirme le caractère discriminant de la maîtrise de tels outils pour prétendre à un emploi qualifié.

3. Travail et emploi face à la révolution numérique

OBJECTIF Comprendre comment le numérique brouille les frontières du travail (télétravail, travail/hors travail), transforme les relations d'emploi et accroît les risques de polarisation des emplois.

L'introduction du numérique constitue l'autre facteur de transformation profonde de l'organisation et des conditions du travail. Le numérique a été très présent très rapidement non seulement dans les activités industrielles automatisables mais aussi dans toutes les activités de services n'impliquant pas a priori de relation directe avec le client. La première crainte a porté sur la part des emplois susceptibles d'être automatisés. L'OCDE considère que seuls les emplois comportant plus de 70 % de tâches automatisables seraient vraiment menacés, ce qui représenterait en moyenne 9 % du total des emplois au sein des pays membres.

L'autre sujet d'inquiétude tient au risque de polarisation des emplois engendré par ces évolutions. En effet, le numérique favorise les salariés dont la majorité des tâches sont peu automatisables et qui sont les plus diplômés et les mieux rémunérés. Il ne menace pas non plus les emplois de services à la personne (aide aux personnes âgées, par exemple) ou à des collectivités (nettoyage, gardiennage...), souvent très peu qualifiés et très mal rémunérés, qui, eux, continuent de croître. En revanche, les emplois requérant des tâches moyennement qualifiées sont fragilisés par l'automatisation. Cette **polarisation des emplois**, observable dans l'ensemble des économies avancées (voir graphique page 60), affecte essentiellement les membres de la classe moyenne, ce qui accentue leur sentiment de déclassement social (voir thème 8, page 50).

Mais les bouleversements les plus profonds concernent les conditions d'exercice de l'emploi. Le développement de l'économie numérique a **brouillé les frontières** entre temps de travail et temps hors travail. L'outil informatique et numérique, comme le téléphone portable, abolit la séparation entre le salarié et le lieu d'exercice de son **travail** : le salarié est joignable à tout moment où qu'il se trouve, rendant plus incertain le temps **hors travail** libéré de toute contrainte professionnelle. Mais l'essor du **télétravail** à la suite de la crise du coronavirus, touchant jusqu'à 40 % des actifs, a renouvelé la réflexion sur ses avantages pour les salariés (économies de transport et de fatigue, gain en autonomie...) comme pour les entreprises (réduction des coûts immobiliers). On s'interroge sur la part des emplois potentiellement concernés.

Au-delà des conditions de travail, ce sont les nouvelles relations contractuelles rendues possibles par l'extension du numérique qui posent question. L'outil informatique permet aux entreprises de transformer les contrats de travail avec leurs salariés en de simples contrats commerciaux avec des prestataires considérés comme indépendants. La création du statut d'**auto-entrepreneur** en 2009 (requalifié microentrepreneur en 2014) répondait à ce besoin de flexibilité des entreprises. Ces **microentreprises**, de plus en plus nombreuses (1,93 million fin 2020), restent pourtant très fragiles (600 000 créées mais 312 000 radiées en 2020). Et, au bout de trois ans, selon l'Insee, seuls 36 % des microentrepreneurs étaient encore actifs en 2019 sous ce régime avec des revenus assez faibles, d'autant qu'il ne s'agit parfois que d'une activité complémentaire.

Le numérique est surtout à l'origine du développement rapide de l'**« économie de plates-formes »**, qui recouvre des situations très diverses entre un chauffeur tirant tous ses revenus de son activité pour **Uber**, le propriétaire d'un logement arrondissant ses fins de mois en le proposant sur **Airbnb** et un conducteur inscrit sur **BlaBlaCar**. En effet, ces plates-formes, parfois nées d'une volonté de rompre avec les réseaux marchands traditionnels pour faciliter des relations de partage collaboratif (BlaBlaCar pour le covoiturage, par exemple), font surtout parler d'elles avec l'expansion de véritables multinationales comme Airbnb (2009) ou Uber (2010). Le cas d'Uber est particulièrement symbolique au point d'avoir fait naître le terme d'**« ubérisation »** des emplois (voir page 57). Les travailleurs de ces plates-formes, éloignés des syndicats, restent privés des droits qui protègent les salariés en matière de licenciement ou de protection sociale. Et dans le cas où il y a bien fourniture d'heures de travail (Uber, Deliveroo...), le statut d'indépendant de ces travailleurs permet aux firmes de proposer des services marchands sans avoir à en supporter les investissements puisque, par exemple, les chauffeurs restent propriétaires de leur véhicule. De plus, si les travailleurs demeurent en principe libres de leurs horaires, les plates-formes leur imposent de rester connectés, décident des tarifs et évaluent la qualité de leurs prestations. Ainsi, ces travailleurs subissent le lien de subordination propre au salariat. Au point que les décisions de justice rendues récemment en Californie et en Grande-Bretagne à propos des conflits entre Uber et ses travailleurs mènent à la

Un document statistique central

Variation de la part de l'emploi très qualifié, moyennement qualifié et peu qualifié, entre 1995 et 2015, en points de pourcentage

Source : « Comment la technologie et la mondialisation transforment le marché du travail », OCDE, 2017

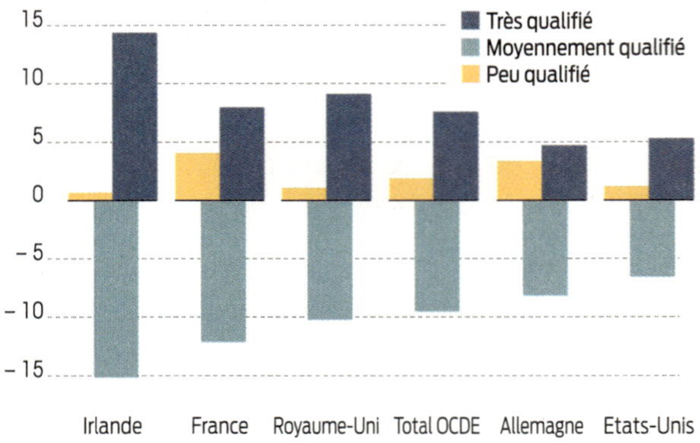

Et dans tous les pays représentés, ce glissement des emplois s'est réalisé principalement en faveur des emplois très qualifiés. En France, par exemple, le basculement a mené à une perte d'environ 12 points de pourcentage de la part des emplois moyennement qualifiés, dont 4 se sont redirigés vers des emplois peu qualifiés et 8 (soit deux fois plus) vers des emplois très qualifiés. L'Irlande a bénéficié des avantages fiscaux offerts aux investissements internationaux et de sa position dans l'Union européenne pour connaître un transfert quasi intégral de 15 points de la part de ses emplois moyennement qualifiés vers des emplois très qualifiés.

Comment exploiter ce document

Ce graphique illustre le phénomène de la **polarisation des emplois** dans les économies avancées : depuis une vingtaine d'années, la part des emplois moyennement qualifiés s'est réduite au profit de celles des emplois peu et très qualifiés. Au total, dans les pays de l'OCDE, la part des emplois moyennement qualifiés a perdu, entre 1995 et 2015, environ 10 points de pourcentage transférés pour 8 d'entre eux vers des emplois très qualifiés et pour 2 vers des emplois peu qualifiés.

Les notions essentielles du programme

Chômage : voir thème 3, page 25.

Conditions de travail : ensemble de l'environnement matériel, psychologique, social et juridique dans lequel s'effectue un travail.

Droit du travail : lois qui réglementent la relation salariale.

Emploi : activité professionnelle rémunérée.

Flexibilité : voir thème 3, page 25.

Intégration sociale : processus par lequel un individu devient membre d'un groupe social grâce à l'établissement de liens sociaux.

Management participatif : volonté d'impliquer les salariés dans l'amélioration de leurs conditions de travail et de la qualité des produits proposés.

Polarisation des emplois : déformation de la structure des emplois au profit des plus qualifiés et des moins qualifiés et au détriment des qualifications moyennes.

Post-taylorisme : tentatives de dépassement et d'amélioration des méthodes de Taylor.

Précarisation : affaiblissement des lois protectrices de la condition salariale.

Statut d'emploi : distingue les emplois salariés des indépendants (non salariés).

Taylorisme : méthode d'organisation scientifique du travail pour augmenter la productivité.

Travail : activité humaine destinée à la production de biens et services.

création d'une nouvelle forme d'emploi : un statut intermédiaire, entre l'auto-entrepreneur et le salarié, pour offrir plus de protection sociale à ces chauffeurs sans avoir à les salarier.

Le numérique débouche parfois sur un **microtravail**, qui concernerait environ 330 000 personnes en France, dont 52 000 travailleurs réguliers. Ces personnes, généralement payées à la tâche, exécutent différentes actions simples mais irréalisables par des logiciels (identifier des objets dans une image, par exemple). Payées quelques centimes, ces tâches engendrent de faibles revenus destinés à améliorer une situation de précarité. Enfin, l'économie des plates-formes facilite le recours à des travailleurs situés hors du territoire national, l'optimisation fiscale et le transfert des profits vers des paradis fiscaux.

C Travail et intégration sociale

1. Le travail, grand intégrateur social

OBJECTIF Comprendre que le travail est source d'intégration sociale.

Le travail a toujours été un grand intégrateur social. Ainsi, des générations d'immigrés se sont intégrées à la société française grâce aux secteurs du bâtiment, des mines ou de la sidérurgie. Le travail permet l'**accès au revenu**, aux **droits sociaux**, mais aussi à un **réseau de sociabilité** et à une **identité sociale**, c'est-à-dire à une citoyenneté réelle.

En effet, le travail permet, d'abord, de s'ancrer dans des **normes collectives**. Il conduit à partager le même rythme de vie (horaires journaliers, week-ends, vacances), permet de respecter les normes de consommation en vigueur (voiture, logement...), mais aussi de bénéficier de la protection sociale (assurance maladie, vieillesse et chômage) et d'éprouver un sentiment d'**utilité sociale**. Ce sentiment est d'autant plus fort qu'il s'accompagne d'une intégration à un collectif de travail, parfois à travers l'adhésion à un syndicat, qui permet de tisser un réseau relationnel qui, au fil du temps, peut devenir amical.

D'un autre côté, le travail contribue à l'**individualisation** des personnes. L'emploi salarié est une manière décisive de s'affranchir de la tutelle parentale ou conjugale. Il a fallu attendre les années 1960 pour que l'ancrage dans le salariat permette une plus grande autonomie aux femmes actives et les conduise à remettre en cause la domination masculine.

2. Précarisation et chômage menacent l'intégration sociale

OBJECTIF Comprendre que certaines évolutions de l'emploi (précarisation, taux persistant de chômage élevé, polarisation de la qualité des emplois) peuvent affaiblir ce pouvoir intégrateur.

En revanche, la **polarisation** des emplois (voir « Un document statistique central » page 60), en affaiblissant les possibilités d'intégration par le travail des catégories moyennement qualifiées, a accentué leur sentiment de déclassement et fragilisé leurs espérances d'insertion sociale. De même, la **précarisation** croissante des emplois a remis en cause de nombreuses garanties obtenues par les salariés en CDI et rendu leur protection sociale plus aléatoire. Et même en CDI, les salariés doivent parfois accepter un temps partiel subi, contraire à leurs aspirations.

Mais c'est évidemment la **persistance d'un chômage de longue durée** qui s'avère la plus dommageable. Etre longuement écarté de l'emploi, c'est d'abord connaître une baisse considérable de ses revenus, d'autant que la récente réforme de l'assurance chômage a durci les conditions d'indemnisation (il faut avoir travaillé au moins six mois au lieu de quatre lors des vingt-quatre mois précédents). Après la période d'indemnisation, les chômeurs en fin de droits n'ont accès qu'à l'allocation de solidarité spécifique (ASS), voire au revenu de solidarité active (RSA), dont les montants ne leur permettent que d'affronter la pauvreté au quotidien.

Mais au-delà de la fragilisation des conditions matérielles d'existence parfois les plus essentielles (accès au logement et au chauffage, à une nourriture suffisante, à un habillement décent...), être privé d'emploi entraîne une dégradation de l'image de soi, marquée par un sentiment d'inutilité sociale. Cela peut conduire au repli sur soi et à une dégradation de son état de santé.

Robert Castel (1933-2013) explique que la fragilisation et la précarisation de l'emploi peuvent entraîner un processus de **désaffiliation** sociale : les liens rattachant les individus à leur univers social se rompent progressivement jusqu'à l'isolement relationnel. Pour lui, nous passerions ainsi du salariat, fait de collectifs solidaires, au **« précariat »**, véritable société d'individus précaires. La précarité s'étend rapidement au logement et aux services qui s'y rattachent (endettement chronique qui empêche de payer le loyer, le gaz, l'électricité et le téléphone, et qui débouche sur les expulsions). Se met alors en place un **cercle vicieux de l'exclusion et de la pauvreté** qui peut finir par se transmettre aux générations suivantes.

Les sujets du bac les plus attendus

(en dissertation ou en 3e partie de l'épreuve composée)

- Vous montrerez comment le numérique brouille les frontières du travail.
- Comment les transformations de l'emploi peuvent-elles menacer le rôle intégrateur du travail ?
- Dans quelle mesure le travail est-il un facteur d'intégration sociale ?
- Comment l'évolution des modèles d'organisation du travail transforme-t-elle les conditions de travail ?
- Vous montrerez que le numérique transforme le travail et l'emploi.

Pour en savoir plus

« Auto-entrepreneurs : une décennie en demi-teinte », dossier d'alternatives-economiques.fr, 04/01/2019, frama.link/2FOBeuwj

« Qu'on l'adore ou pas, le travail est bel et bien pénible », par Laurent Jeanneau, alternatives-economiques.fr, 04/10/2019, frama.link/FguFeTwT

« Télétravail : la France prise de vitesse », par Vincent Grimault, *Alternatives Economiques* n° 400, mars 2020, frama.link/DEsOt_mS

« Uber : tous salariés ? », par Sandrine Foulon, alternatives-economiques.fr, 09/03/2020, frama.link/UBJaOoBZ

« Conditions de travail. Le nouveau bras de fer », *Alternatives Economiques* n° 434, mai 2023.

Comment expliquer l'engagement politique dans les sociétés démocratiques ?

Malgré un contexte de défiance envers les élites politiques et la montée de l'abstention aux élections dans les démocraties représentatives comme la France, l'engagement politique n'a jamais été aussi dynamique et diversifié. Pourtant, il n'est pas aisé d'expliquer pourquoi des individus s'engagent alors que cela représente un coût parfois élevé et des bénéfices très incertains. Qui sont donc ceux qui s'engagent, pourquoi le font-ils et quels moyens utilisent-ils ?

A Comment expliquer l'engagement politique ?

1. Les formes de l'engagement politique

OBJECTIF Comprendre que l'engagement politique prend des formes variées (vote, militantisme, engagement associatif, consommation engagée).

L'**engagement politique** au sens large regroupe les activités par lesquelles les citoyens tentent d'influencer la sélection des dirigeants (par le vote) et les décisions qu'ils prennent (par des actions protestataires par exemple). Dans les démocraties représentatives, les citoyens délèguent leur pouvoir politique à des représentants élus. La première forme de l'engagement politique est donc le **vote** aux élections ou lors de consultations comme les référendums. Le vote peut aller du choix d'un candidat au vote nul ou blanc et peut avoir des significations multiples (adhésion à des idées ou refus d'un système).

Comportement politique central et massivement utilisé en démocratie, le vote a connu un affaiblissement depuis la seconde moitié du XXe siècle en raison du développement très important de l'**abstention**. Celle-ci revêt toutefois des formes variées : parfois signe d'un désintérêt pour la vie politique ou d'un sentiment d'incompétence politique, elle peut également exprimer une contestation du système ou une critique de la démocratie représentative, et donc une forme d'engagement. Par ailleurs, cette montée de l'abstention ne signifie absolument pas que l'engagement politique soit en déclin, car, bien au-delà du vote, l'expression de la citoyenneté est multiple : exprimer ses opinions, se réunir, faire grève, manifester, etc. Depuis les années 1960, on observe même un renouvellement important des formes de participation politique (voir partie B).

Parmi ces formes, le **militantisme** tient une place centrale. L'engagement militant désigne la participation durable à une action collective dont l'objectif est la défense d'une cause. Cette forme d'engagement peut s'exprimer par l'adhésion à un **parti politique**, des organisations dont l'objectif est de conquérir le pouvoir grâce aux élections et d'assurer le lien entre les citoyens et leurs représentants élus. L'engagement militant passe par la participation aux réunions du parti, qui permettent de définir ses orientations, ses programmes et sa stratégie, et par des activités de diffusion de ses idées ou de promotion de ses candidats. Ces activités sont très variées : distribution de tracts, collage d'affiches, organisation de meetings, communication sur les réseaux sociaux, etc. Elles sont très prenantes et cette forme d'engagement reste une pratique très minoritaire : en France, moins de 1 % des personnes âgées de 16 ans ou plus sont adhérentes

Un document statistique central

Les différentes formes de l'engagement politique en fonction des cohortes de naissance en 2018, en %

Source : Vincent Tiberj, « Voter ne suffit plus. Renouvellement générationnel, rapport à l'élection et transformation de la participation politique », *Agora débats/jeunesses*, vol. 86, n° 3, 2020, pp. 143-159

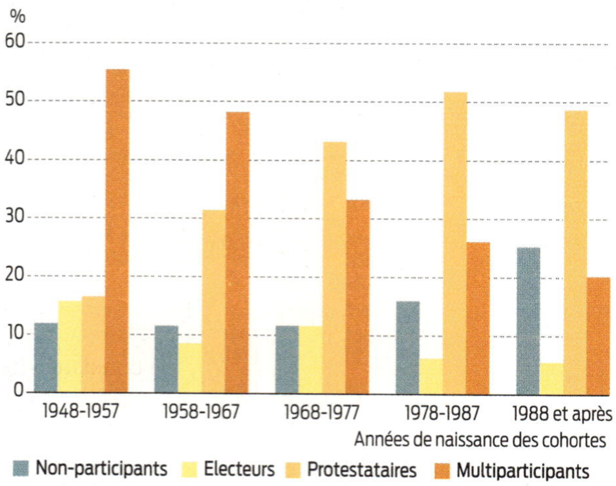

Cohorte de naissance : correspond à l'ensemble des personnes nées à la même période.

Non-participants : n'ont jamais participé à une action protestataire et ne votent pas systématiquement.

Electeurs : votent systématiquement et n'ont jamais utilisé la protestation.

Protestataires : recourent aux moyens d'action protestataire et rarement ou jamais au vote.

Multiparticipants : utilisent les moyens d'action protestataire et votent systématiquement.

Lecture : en 2018, 5 % des personnes nées en 1988 et après déclarent voter systématiquement et ne pas utiliser les moyens d'action protestataire.

Comment exploiter ce document

Ce graphique permet d'illustrer à la fois la diversité des formes de l'engagement politique et leur variation selon les générations. Tout d'abord, nous pouvons observer le fait que l'engagement politique ne se réduit absolument pas au vote. En effet, les citoyens disposent de répertoires d'action politique (voir page 67) très variés. En 2018, on observe, pour la majorité des cohortes, des proportions élevées de « multiparticipants », c'est-à-dire de personnes qui ont recours à la fois au vote et aux moyens d'action protestataire (manifester, signer une pétition, boycotter, etc.). De plus, ce document illustre bien l'évolution des formes de l'engagement politique en fonction de l'âge et de la génération. En effet, la part des personnes qui déclarent utiliser le vote comme seul moyen d'engagement politique est de 10 points de % (5-15) moins élevée pour la cohorte née après 1988 que pour celle née entre 1948

d'un parti politique et, parmi elles, toutes ne sont pas engagées dans des activités militantes. En revanche, le militantisme au sein d'**associations** est assez vivace. Aujourd'hui, environ 40 % des Français déclarent adhérer à une association, mais il faut là aussi faire la distinction entre adhésion et militantisme : selon l'Insee, en 2016, 23 % des personnes de plus de 16 ans déclaraient donner de leur temps à des associations. Du bénévole du Secours populaire qui donne un peu de son temps pour assurer des distributions alimentaires au militant de Greenpeace qui s'introduit illégalement dans des centrales nucléaires pour en dénoncer le manque de sécurité, l'engagement dans les associations revêt des formes très variées. Chargés de défendre les intérêts de leurs adhérents dans le monde professionnel, les **syndicats** sont aussi des lieux où s'exprime le militantisme et des organisations qui incitent fortement les individus à s'engager autour d'appels à se mobiliser (appels à la grève, à des manifestations) dans le monde du travail.

Enfin, la **consommation engagée** constitue une autre forme d'engagement. Les citoyens peuvent exprimer, par leurs choix de consommation, la défense de modes de vie, d'opinions ou de valeurs. Cela repose d'abord sur le refus d'acheter certains produits (*boycott*), comme ceux dont les conditions de fabrication ne respectent pas les droits de l'homme. Par exemple, en 2022, des mouvements citoyens ont appelé au boycott de la Coupe du monde de football au Qatar pour protester contre les effets environnementaux de cette compétition et les atteintes aux droits des travailleurs immigrés exploités pour la construction des stades. Ce mode d'action se traduit également par la promotion de l'achat d'autres produits (*buycott*), par exemple ceux issus de l'agriculture biologique ou du commerce équitable. Ces actions passent aussi par la valorisation de modes de vie plus respectueux de l'environnement, en limitant sa consommation d'énergie, en réduisant sa consommation de viande ou en achetant des produits de seconde main.

et 1957. Ce déclin s'accompagne d'une progression importante des autres formes de participation, et notamment des formes de participation protestataire, au fur et à mesure des générations. Ainsi, 49 % des personnes nées en 1988 et après déclarent user de façon privilégiée de ces formes d'engagement politique alors que ce n'est le cas que de 10 % des personnes nées entre 1923 et 1937. Enfin, nous pouvons noter l'importance, pour les plus jeunes, de la catégorie des « non-participants », c'est-à-dire des personnes qui n'ont jamais recours aux moyens d'action protestataire et ne votent jamais ou seulement de façon intermittente. Alors que leur proportion fluctue autour de 10 % pour toutes les cohortes nées avant 1978, elle s'élève à 25 % pour les personnes nées à partir de 1988 et représente donc le double de celle observée pour la cohorte la plus ancienne (25/12).

Apprenez à

mobiliser vos connaissances

CONSIGNE Sur le modèle de la réponse proposée à la première question, répondez en quelques lignes aux autres questions.

- **A l'aide d'un exemple, vous montrerez que l'engagement politique dépend de variables sociodémographiques.**

RÉPONSE L'engagement politique recouvre les activités par lesquelles les citoyens tentent d'influencer les décisions politiques. Il est fortement dépendant de variables comme le sexe, la PCS, le diplôme, l'âge, etc. L'engagement au sein des partis politiques fournit une bonne illustration de l'influence de ces variables. Il suppose de disposer de ressources (compétences langagières, intérêt pour la politique, connaissances historiques, etc.) qui sont le plus souvent détenues par les catégories les plus diplômées et favorisées de la population. De plus, cet engagement est davantage délaissé par les jeunes, qui se tournent vers d'autres formes d'engagement plus protestataires. Enfin, les femmes, en raison de la place qu'elles occupent dans la sphère du travail et dans la sphère domestique ainsi que des discriminations qu'elles subissent, sont elles aussi moins présentes parmi les militants des partis.

- **A l'aide de deux exemples, vous montrerez que l'engagement politique prend des formes variées.**
- **Montrez que les acteurs de l'action collective sont variés.**
- **En quoi la consommation engagée peut-elle être comprise comme une forme d'engagement politique ?**
- **Montrez que les enjeux des mobilisations collectives sont diversifiés.**
- **Vous montrerez comment les incitations sélectives peuvent expliquer l'engagement politique, malgré le paradoxe de l'action collective.**

2. Pourquoi s'engage-t-on ?

OBJECTIF Comprendre pourquoi, malgré le paradoxe de l'action collective, les individus s'engagent (incitations sélectives, rétributions symboliques, structure des opportunités politiques).

Mancur Olson (1932-1998) pointe du doigt la difficulté à expliquer l'engagement politique. Pourquoi des ouvriers vont-ils participer à un mouvement de grève pour de meilleures conditions de travail alors que l'issue de leur combat est incertaine et qu'elle occasionnera des pertes de salaire importantes ? Dans sa théorie, il considère que les choix des acteurs sociaux sont basés sur des calculs individuels et rationnels dont l'objectif est d'en minimiser les coûts et d'en maximiser les bénéfices. Dans ce contexte, ils ont très peu d'intérêt à entreprendre une action collective, car les éventuels gains de cette action (augmentation des salaires, meilleures conditions de travail, par exemple) sont un **bien collectif** dont tout le monde pourra profiter indépendamment de son engagement. Individuellement, le choix le plus rationnel serait donc d'adopter la stratégie du **« passager clandestin »**, qui consiste à ne pas se mobiliser pour ne pas en supporter les coûts et attendre que les autres le fassent pour bénéficier des avantages acquis. Si tous les individus font le même calcul, personne ne s'engage dans l'action, alors que du point de vue collectif, tous y auraient intérêt : c'est le **« paradoxe de l'action collective »**.

Afin d'expliquer pourquoi, malgré ce paradoxe, les individus s'engagent, Olson montre qu'il existe des **« incitations sélectives »** qui sont des avantages réservés aux individus mobilisés ou des sanctions qui s'appliquent à celles et ceux qui décident d'adopter la stratégie du « passager clandestin ». Par exemple, certains syndicats ou associations réservent à leurs membres des avantages, comme une assistance juridique ou l'accès à des caisses de solidarité financière.

D'autres sociologues ont également tenté d'expliquer le paradoxe de l'action collective en développant la notion de **rétributions symboliques**. Les individus s'engagent dans des actions collectives car leur mobilisation leur apporte des avantages immatériels, comme une meilleure estime de soi, le développement de liens sociaux ou encore l'acquisition de compétences qui pourront être utilisées dans d'autres cercles. Pour celles et ceux qui occupent des positions de « leaders » dans des organisations, l'engagement apporte prestige et pouvoir. Pour les autres militants, c'est source de sociabilité, de solidarité et d'entraide. Enfin, la satisfaction liée à la défense de valeurs auxquelles l'on croit et la valorisation de cet engagement aux yeux des autres peuvent être un puissant moteur des actions collectives. Pour certains groupes, notamment ceux victimes de discriminations comme les minorités ethniques ou encore les personnes homosexuelles, l'action collective peut être un moyen de construire une identité sociale positive et de renverser les stigmates dont ils sont victimes.

Par ailleurs, il faut aussi faire appel à ce que les sociologues nomment la **« structure des opportunités politiques »**. Un système politique peut être plus ou moins favorable à l'émergence d'actions collectives en fonction du type d'Etat (fort ou faible), du système électoral (proportionnel ou majoritaire), de la caractéristique des partis politiques, de la présence d'alliés pour les mouvements de contestation au sein des élites, ou encore de l'ouverture du pouvoir politique à la contestation (répression ou dialogue). Ainsi, en France, les « émeutes urbaines », comme celles de juillet 2023 (après la mort de Nahel tué par un policier à Nanterre) ou de 2005 (après le décès de deux jeunes poursuivis par la police à Clichy-sous-Bois), et leur degré de violence peuvent se comprendre en partie au regard de la fermeture du système politique aux catégories populaires, en particulier à celles issues de l'immigration. En effet, la représentation de ces jeunes par des groupes intermédiaires qui pourraient être des interlocuteurs du pouvoir politique est trop faible.

Un document statistique central

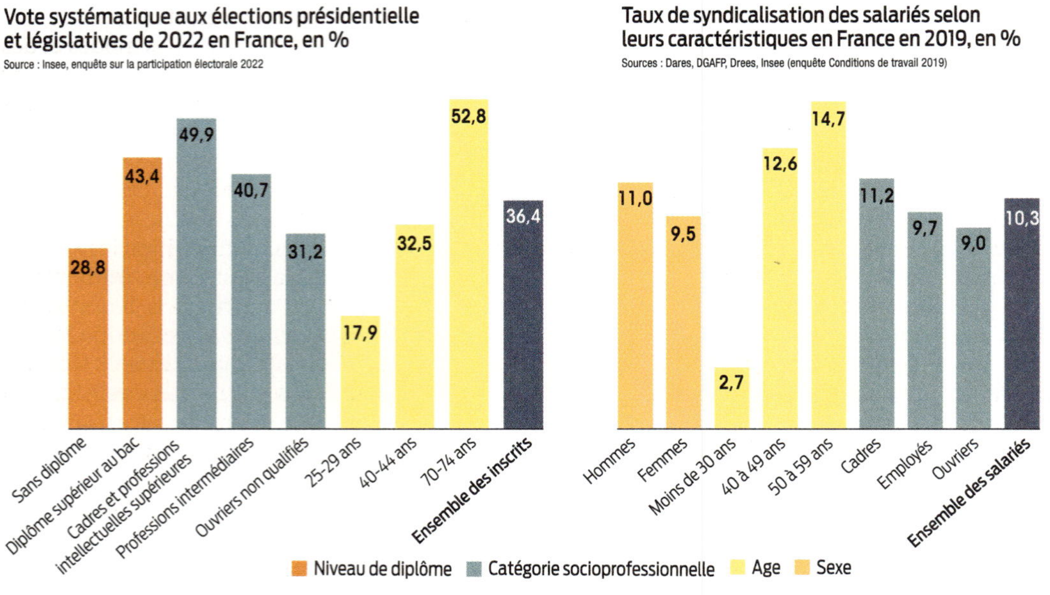

N. B. : le vote systématique correspond au fait de voter à tous les tours de la présidentielle et des législatives.

Champ : inscrits sur les listes électorales en France (métropole ou DOM) et résidant en France en 2020 (2021 pour Mayotte).

Champ : salariés de plus de 15 ans, France (hors Mayotte).

Comment exploiter ce document

Ces deux graphiques permettent de montrer que l'engagement politique dépend de variables sociodémographiques. D'abord, si les comportements électoraux des hommes et des femmes sont aujourd'hui très proches, il existe encore des inégalités importantes du point de vue de leur engagement associatif et notamment syndical. En France, en 2019, selon la Dares, 11 % des hommes salariés âgés de plus de 15 ans sont syndiqués, alors que ce n'est le cas que de 9,5 % des femmes. L'âge est quant à lui un facteur important de différenciation des comportements politiques : selon l'Insee, le pourcentage de citoyens inscrits sur les listes électorales qui se sont déplacés pour aller voter aux deux tours des élections présidentielle et législatives de 2022 est trois fois plus élevé pour les 70-74 ans que pour les 25-29 ans (52,8/17,9). En outre, plus les salariés sont âgés, plus leur probabilité d'être syndiqués est élevée. Moins conventionnelle, la participation politique des jeunes est aussi plus éloignée du militantisme, notamment syndical, qui était beaucoup plus fort dans les générations de leurs parents. L'engagement politique est également différencié en fonction du milieu social : alors que 49,9 % des cadres et professions intellectuelles et 43,4 % des diplômés de l'enseignement supérieur inscrits sur les listes électorales ont voté aux deux tours des élections en 2022, ce n'est le cas que de 31,2 % des ouvriers non qualifiés et de 28,8 % des personnes sans diplôme. Même si les écarts sont moins importants lorsque l'on s'intéresse à l'engagement dans les syndicats, le taux de syndicalisation des cadres reste plus élevé que celui des employés et ouvriers.

3. Qui s'engage ?

OBJECTIF Comprendre que l'engagement politique dépend notamment de variables sociodémographiques (catégorie socioprofessionnelle, diplôme, âge et génération, sexe).

Voter ou militer dans une organisation politique supposent de disposer de temps, de ressources matérielles et de compétences qui ne sont pas également distribuées dans la population, comme développer un intérêt pour la politique, savoir parler en public, rédiger des tracts ou organiser une réunion. Elles sont acquises dans le cadre de la socialisation familiale, scolaire ou encore dans le milieu professionnel et sont moins fréquentes chez les personnes socialement défavorisées, les jeunes ou les femmes. Ces variables ont aussi une influence sur les formes de l'engagement : on retrouve par exemple parmi les militants des partis une surreprésentation d'hommes âgés disposant d'un capital culturel élevé, alors que les pratiques de consommation engagée s'observent davantage chez les jeunes et les femmes disposant d'un haut niveau de diplôme.

L'**âge** et l'appartenance à une **génération** affectent l'engagement politique. Si les comportements politiques varient avec l'âge, c'est à la fois en raison de la position de chaque tranche d'âge dans le cycle de vie, mais aussi en fonction du contexte générationnel bien particulier dans lequel s'est opérée leur socialisation. Aujourd'hui par exemple, la participation électorale des jeunes est plus faible que celle du reste de la population (voir document page ci-contre). Cependant, ces relations très distendues au vote ne signifient pas que la jeunesse actuelle ne s'engage pas politiquement. La politologue **Anne Muxel** montre qu'ils ont de plus en plus recours à des modes d'engagement plus directs et contestataires, comme participer à des manifestations ou lancer des mobilisations sur les réseaux sociaux. Moins présents dans les organisations traditionnelles comme les partis ou les syndicats, les jeunes sont cependant plus engagés dans les associations. Plus précaires que leurs aînés en raison à la fois de leur position dans le cycle de vie (étudiants ou entrants sur le marché du travail) et d'un contexte économique dégradé pour leur génération (faible croissance économique, chômage longtemps élevé), les jeunes sont aussi plus éloignés des pratiques politiques conventionnelles. Leur engagement est donc assez différent de celui de la jeunesse des années 1960.

Par ailleurs, la **catégorie socioprofessionnelle** et le niveau du **diplôme** influencent également les comportements politiques. A propos de la participation politique et notamment du vote, **Daniel Gaxie** montre que le fait de se sentir compétent à donner son avis et à s'engager en politique dépend fortement du milieu social des individus. L'école joue en effet un rôle particulièrement important dans l'apprentissage de la citoyenneté et la transmission d'une culture politique nécessaire à la compréhension des grands enjeux économiques et sociaux. Ce n'est donc pas un hasard si l'on retrouve les plus forts taux d'abstention aux élections et une faible participation politique chez les personnes les moins diplômées. Aux élections présidentielle et législatives de 2022, ce sont 30,1 % des personnes non diplômées inscrites sur les listes électorales qui se sont abstenues à l'ensemble des scrutins, contre 9,6 % pour les diplômés de l'enseignement supérieur. Daniel Gaxie parle à ce propos d'un **« cens caché »**, du nom de l'impôt (le cens) qu'il fallait pouvoir payer au milieu du XIXe siècle pour avoir le droit de voter. Cet impôt a disparu, mais la participation politique suppose toujours des ressources sociales « cachées » qui permettent de maîtriser le langage et les codes du monde politique. Si l'on s'intéresse plus spécifiquement aux pratiques militantes, on remarque également que les militants des partis ou des associations sont en moyenne plus diplômés que le reste de la population et qu'on retrouve parmi eux une surreprésentation de cadres et professions intellectuelles supérieures. Toutefois, les classes populaires ne sont pas absentes des mobilisations collectives. Le mouvement des gilets jaunes en est une bonne illustration puisque, sur les ronds-points, les artisans, ouvriers, employés et inactifs formaient le gros des troupes, alors que les cadres étaient minoritaires.

L'engagement politique est aussi fortement différencié en fonction du **sexe**. Longtemps éloignées de la sphère politique, les femmes n'ont obtenu le droit de vote en France qu'en 1944 et, même si leurs comportements électoraux tendent à se rapprocher de plus en plus de ceux des hommes, leurs comportements politiques restent très spécifiques. Les femmes sont moins nombreuses que les hommes à déclarer un intérêt pour la politique et sont sous-représentées parmi les militants des partis politiques, syndicats et autres associations. De plus, lorsqu'elles sont militantes, elles occupent le plus souvent des positions de second plan, invisibilisées : très peu présentes parmi les présidents d'associations et figures de leaders, elles prennent moins souvent la parole que les hommes lors des réunions et sont souvent affectées à des tâches essentielles mais peu valorisées (prendre des notes, distribuer des tracts, maintenir le lien entre les membres, etc.). Les femmes et les hommes ont aussi des modes et des thèmes d'engagement très différents. Les femmes sont par exemple surreprésentées dans le bénévolat lié à l'aide aux personnes, alors que les hommes s'investissent plus dans les combats liés à la sphère professionnelle. Cela s'explique principalement par une socialisation différenciée selon le genre, par la place différente des hommes et des femmes dans la sphère du travail (les femmes occupent en moyenne des emplois moins valorisés) et dans la sphère domestique (les femmes ont encore en charge la majeure partie des tâches domestiques), ainsi que par des discriminations.

B Quelles transformations de l'action collective ?

OBJECTIF Comprendre la diversité et les transformations des objets de l'action collective (conflits du travail, nouveaux enjeux de mobilisation, luttes minoritaires), des acteurs (partis politiques, syndicats, associations, groupements) et de leurs répertoires.

1. La transformation des objets de l'action collective

a. Une disparition des conflits du travail ?

Les **conflits du travail**, qui occupaient une place centrale jusqu'à la fin des Trente Glorieuses, ont connu des transformations qui ont pu laisser penser que le travail était de moins en moins au centre de l'**action collective**. Dans un contexte de crise économique et de montée du chômage, les mutations de la population active (tertiarisation notamment) et l'individualisation des relations au travail ont entraîné une transformation des identités professionnelles qui a conduit à une baisse de la conflictualité. La désindustrialisation a entraîné la disparition d'emplois dans les bastions traditionnels de luttes collectives et de défense de l'identité ouvrière comme les mines, la sidérurgie, le textile, la métallurgie ou l'automobile. Les générations qui arrivent sur le marché du travail sont plus diplômées et les jeunes ouvriers et employés ont moins d'attachement que leurs aînés à leur identité professionnelle et entretiennent plus de réticences vis-à-vis de l'activité syndicale. Plus précaires, ils enchaînent plus souvent les contrats en CDD ou en intérim et développent moins de liens avec leurs collègues. Les grands mouvements collectifs appelant à la grève générale se font plus rares. Le nombre de journées individuelles non travaillées pour fait de grève, qui atteignait 3 millions à la fin des années 1970 en France, a été divisé par 6 et le taux de syndicalisation a quant à lui été divisé par 2,5 depuis les années 1960.

Toutefois, il est important de souligner que ces évolutions n'ont pas fait disparaître les conflits du travail qui, même s'ils ont connu de profondes mutations, sont encore bien présents. Ainsi, selon la Dares, en 2020, 23,6 % des entreprises de 500 salariés ou plus déclaraient avoir connu une grève. Si le nombre de journées de grève a décliné, les conflits dans les entreprises se présentent aussi sous d'autres formes qui ne passent pas toujours par des arrêts de travail (comme le refus d'heures supplémentaires ou la pétition). Dans l'industrie, ces conflits prennent de plus en plus la forme de luttes contre les plans sociaux et les fermetures d'usines. De plus, avec le retour de l'inflation, les conflits portant sur l'augmentation des salaires ont refait surface dans les entreprises et les administrations publiques. Enfin, début 2023, les mobilisations massives contre la réforme des retraites montrent que les conflits du travail restent des enjeux centraux.

b. De nouveaux enjeux de mobilisation

Parallèlement à ces évolutions, on a observé dans les années 1960 le développement de conflits centrés sur des problèmes de société plus vastes, comme la protection de l'environnement, l'égalité femmes-hommes, ou encore la défense des droits des minorités. L'expression **« nouveaux mouvements sociaux »** a été utilisée pour désigner le développement, en dehors de la sphère du travail, de mobilisations qui n'étaient pas forcément nouvelles mais qui ont enregistré une progression très forte. Certains enjeux de mobilisation se sont également internationalisés, comme le montre le mouvement écologiste avec les nombreuses marches internationales de la jeunesse pour le climat qui se sont développées ces dernières années. Parmi ces mobilisations, on peut se pencher en particulier sur les **luttes minoritaires**, qui rassemblent des groupes de personnes faisant l'objet d'un traitement inégal en raison de leurs caractéristiques physiques ou culturelles. Ainsi, les mouvements féministes ont connu un fort développement depuis les années 1970 à partir des luttes pour le droit à la contraception et à l'avortement ou pour l'égalité salariale, et restent aujourd'hui centraux, comme en témoigne le mouvement MeToo sur les réseaux sociaux qui a permis, depuis 2017, de dénoncer et de médiatiser les violences sexuelles. Mais il faut citer également les luttes des mouvements LGBTQ+ contre les discriminations et pour l'égalité dans l'accès au mariage et à la procréation médicalement assistée, ou encore les luttes des minorités ethniques, autant de mobilisations qui revendiquent à la fois l'égalité dans l'accès aux droits et la reconnaissance d'identités particulières. Le mouvement des droits civiques aux Etats-Unis en est un bon exemple. En décembre 1955 à Montgomery, le refus de Rosa Parks, une militante afro-américaine, de se lever pour céder sa place à un homme blanc dans un bus constitue l'élément déclencheur d'une immense mobilisation qui conduira à la fin de la ségrégation raciale.

Enfin, des mobilisations sont nées de la « nouvelle fracture sociale » entre les exclus et le reste de la population. Ainsi, les mouvements de chômeurs, sans-papiers, sans-logis se sont développés. Plus récemment, celui des gilets jaunes a remis au premier plan des questions liées aux conditions matérielles d'existence et témoigne du fait que ces enjeux coexistent avec ceux issus des nouveaux mouvements sociaux. Leurs revendications ont porté sur des mesures en faveur du pouvoir d'achat (salaires, retraites, prix des produits de première nécessité), du rétablissement des services publics, d'une plus grande justice fiscale (rétablissement de l'impôt sur la fortune, ISF) et d'une transformation de la représentation démocratique (référendum d'initiative citoyenne notamment réclamé pour la réforme des retraites).

2. La transformation des acteurs de l'action collective

Les **acteurs de l'action collective** sont très divers : syndicats, partis politiques, associations, groupements de citoyens. Leur place respective a connu de profondes transformations qui se sont traduites par un recul des organisations traditionnelles comme les syndicats et les partis politiques au profit d'acteurs moins institutionnalisés et moins hiérarchisés.

Les notions essentielles du programme

Association : groupement de personnes réunies autour d'un projet commun ou partageant des activités, mais sans but lucratif.

Conflit social : expression d'une opposition entre deux groupes sociaux qui ont des intérêts divergents (économiques, idéologiques, etc.).

Conflits du travail : conflits qui ont pour objet le travail et qui portent principalement sur les salaires, les conditions de travail ou encore la défense des emplois.

Consommation engagée : utilisation des pratiques de consommation comme moyen d'expression et d'action collective.

Incitations sélectives : avantages ou contraintes mis en place par des organisations pour inciter les individus à participer aux actions collectives.

Luttes minoritaires : luttes menées dans une société par des groupes de personnes qui font l'objet d'un traitement inégal en raison de leurs caractéristiques physiques ou culturelles.

Militantisme : engagement politique actif et durable dans une organisation (parti, syndicat, association) afin de défendre une cause.

Mouvements sociaux : actions collectives, inscrites dans le temps long et visant à modifier l'ordre social.

Parti politique : organisation dont l'objectif est de conquérir le pouvoir et d'assurer le lien entre les citoyens et leurs représentants.

Répertoire de l'action collective : ensemble des moyens d'expression et d'action utilisés par les groupes protestataires.

Rétributions symboliques : avantages immatériels que retirent les individus de la participation à une action collective (prestige, estime de soi, liens de solidarité, etc.).

Syndicat : association chargée de défendre les intérêts de ses membres dans le domaine professionnel (syndicats de salariés ou syndicats patronaux).

Structure des opportunités politiques : influence du contexte et des institutions politiques sur les mobilisations collectives.

Quiz

Répondez par vrai ou faux aux affirmations suivantes

1. Le nombre de jours de grève est stable en France depuis trente ans.
   ■ Vrai ■ Faux
2. Mancur Olson montre qu'un individu rationnel n'a aucun intérêt à s'engager dans une action collective.
   ■ Vrai ■ Faux
3. L'abstention est un phénomène qui touche peu les jeunes.
   ■ Vrai ■ Faux
4. Les luttes minoritaires sont des luttes qui ne rassemblent que très peu de personnes.
   ■ Vrai ■ Faux
5. Les nouveaux mouvements sociaux sont centrés sur des revendications en dehors de la sphère du travail.
   ■ Vrai ■ Faux

Retrouvez les réponses à ce quiz pages 96-98.

Les **syndicats**, tout en restant des acteurs importants des mouvements sociaux, se voient de plus en plus concurrencés par de nouveaux acteurs. Dans le monde du travail, les coordinations spontanées (infirmières, routiers, cheminots) se substituent aux représentants syndicaux traditionnels, accusés de freiner certaines revendications. En témoigne la forte diminution du taux de syndicalisation dans de nombreux pays depuis les années 1980. Du côté des **partis politiques**, on observe également une décroissance du nombre des militants, en particulier ceux qui, comme le Parti communiste, étaient les plus liés aux conflits du travail. Les mouvements sociaux qui se développent à partir des années 1960 sont caractérisés par l'émergence d'acteurs moins hiérarchisés, plus internationaux et qui se mobilisent sur des thèmes qui ont été peu intégrés par les syndicats et les partis traditionnels. Les associations et les **groupements** ou collectifs de citoyens semblent mieux intégrer les revendications liées à la qualité de vie et celles des exclus du monde du travail ou du monde politique (chômeurs, travailleurs précaires, mal logés, sans-papiers, minorités ethniques, etc.). Les acteurs des mouvements sociaux connaissent également une logique d'internationalisation et l'on voit l'émergence d'organisations non gouvernementales (ONG) ou de groupements de citoyens qui impulsent des actions collectives à l'échelle de plusieurs pays, comme Extinction Rebellion, mouvement international prônant la désobéissance civile pour lutter contre le réchauffement climatique.

3. Les transformations des répertoires d'action

L'évolution des conflits sociaux est aussi caractérisée par des changements dans les formes d'action. Le politologue **Charles Tilly** (1929-2008) montre que, à l'image d'un musicien, les groupes contestataires disposent d'un **« répertoire d'action »** composé de différents moyens d'action dont ils peuvent faire usage lors de leurs mobilisations. Ces modalités de l'action collective, comme la manifestation, la grève, les pétitions, les occupations ou encore la destruction de l'outil de travail, ont connu d'importants changements au cours de l'histoire. Tilly explique, à travers l'étude de quatre siècles d'histoire des conflits sociaux en France, que plusieurs répertoires se sont succédé avec des caractéristiques différentes : plus violents et spontanés jusqu'au XIXe siècle (émeutes, atteintes aux biens et aux personnes), les modes d'action vont progressivement se pacifier et s'institutionnaliser (usage du droit de grève et de manifestation) au XXe siècle.

Une troisième période s'ouvre avec l'émergence des nouveaux mouvements sociaux qui ont contribué à un renouvellement important de ces répertoires dans les années 1970. Ils sont caractérisés par de nouveaux moyens d'expression qui utilisent la puissance des images. Les actions se veulent spectaculaires afin d'attirer l'attention des journalistes et l'utilisation de vidéos produites par les groupes mobilisés et diffusées sur les réseaux sociaux progresse (vidéos pour dénoncer les violences policières ou les conditions d'abattage des animaux). Ces modes d'action se sont développés parallèlement à une critique des médias, accusés de diffuser une représentation de la réalité favorable aux intérêts du pouvoir politique ou économique. L'utilisation d'Internet et des réseaux sociaux a également facilité l'organisation de mouvements de protestation qui, sans ces outils, auraient eu beaucoup moins de succès, notamment dans les pays où la censure est forte et les libertés individuelles très restreintes. Ainsi en Iran, en septembre 2022, après la mort de Mahsa Amini (jeune femme arrêtée par la police des mœurs parce qu'elle ne portait pas « correctement » son voile), les réseaux sociaux ont joué un rôle important dans la structuration et l'internationalisation des protestations contre le pouvoir en place et pour la défense des droits et des libertés des femmes.

Les groupes mobilisés utilisent aussi de plus en plus des actions de désobéissance civile pour questionner la légitimité des lois (accueil de migrants sans papiers, occupation de lieux publics ou d'entreprises, dégradations d'infrastructures jugées nocives comme les mégabassines). Les zones à défendre (ZAD) se sont fortement développées ces dernières années avec l'occupation de lieux par des militants afin d'empêcher la mise en œuvre de projets comme l'aéroport de Notre-Dame-des-Landes ou le site d'enfouissement de déchets nucléaires à Bure. ■

Les sujets du bac les plus attendus

(en dissertation ou en 3e partie de l'épreuve composée)

- Comment l'action collective s'est-elle transformée dans les sociétés démocratiques ?
- Peut-on expliquer l'engagement politique seulement par des variables sociodémographiques ?
- Vous montrerez que, malgré le paradoxe de l'action collective, les individus s'engagent politiquement.
- Vous montrerez que les acteurs de l'action collective sont divers.

Pour en savoir plus

« Les conflits sociaux : pathologie ou rouage démocratique ? », *Alternatives Economiques* n° 380, juin 2018.

« Les luttes populaires ont souvent été des révoltes contre l'impôt », entretien avec Gérard Noiriel, alternatives-economiques.fr, 06/12/2018, frama.link/8TOVhxrs

Quelles inégalités sont compatibles avec les différentes conceptions de la justice sociale ?

L'histoire du XXe siècle jusqu'à la fin des années 1970 a été celle d'un recul considérable des inégalités économiques dans les pays développés. Cependant, depuis quarante ans, celles-ci progressent à nouveau. Cela conduit d'abord à s'interroger sur les causes de cette dynamique nouvelle, mais aussi sur le niveau d'inégalités compatible avec l'idéal de justice sociale que l'on vise. Sur quels principes fonder une société juste ? Comment les pouvoirs publics peuvent-ils y contribuer, et avec quelle efficacité ?

A Les inégalités et leur mesure

1. L'évolution des inégalités économiques au cours du XXe siècle

OBJECTIF Connaître les grandes tendances d'évolution des inégalités économiques depuis le début du XXe siècle et savoir interpréter les principaux outils de mesure des inégalités, statique (rapport interquantile, courbe de Lorenz et coefficient de Gini, top 1 %) et dynamique (corrélation de revenu parents-enfants).

Le rapport 2022 sur les inégalités mondiales du World Inequality Lab (Laboratoire sur les inégalités mondiales), coordonné par **Lucas Chancel**, ainsi que les travaux de **Thomas Piketty** permettent de constituer une solide documentation sur l'évolution historique et l'état actuel des **inégalités économiques**, à savoir principalement les inégalités de **revenu** et de **patrimoine**. Du début du XXe siècle à la fin des années 1970, que l'on suive la concentration des revenus ou celle du patrimoine des ménages (voir graphique ci-dessous), on observe une contraction des inégalités d'une grande ampleur dans les pays développés.

Partage du revenu national : le retour des inégalités

Evolution de la part du centile supérieur dans le revenu national avant impôts, en %

Source : World Inequality Data

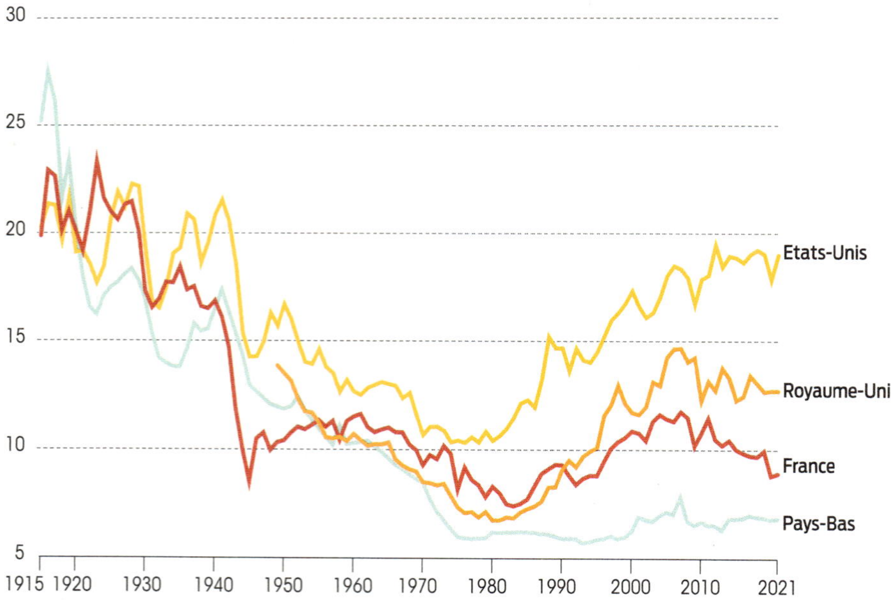

Lecture : en 1915, le 1 % des ménages aux revenus les plus élevés des Pays-Bas se partageait, avant impôts, 25 % du total du revenu national.

Plusieurs facteurs ont contribué à cette évolution. En premier lieu les deux guerres mondiales ont entraîné des destructions massives de capital, donc du patrimoine des plus fortunés ainsi que des revenus qui lui étaient associés. Ensuite, la crise de 1929 a eu des effets similaires pour les propriétaires du capital. Il faut aussi citer les politiques publiques à travers la création et la généralisation de l'**impôt progressif** sur les revenus, qui voit le jour en 1914 en France et dont le principe consiste à appliquer un taux de prélèvement de plus en plus fort à mesure que l'on progresse dans les tranches de revenu. Ainsi, aux Etats-Unis en 1944, le plus haut taux marginal d'imposition sur les revenus atteint 94 %. Concrètement, cela signifiait qu'à l'époque, à partir de 6,9 millions de dollars de revenus, tout le supplément subissait un prélèvement sous forme d'impôt de 94 %. Enfin, la hausse des prix assez forte au XXe siècle, en particulier après 1945, va, comme l'analysait Keynes, conduire à *« l'euthanasie des rentiers »*, c'est-à-dire à l'appauvrissement de tous ceux dont les revenus du patrimoine n'augmentaient pas au même rythme que l'inflation.

En revanche, depuis la fin des années 1970, on assiste à un assez net retour des inégalités. Ce phénomène est particulièrement visible dans les pays anglo-saxons, comme les Etats-Unis, où la concentration des revenus et des patrimoines retrouve ses niveaux du début du XXe siècle. Ce changement est politiquement facile à dater : il renvoie à l'accession au pouvoir de Ronald Reagan aux Etats-Unis en 1979 et de Margaret Thatcher au Royaume-Uni en 1980, et à la mise en place de politiques fiscales beaucoup plus avantageuses pour les classes fortunées. Ainsi, aux Etats-Unis, le taux supérieur de l'impôt sur le revenu est aujourd'hui tombé à 37 % et, de la même manière, l'imposition des sociétés et des successions a connu les mêmes allégements profitables aux plus riches. L'effet immédiat de telles

Un document statistique central

Comment exploiter ce document

Ces deux courbes de Lorenz représentent la concentration du patrimoine net des ménages en France et aux Etats-Unis. Le patrimoine net regroupe l'ensemble des actifs (immobiliers, financiers...) qu'un ménage peut posséder, auxquels on a soustrait les dettes éventuelles. De façon générale, plus les courbes s'éloignent de la diagonale plus la répartition du patrimoine est inégalitaire. On en déduit donc sans peine que les inégalités sont plus fortes aux Etats-Unis qu'en France.

En particulier, on observe que les 40 % des ménages les plus modestes en France et aux Etats-Unis se partagent une part infime du patrimoine total. A l'inverse, les 10 % des ménages les plus aisés se partagent 60 % du patrimoine total en France et plus de 70 % aux Etats-Unis. L'inégalité la plus flagrante concerne les ménages appartenant au 1 % les plus riches : ils possèdent à eux seuls 35 % du total de la richesse patrimoniale aux Etats-Unis et 27 % en France.

Le coefficient de Gini, dont la valeur est comprise entre 0 (égalité parfaite) et 1 (inégalité absolue), est une mesure de l'intensité des inégalités. L'inégalité absolue correspondrait au cas où un seul ménage disposerait à lui seul de la totalité du patrimoine. Avec un coefficient de 0,73, l'inégalité en France se situe à 73 % d'une situation d'inégalité absolue. Les Etats-Unis sont plus inégalitaires encore, en se situant à 83 % de cette inégalité théorique.

Concentration du patrimoine net des ménages en France et aux Etats-Unis en 2021, en %

Source : World Inequality Database

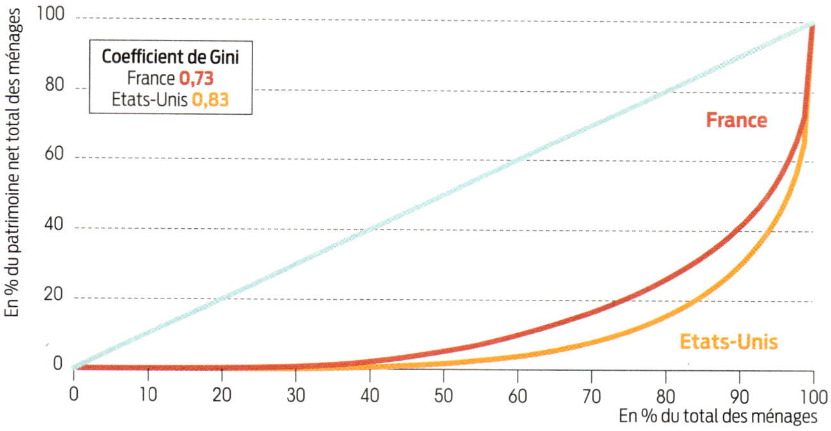

mesures, c'est la reconstitution rapide des patrimoines des plus aisés et l'expansion des revenus qui en découle.

Il faut ajouter à ce facteur politique les effets du progrès technique et de la mondialisation. Cette dernière a permis aux innovateurs, en situation de monopole temporaire, de tirer de leur innovation une rente à l'échelle internationale et plus seulement nationale. Et la révolution numérique a eu pour conséquence de faire des gagnants (les actifs les plus qualifiés) et des perdants (les actifs disposant de qualifications intermédiaires), ce qui a contribué à l'accentuation des inégalités économiques au sein des pays développés (voir thème 1, page 8). Cependant, tous les pays n'ont pas connu une trajectoire aussi marquée. Si en France ou aux Pays-Bas, on observe également une reprise des inégalités de revenu avant imposition, elle demeure faible au regard des autres nations, preuve qu'il n'y a rien d'inéluctable dans ce mouvement (voir graphique page ci-contre).

2. Le caractère multiforme et cumulatif des inégalités

OBJECTIF Comprendre que les inégalités économiques et sociales présentent un caractère multiforme et cumulatif.

Les inégalités ne se limitent cependant pas aux seules inégalités économiques (revenus et patrimoines) mais sont aussi présentes sous de multiples formes dans toutes les dimensions de la vie sociale. On les constate dans l'accès aux loisirs (vacances, musées, pratiques sportives...), dans la réussite à l'école, dans la participation politique, ou encore dans le domaine de la santé.

Apprenez à mobiliser vos connaissances

CONSIGNE Sur le modèle de la réponse proposée à la première question, répondez en quelques lignes aux autres questions

- **Distinguez égalité des droits et égalité des chances.**

RÉPONSE L'égalité des droits caractérise une situation où les lois n'établissent aucune distinction entre les individus et où chacun a, en principe, la possibilité d'accéder à n'importe quel statut social. L'égalité des chances désigne une situation où quelles que soient les caractéristiques sociales des individus (âge, sexe, origine...), tous ont la même probabilité de réussir (scolairement, socialement ou économiquement). On observe fréquemment une distorsion entre ces deux formes d'égalité. Par exemple, si l'école est très largement accessible à tous les enfants sans aucune distinction, la réussite à tel ou tel diplôme ou encore l'accès à des écoles prestigieuses sont très inégaux selon l'origine sociale.

- **Comment les inégalités économiques ont évolué depuis le début du XXe siècle ?**
- **Présentez un moyen par lequel les pouvoirs publics peuvent contribuer à la justice sociale.**
- **Montrez que la fiscalité peut contribuer à la justice sociale.**
- **A l'aide d'un exemple vous montrerez comment les inégalités économiques et sociales peuvent se cumuler.**

Mais leur caractère n'est pas seulement multiforme, il est aussi cumulatif. Par exemple en matière d'espérance de vie, plusieurs facteurs peuvent se cumuler dans la construction de l'inégalité face à la mort. Le niveau de vie joue bien sûr un rôle : en France, les 5 % des ménages les plus aisés ont une espérance de vie supérieure de treize années à celle des 5 % des ménages les plus pauvres. Mais d'autres facteurs interviennent, plus ou moins liés au

Le caractère cumulatif des inégalités économiques et sociales

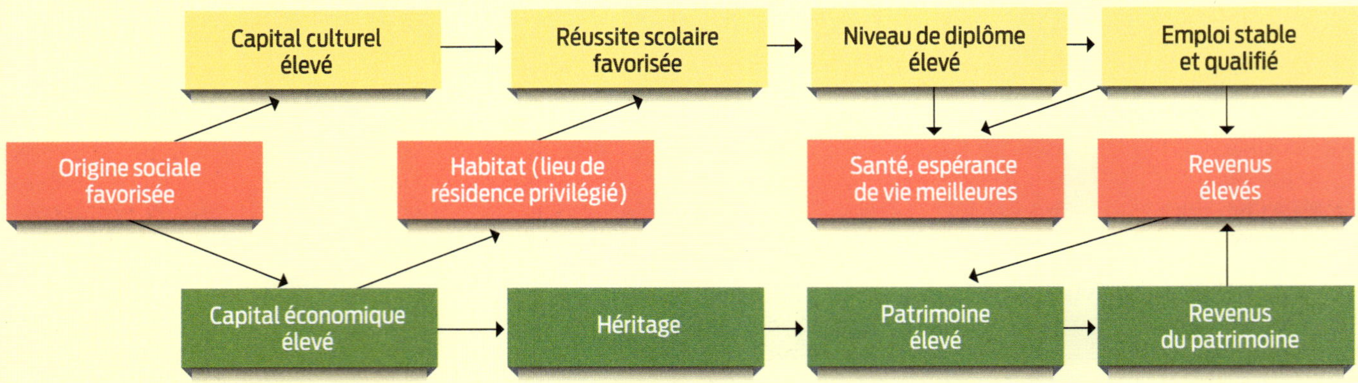

niveau de vie. D'abord, les conditions de travail et les maladies professionnelles qui y sont associées. Par exemple, lorsque l'on compare l'espérance de vie des cadres à celle des ouvriers, l'écart entre les deux PCS est de l'ordre de six années. A niveau de vie équivalent, le niveau d'éducation entraîne des écarts de trois à quatre années d'espérance de vie en faveur des plus diplômés. Le genre intervient aussi : en moyenne, l'espérance de vie des femmes est supérieure de six années à celle des hommes.

Le caractère cumulatif des inégalités peut aussi être mis en évidence de deux autres manières. Soit en montrant qu'elles font système et qu'elles s'entraînent mutuellement, comme l'illustre le schéma ci-dessus, soit en observant qu'elles peuvent se cumuler au cours du temps. **Miles Corak** a montré que les sociétés les plus inégalitaires étaient aussi celles où la **reproduction sociale** était la plus forte au fil des générations. Ces travaux, popularisés sous le terme de « courbe de Gatsby » en 2012, révèlent que dans la plupart des pays développés, contrairement à l'idéal méritocratique affiché, la probabilité de rester pauvre lorsque l'on est né pauvre est très élevée. Dans ce processus l'héritage joue un rôle central. En France par exemple, 60 % du patrimoine détenu par les ménages est constitué d'actifs hérités et donc assez peu mérités.

B Egalité et justice sociale

1. Les différentes formes de l'idéal égalitaire

OBJECTIF Comprendre que les différentes formes d'égalité (égalité des droits, des chances ou des situations) permettent de définir ce qui est considéré comme juste.

Se poser la question de la justice sociale, c'est se demander à quels principes doit obéir la répartition des ressources (richesses, pouvoir, prestige...) au sein d'une société. A priori toute conception de la justice se fonde sur un principe d'égalité, mais égalité de quoi ? La plus fondamentale, car elle conditionne l'existence de toutes les autres, c'est l'**égalité des droits**.

Dans beaucoup de sociétés, l'idéal égalitaire inclut une deuxième forme d'égalité, l'**égalité des chances**, c'est-à-dire l'idée que toutes les personnes doivent avoir les mêmes chances d'accéder à toutes les positions sociales existantes quelles que soient leurs caractéristiques sociales (origine, sexe, lieu de résidence...).

Enfin, un troisième niveau doit être introduit dans le débat : c'est celui de l'**égalité des situations**. En effet, une société peut aussi veiller à ce que les disparités dans les conditions matérielles d'existence (revenus, alimentation, habitat, espérance de vie...) ne soient pas trop importantes, car ces disparités constituent une atteinte à la dignité humaine et peuvent briser la cohésion sociale.

Ces trois formes d'égalité sont distinctes mais s'articulent entre elles. Par exemple, dans les sociétés méritocratiques, l'inégalité des situations peut apparaître « juste » car elle résulte, en théorie, d'une compétition sociale où chacun a eu les mêmes droits et les mêmes chances que les autres de réussir.

2. Les théories de la justice sociale et l'égalité juste

OBJECTIF Comprendre ce qui est considéré comme juste selon différentes conceptions de la justice sociale (notamment l'utilitarisme, le libertarisme, l'égalitarisme libéral, l'égalitarisme strict).

Pour **Jeremy Bentham** (1748-1832) et **John Stuart Mill** (1806-1873), fondateurs de l'**utilitarisme**, **une société juste est une société heureuse**, car elle assure *« le plus grand bonheur au plus grand nombre »*. Une société juste doit donc chercher à maximiser l'utilité globale, c'est-à-dire le bonheur ou le bien-être ressenti par tous sans distinction aucune. Une telle conception est a priori assez indifférente à la distribution plus ou moins égalitaire des avantages socio-économiques, du moment que la somme ou la moyenne du bien-être est maximale.

L'inégalité des situations est donc acceptable si elle incite à travailler et produire plus, et donc améliore le bien-être global. Plus encore, l'utilitarisme ne porte aucun jugement sur la nature des institutions en place, il ne s'intéresse qu'à leurs conséquences sur le bien-être global. Ainsi, en théorie, il est tout à fait concevable de bafouer les droits élémentaires d'une communauté particulière si cela améliore le bien-être global ressenti par la population.

Cependant, dans certains cas, l'utilitarisme peut aussi chercher à limiter les inégalités de situation. D'abord, parce que si elles sont jugées trop fortes ou injustes, elles suscitent envie et jalousie et affectent négativement le bien-être ressenti. Ensuite, parce que l'utilité marginale est décroissante : l'accroissement d'une unité du niveau de vie, par exemple 1 000 euros, ne produit pas la même utilité pour un millionnaire que pour une personne sans ressource. Il peut donc y avoir un intérêt à redistribuer une partie des richesses des plus riches vers les plus modestes. La diminution d'utilité des uns étant plus que compensée par la forte amélioration du bien-être des autres.

Friedrich Hayek (1899-1992) et **Robert Nozick** (1938-2002) sont deux figures majeures du **libertarisme**. Pour ce courant de pensée, **une société juste est une société libre**. C'est donc une société qui reconnaît à chaque individu la totale propriété de soi et du produit de son travail. C'est aussi une société où la circulation des **droits de propriété** repose sur des transactions librement consenties via un marché concurrentiel. Aucun intérêt collectif jugé supérieur ne saurait remettre en cause l'exercice souverain des libertés individuelles. Cela signifie que si l'égalité des droits est indispensable dans une société juste, l'inégalité des situations, fût-elle extrême, qui résulte du libre exercice de ces droits, n'a en aucun cas à être corrigée par la puissance publique. La redistribution n'a de sens que dans un cadre privé, la charité, les dons ou les œuvres philanthropiques.

Par ailleurs, plutôt que de chercher à atteindre l'égalité des chances, l'action publique visera la réalisation de chances aussi grandes que possible pour tous mais pas forcément égales, par exemple en légiférant contre les discriminations mais pas en redistribuant les revenus.

L'Etat a donc un rôle marginal à jouer (police, justice...), mais les libertariens s'accordent sur une exception au principe de non-redistribution. Elle concerne la mise en œuvre d'un revenu universel inconditionnel, destiné à assurer la survie. Ce revenu est conçu comme une condition de la liberté, car il permet à tous, même dans la pire des situations sociales, de continuer à réaliser un choix libre.

John Rawls (1921-2002), en publiant en 1971 *Théorie de la justice*, fonde une approche de la justice sociale connue sous le nom d'**égalitarisme libéral**. Selon cette conception, **une société juste est une société où règne l'équité**. Pour Rawls, ce qu'il faut distribuer équitablement, ce sont les *« biens premiers »*, constitués de trois éléments : les libertés fondamentales, l'égalité des chances et les ressources socio-économiques (revenu, richesse, pouvoir...). Pour être équitable, cette distribution doit se fonder sur deux principes hiérarchisés :

– en premier lieu, toute personne a droit à l'ensemble le plus étendu possible de libertés fondamentales, dans la limite du respect d'une égale liberté pour les autres ;

– ensuite, pour être acceptées, les inégalités de situations socio-économiques doivent répondre à deux conditions : d'une part, elles ne doivent pas empêcher l'amélioration du sort des membres les plus défavorisés ; d'autre part, elles doivent être attachées à des fonctions ouvertes à tous, dans des conditions d'égalité équitable des chances.

Ces principes sont hiérarchisés, il est hors de question pour Rawls qu'une redistribution des revenus, même moralement acceptable, puisse de quelque manière que ce soit entraver les libertés. En revanche, il faut mettre fin aux inégalités de situations qui limitent l'égalité des chances ou à celles qui n'améliorent pas le sort des plus démunis. Cet idéal de justice tente donc de concilier l'égalité et la liberté, en ne sacrifiant jamais l'une à l'autre.

L'**égalitarisme strict** se différencie de l'égalitarisme libéral en cela qu'il donne la priorité à l'égalisation des situations sur toute autre considération. Dans cette conception, **une société juste est une société où règne l'égalité**. En effet, ce n'est pas la chance qui doit décider du sort des individus, mais une politique volontariste d'égalisation des conditions matérielles d'existence. Il s'agit donc de bâtir une société solidaire où chacun se considère l'égal d'autrui. Dans cette perspective, il faut bien sûr égaliser la distribution des ressources, mais aussi les conditions dans lesquelles elles sont produites.

Pour la tradition marxiste, par exemple, l'inégalité fondamentale dans le cadre du capitalisme se situe dans l'exploitation du travail humain par les détenteurs du capital. Ceux-ci s'approprient la plus-value créée par le travail sous forme de profit, et c'est cette inégalité-là qu'il faut abolir en mettant fin à la propriété privée des moyens de production, condition nécessaire pour penser une distribution égalitaire des ressources.

C L'action des pouvoirs publics en faveur de la justice sociale

1. Les politiques publiques au service de la justice sociale

OBJECTIF Comprendre l'action des pouvoirs publics en matière de justice sociale (fiscalité, protection sociale, services collectifs, mesures de lutte contre les discriminations).

Parmi les outils dont disposent les pouvoirs publics pour promouvoir l'égalité, la **fiscalité** peut constituer un instrument efficace. Cependant, tous les impôts n'ont pas les mêmes effets. Les impôts sur le revenu, les successions ou la fortune, par leur caractère progressif (voir page 68), réduisent les inégalités initiales. En revanche, les impôts proportionnels, comme la contribution sociale généralisée (CSG), en taxant tous les revenus au même pourcentage, laissent inchangées les inégalités initiales. Enfin, certains impôts peuvent avoir un effet régressif : plus les revenus sont élevés moins ils sont taxés, ce qui accroît les inégalités. La taxe sur la valeur ajoutée (TVA), qui porte sur les dépenses de consommation, en est un bon exemple. Elle affecte moins fortement les plus riches car ceux-ci épargnent davantage et n'acquittent donc pas la TVA sur la totalité de leurs revenus. Globalement, en France, les prélèvements obligatoires ne corrigent pas les inégalités de niveau de vie, car les taxes comme la TVA y occupent une place importante.

En France, la **protection sociale** comprend toutes les institutions qui redistribuent les revenus sous forme de prestations monétaires pour protéger les individus contre les risques sociaux. Son fonctionnement repose en grande partie sur une **logique d'assurance** : les individus cotisent à une caisse commune et reçoivent des prestations selon l'importance des droits qu'ils se sont ouverts par leurs cotisations (pensions de retraite, indemnités journalières pour les actifs en arrêt maladie, allocations chômage...). Mais elle reprend aussi des principes d'une **logique d'assistance**. Elle offre aux plus modestes des prestations financées par l'impôt. C'est le cas de certaines allocations comme les bourses d'enseignement et, plus largement, de tous les minima sociaux : le RSA (environ 600 euros par mois pour une personne seule), l'allocation de solidarité aux personnes âgées (Aspa) ou l'allocation de solidarité spécifique (ASS) pour les chômeurs en fin de droits. Le versement de ces prestations a un important effet correcteur sur les inégalités.

Selon l'Insee, ce sont les **services collectifs** non marchands, comme l'éducation,

Un document statistique central

Redistribution et niveau de vie des ménages par unité de consommation* pour 2018, en euros

	En moyenne pour les 10 % des ménages les plus modestes	En moyenne pour les 10 % des ménages les plus aisés
Revenus primaires	10 480	133 080
Prélèvements obligatoires		
dont taxes sur la consommation et la production	*4 240*	*12 730*
impôts sur les revenus et le patrimoine	*570*	*33 590*
cotisations sociales	*2 340*	*24 960*
Total des prélèvements obligatoires	7 150	71 280
Transferts monétaires		
dont retraites	*1 280*	*12 620*
autres prestations sociales	*6 180*	*2 820*
Total des transferts monétaires	7 460	15 440
Revenu disponible**	11 000	77 240
Transferts en nature		
dont enseignement, santé, logement	*12 580*	*6 270*
services publics collectifs (justice, police...)	*4 290*	*4 740*
Niveau de vie élargi**	28 370	87 030

* Les données par unité de consommation (UC) prennent en compte la taille des ménages.

** Ces données ont été ajustées.

Source : « Revenus et patrimoine des ménages », *Insee Référence*, 2021

Comment exploiter ce document

Ce document permet de mieux apprécier le rôle des outils dont disposent les pouvoirs publics pour réduire les inégalités de situations. On observe d'abord qu'en moyenne une personne appartenant à la fraction des 10 % des ménages les plus modestes disposait de 10 480 euros de revenus primaires en 2018, alors que celle qui faisait partie des 10 % les plus aisés disposait d'un revenu 12,7 fois plus important, soit 133 080 euros. On peut également constater que la fiscalité française ne corrige pas les inégalités. En effet, si l'impôt sur les revenus a un caractère clairement progressif, il représente 5 % (570/10 480) du revenu des plus modestes et 25 % (33 590/133 080) de celui des plus aisés. Les taxes, elles, accroissent les inégalités en pesant pour 40 % (4 240/10 480) du revenu des plus modestes et pour moins de 10 % (12 730/133 080) du revenu des plus riches.

Les transferts monétaires via les prestations sociales d'assurance (retraites, etc.) ou d'assistance (minima sociaux) réduisent nettement les inégalités. Une fois ces prestations versées, le revenu disponible des 10 % les plus aisés n'est plus que 7 fois supérieur (77 240/11 000) à celui des ménages les moins bien lotis.

Enfin, il faut noter le rôle décisif des services publics collectifs dans la réduction des inégalités. Après avoir pris en compte ces transferts en nature gratuitement offerts aux ménages, le niveau de vie des plus modestes a été multiplié par 2,5 (28 370/11 000) et le rapport entre les deux groupes est passé de 7 à 3 (87 030 /28 370).

les services de santé ou le logement social, qui contribuent le plus à réduire les inégalités de **niveaux de vie**. En matière d'éducation par exemple, si on estime à 11 000 euros la valeur d'une année de scolarité au lycée, ce transfert représente un accroissement bien plus considérable du niveau de vie pour les familles les plus modestes que pour les hauts revenus, ce qui réduit les inégalités. Cet effet se produit alors même que les services éducatifs sont davantage consommés par les familles les plus aisées et il agit de manière similaire pour les services de santé.

Combattre les inégalités repose aussi sur la lutte contre les **discriminations**. Interdites dans le droit, elles recouvrent toutes les différences de traitement entre des personnes fondées sur un critère défini par la loi (sexe, âge, handicap...) et dans une situation visée par la loi (accès à un emploi, un logement, des soins ou une scolarisation...). Le Défenseur des droits, l'institution en charge de lutter contre les discriminations, traite chaque année environ 100 000 dossiers, c'est-à-dire une infime partie de la réalité des discriminations, car il est souvent difficile de prouver l'intention délibérée de discriminer.

2. Les limites de l'action des pouvoirs publics

OBJECTIF Comprendre que l'action des pouvoirs publics s'exerce sous contrainte de financement et fait l'objet de débats en matière d'efficacité (réduction des inégalités), de légitimité (notamment consentement à l'impôt) et de risque d'effets pervers (désincitations).

Les notions essentielles du programme

Désincitation : situation où certains comportements sont découragés (exemple : un taux d'intérêt faible désincite à l'épargne).

Discrimination : différence de traitement entre des personnes reposant sur des critères (sexe, âge, religion, origine...) et dans des situations (accès à un emploi, un logement, des soins...) définis par la loi.

Egalité : situation où règne une équivalence face aux droits, aux chances ou aux conditions d'existence.

Fiscalité : modalités de prélèvement des impôts (prélèvements directs, indirects...).

Inégalités : différences d'accès aux ressources socialement valorisées (richesse, pouvoir, prestige...).

Inégalités économiques : inégalités de revenus et de patrimoines.

Inégalités sociales : inégalités d'accès aux éléments du mode de vie propre à une société (santé, loisirs, éducation, accès au pouvoir...).

Justice sociale : principes d'égalité auxquels doit obéir la répartition des ressources (richesses, pouvoir, prestige...) au sein d'une société.

Pouvoirs publics : ensemble des administrations publiques : Etat, organismes sociaux, collectivités territoriales...

Prélèvements obligatoires : ensemble des impôts et des cotisations prélevés sur les revenus, le patrimoine ou les dépenses de consommation.

Prestations sociales : transferts en espèces ou en nature versés par les organismes sociaux (retraites, RSA et autres minima sociaux).

Protection sociale : ensemble des institutions publiques qui protègent les individus contre les risques sociaux (maladie, vieillesse, chômage, accident...).

Redistribution : processus par lequel les prélèvements vont financer les services collectifs gratuits et/ou des revenus de transfert.

Services collectifs : services non marchands mis à disposition par les pouvoirs publics (éducation, santé, logement social...).

Les déficits chroniques des administrations publiques et l'endettement qui en résulte représentent à l'évidence une contrainte financière. En effet, depuis quarante ans, la dette publique ne cesse de progresser : fin 2022, elle s'élevait à 2 950 milliards d'euros, soit 111,6 % du PIB. N'y a-t-il pas là une contrainte majeure pour assurer le financement des politiques de lutte contre les inégalités ? En fait, le débat est assez largement ouvert car, d'une part, on ne peut pas comparer l'Etat à un ménage, parce que sa capacité à rembourser dans le temps est en théorie infinie et, d'autre part, parce que ces dernières années les taux d'intérêt ont été historiquement faibles, voire négatifs, ce qui allège considérablement la charge des remboursements.

Un second débat concerne l'**efficacité des politiques publiques** à combattre les inégalités. Malgré les dépenses publiques investies dans l'école, le logement ou l'aide sociale, l'école française demeure très inégalitaire, le nombre de mal-logés ou de sans-domicile reste considérable et la pauvreté ne recule plus. L'efficacité de la dépense publique est donc mise en cause. Faut-il encore l'accroître ou en revoir l'utilisation ?

La **légitimité de l'action publique** est aussi questionnée. En 2018, le mouvement des « gilets jaunes » est né d'un rejet face à l'augmentation de taxes sur les carburants. Faut-il voir dans ce type de réaction un refus de **consentir à l'impôt** ? Les travaux d'**Alexis Spire** montrent qu'en réalité l'idée du consentement à l'impôt recouvre deux réalités distinctes : le civisme fiscal d'une part et le sentiment de justice fiscale de l'autre. Si 95 % des entreprises et des ménages font bien preuve de civisme fiscal en acquittant leurs impôts, cela ne signifie pas pour autant qu'ils adhèrent à l'idée que l'impôt serait juste. Sur ce plan, la contestation de l'utilisation des impôts est en effet considérable. Les enquêtes montrent qu'en France, le sentiment d'injustice fiscale est, paradoxalement, plus répandu au sein des catégories populaires qui sont pourtant les principales bénéficiaires de la redistribution.

On reproche aussi aux politiques publiques de produire des **effets pervers**, car elles atteindraient un but inverse à celui recherché. **Arthur Laffer**, par exemple, soutient que si le seuil de prélèvements est trop élevé, les agents économiques sont découragés d'offrir leur travail et aussi d'investir et d'entreprendre. Une taxation trop lourde aboutirait donc paradoxalement à réduire l'activité économique, donc la base sur laquelle les impôts sont prélevés. Autrement dit, pour lui, « trop d'impôt tue l'impôt ».

Ce point de vue a rencontré un grand succès médiatique, sans qu'aucune étude scientifique ne puisse le valider. En fait, selon que l'on s'intéresse aux effets des impôts directs ou indirects, aux ménages ou aux entreprises, l'impact de la fiscalité sur la croissance varie considérablement. Si l'on observe de réels **effets désincitatifs** lorsque la corruption de certains Etats détourne à son profit les recettes fiscales, on constate aussi que des pays comme la Suède font la preuve que des taux élevés d'imposition n'entravent pas, par principe, le dynamisme économique.

Enfin, les effets pervers des prestations sociales sont également dénoncés, car certaines d'entre elles aboutiraient à créer des **trappes à pauvreté** et renforceraient le chômage. La distribution d'allocations chômage inciterait certaines personnes à ne pas reprendre une activité professionnelle (voir thème 3, page 23) car le coût d'une reprise d'activité (transports, garde des enfants...), allié à l'incertitude d'un travail souvent précaire, pousserait les individus à préférer une pauvreté « garantie » à un travail aléatoire. Là encore, cette argumentation est discutable, car beaucoup de personnes quittent les dispositifs d'assistance pour reprendre un travail même peu ou pas rentable, car le souci d'intégration sociale l'emporte.

Quiz

Répondez par vrai ou faux aux affirmations suivantes

1. Les inégalités économiques n'ont pas cessé de croître dans les pays développés depuis un siècle.
   ■ Vrai ■ Faux
2. L'indice de Gini, comme le rapport interdécile, est un instrument de mesure des inégalités.
   ■ Vrai ■ Faux
3. Les inégalités de patrimoine sont moins fortes que les inégalités de revenu.
   ■ Vrai ■ Faux
4. Pour les utilitaristes, une société juste est une société libre.
   ■ Vrai ■ Faux
5. Les libertariens défendent le principe d'un revenu universel inconditionnel.
   ■ Vrai ■ Faux
6. Les impôts progressifs aggravent les inégalités de revenu.
   ■ Vrai ■ Faux
7. Aujourd'hui, la dette publique de la France dépasse la valeur de son PIB.
   ■ Vrai ■ Faux

Retrouvez les réponses à ce quiz pages 96-98.

Les sujets du bac les plus attendus

(en dissertation ou en 3e partie de l'épreuve composée)

- Comment les pouvoirs publics peuvent-ils contribuer à la justice sociale ?
- En quoi l'action des pouvoirs publics en faveur de la justice sociale se heurte-t-elle à des limites ?
- Vous montrerez que les inégalités économiques et sociales présentent un caractère multiforme et cumulatif.
- Vous montrerez que la protection sociale contribue à la justice sociale.
- En quoi les différentes formes d'égalité permettent-elles de définir ce qui est considéré comme juste selon les principales conceptions de la justice sociale ?

Pour en savoir plus

« Inégalités : l'exception française », par Guillaume Allègre, « L'état de l'économie », hors-série d'*Alternatives Economiques* n° 120, janvier 2020.

« Une autre approche des inégalités salariales », par Anne Brunner, *Alternatives Economiques* n° 399, février 2020, frama.link/Nk1-YRWt

« Les enfants sont inégaux aussi dans leur estime de soi », entretien avec Bernard Lahire, *Alternatives Economiques* n° 399, frama.link/7RCnNpYk

« Les cinq fractures françaises », dossier paru dans *Alternatives Economiques* n° 386, janvier 2019, frama.link/sfG84qcQ

Quelle action publique pour l'environnement ?

En juillet 2021, l'Union européenne annonçait un vaste plan pour réduire de plus de moitié ses émissions de CO_2 d'ici à 2030. Comment la question climatique est-elle devenue une priorité politique et comment s'organise l'action publique pour atteindre les objectifs fixés ? De la réglementation au marché des quotas d'émission en passant par la taxation, les moyens ne manquent pas pour conduire des politiques climatiques efficaces. Alors, pourquoi est-il aussi difficile de sauvegarder le climat en concluant des accords internationaux ?

A L'action publique environnementale

1. La mise à l'agenda politique

OBJECTIF Savoir identifier les différents acteurs (pouvoirs publics, ONG, entreprises, experts, partis, mouvements citoyens) qui participent à la construction des questions environnementales comme problème public et à leur mise à l'agenda politique.

L'**action publique** pour l'environnement désigne la manière dont sont élaborées et mises en œuvre les politiques environnementales. Cependant, avant toute action publique, il faut au préalable que les questions environnementales soient perçues comme des problèmes publics et qu'elles mobilisent l'opinion publique. Ensuite, il faut qu'elles soient traduites sous la forme d'enjeux politiques qui nécessitent l'action des **pouvoirs publics**.

Ce processus, qui contraint les pouvoirs publics à l'action, constitue ce que l'on appelle la **« mise à l'agenda politique »**. Or, le passage d'un fait social particulier, par exemple l'extinction de colonies d'abeilles, à une action publique n'a rien d'automatique et fait en réalité l'objet d'une construction sociale mêlant de multiples acteurs.

Ainsi, par exemple, dès 1994, des **associations** d'apiculteurs constatent une surmortalité dans leurs ruchers et soupçonnent certains pesticides contenant des néonicotinoïdes d'en être responsables. La **firme** Bayer, qui commercialise le Gaucho, principalement mis en cause, se retranche derrière les homologations du **ministère de l'Agriculture** et les études de ses propres **experts scientifiques**. Une bataille s'engage alors entre les protagonistes, chacun s'efforçant de construire un cadre d'interprétation des faits qui lui soit favorable.

Bayer, Monsanto et la FNSEA, le principal **syndicat** des agriculteurs, grands utilisateurs de pesticides, essaient de montrer que la surmortalité des abeilles est en réalité faible, qu'elle résulte de mauvaises pratiques ou encore qu'il est impossible scientifiquement d'isoler l'action spécifique du Gaucho. De leur côté, les apiculteurs s'organisent en **collectif citoyen** et manifestent fin 1998 pour mobiliser l'**opinion publique** et les **médias**. Ils sollicitent des chercheurs pour bâtir une **contre-expertise** scientifique. De fait social particulier, la question de l'extinction des abeilles devient un **problème public**.

A partir de 1999, les **pouvoirs publics** français, au nom du principe de précaution, suspendent l'utilisation du Gaucho pour le traitement de certaines plantes. Une longue bataille judiciaire se déroule ensuite jusqu'à l'arrêt de la Cour de cassation en 2017 qui conclut qu'il n'y a pas de lien de causalité entre l'utilisation du Gaucho et la mortalité des abeilles.

Néanmoins, la controverse scientifique se poursuit et, en 2018, l'Union européenne (UE), sous la pression d'**organisations non gouvernementales (ONG)** comme Greenpeace, vote une large interdiction de tels pesticides. La France continue cependant d'accorder des dérogations à l'emploi des néonicotinoïdes jusqu'en janvier 2023, date à laquelle l'UE la contraint à y renoncer. Cette décision fait l'objet de vifs débats entre les **partis politiques**, montrant ainsi que cette question est devenue un enjeu politique à part entière.

2. Les acteurs et leurs relations

OBJECTIF Comprendre que ces acteurs entretiennent des relations de coopération et de conflit.

Les multiples acteurs qui participent à l'action publique ne partagent pas tous ni la même conception des questions environnementales, ni les mêmes intérêts. Selon les circonstances, ils vont se trouver en situation de **coopérer** ou de **s'affronter**.

Ainsi, lors de sa création en 1971, le tout nouveau ministère de la Protection de la nature, qui disposait de très peu de moyens, s'est fortement appuyé

Action publique et environnement : quelques grandes dates

- **1972** Rapport du Club de Rome ; 1er sommet de la Terre à Stockholm
- **1979** 1re conférence internationale sur le climat
- **1987** Protocole de Montréal sur l'interdiction des gaz CFC ; Rapport Brundtland : définition du concept de « développement durable »
- **1988** Création du Giec
- **1992** 3e sommet de la Terre à Rio : convention climat, création de la « Conférence des parties »

sur une étroite coopération avec les associations environnementales, qui vont alors jouer le rôle de véritables services extérieurs du ministère. Education populaire, cogestion des réserves naturelles, dénonciation des dysfonctionnements de l'action publique et de la violation des lois, c'est une véritable mission de service public que les associations remplissent aujourd'hui. Autre exemple de coopération, la Convention citoyenne pour le climat, mise en place fin 2019 afin de produire des propositions pour lutter contre le dérèglement climatique. Outre les 150 citoyens tirés au sort, cette convention était pilotée par des personnalités scientifiques, des membres d'ONG ou des hauts fonctionnaires. Elle a auditionné des dirigeants d'entreprise, des responsables politiques, des juristes et formulé 149 propositions d'actions concrètes dont très peu ont été finalement reprises par les pouvoirs publics. Mais cette expérience illustre la coopération possible de différents acteurs engagés dans la défense du climat.

Cependant, la conflictualité n'est pas absente des relations entre tous ces acteurs. Obtenir la caution d'experts scientifiques pour combattre ou infléchir certaines décisions fait aussi l'objet d'âpres conflits. Par exemple en 1992, au sommet de la Terre de Rio, les industriels du tabac et de l'amiante ont orchestré une pétition de scientifiques, dénonçant l'écologie comme une *« idéologie irrationnelle »*. Même la création en 1988 du **Groupe d'experts intergouvernemental sur l'évolution du climat (Giec)**, autorité scientifique incontestable, n'a pas mis fin aux controverses menées par les « climatosceptiques ».

Autre exemple, les projets de « méga-bassines » divisent les syndicats agricoles, les associations de riverains ou de l'environnement et les pouvoirs publics sur la question des usages de l'eau et conduisent à des conflits intenses comme ceux observés en mars 2023 à Sainte-Soline.

3. Les échelles de l'action publique

OBJECTIF Comprendre que l'action publique pour l'environnement articule différentes échelles (locale, nationale, européenne, mondiale).

La pollution ne connaît pas de limite géographique. De ce fait, pour être efficace, l'action publique doit nécessairement se déployer sur différentes échelles. En premier lieu, autour des grandes orientations internationales, comme celle du protocole de Kyoto en 1997 où, pour la première fois, les Etats signataires se sont fixé des objectifs quantitatifs de réduction de leurs **émissions de gaz à effet de serre (GES)**. Ensuite, à l'échelle continentale, comme au sein de l'Union européenne avec le projet de Pacte vert (Green Deal), qui vise à réduire de 55 % les émissions de GES d'ici à 2030 par rapport à leur niveau de 1990 et à atteindre la neutralité carbone d'ici à 2050.

L'action publique se décline aussi au plan national, avec, en France, l'incitation à la rénovation thermique des bâtiments ou la suppression de certaines lignes aériennes intérieures. La dimension locale n'est pas non plus absente, avec de multiples actions des collectivités locales pour encourager des mobilités moins polluantes (vélo, transports en commun...), favoriser des circuits courts de consommation et le recours au « bio », limiter la consommation de viande dans les cantines scolaires et lutter contre le gaspillage alimentaire.

Apprenez à mobiliser vos connaissances

CONSIGNE Sur le modèle de la réponse proposée à la première question, répondez en quelques lignes aux autres questions.

- **Comment un marché de quotas d'émission peut-il permettre aux pouvoirs publics de faire face aux externalités négatives sur l'environnement ?**

RÉPONSE L'environnement subit des dégradations sans qu'aucune compensation monétaire ne soit imposée aux agents responsables de ces dégradations. Ces externalités négatives, comme les rejets de gaz à effet de serre (GES) dans l'atmosphère, n'ont aucun coût pour ceux qui les produisent, et donc rien n'incite à les réduire. L'instauration par les pouvoirs publics d'un marché de quotas d'émission consiste à fixer aux entreprises concernées un volume maximal d'émissions de GES afin de les inciter à mieux contrôler leurs rejets. En effet, les entreprises les plus vertueuses pourront revendre leurs quotas inutilisés et celles qui dépassent le volume d'émissions autorisé devront en supporter le coût en achetant des quotas supplémentaires sur le marché.

- **A partir d'un exemple, vous montrerez que l'action publique pour l'environnement articule différentes échelles.**
- **Montrez que les stratégies de passager clandestin contraignent la mise en place d'accords environnementaux à l'échelle internationale.**

1995 1re COP des Etats signataires de la convention climat à Berlin

1997 Protocole de Kyoto limitant les émissions de gaz à effet de serre (GES)

2005 Charte de l'environnement dans la Constitution française. Entrée en vigueur du protocole de Kyoto

2008 L'UE adopte un plan énergie-climat : – 20 % de GES en 2030 par rapport à 1990

2013 Plan énergie-climat UE : – 40 % de GES en 2030 par rapport à 1990

2015 COP21 à Paris

2020 Objectifs de l'UE : – 55 % de GES en 2030 par rapport à 1990 ; neutralité carbone en 2050

B La question climatique

1. Le climat, victime d'externalités négatives

OBJECTIF Comment faire face aux externalités négatives qui pèsent sur le climat.

Depuis plus d'un demi-siècle, les rejets de dioxyde de carbone (**CO_2**), de méthane ou de protoxyde d'azote dans l'atmosphère ont connu une croissance exponentielle et l'accumulation de ces gaz provoque un renforcement de l'**effet de serre**. Celui-ci est naturel et nécessaire à la vie sur Terre : sans lui, la température moyenne serait à – 18 °C, au lieu des 15 °C actuels. Mais son renforcement induit d'importants déséquilibres climatiques : en particulier, il accélère le réchauffement de l'atmosphère.

L'accumulation excessive de GES constitue une **externalité** négative qui nous renvoie aux défaillances du marché. Une externalité désigne les conséquences positives ou négatives de l'action d'un agent économique sur un autre, sans qu'il y ait compensation monétaire entre eux. Par exemple, une entreprise qui installe un puissant système de filtration de ses rejets polluants assainit l'atmosphère environnante mais ne recevra aucun dédommagement de la part des riverains bénéficiaires de l'amélioration de l'air ambiant. Inversement, les procédés industriels qui rejettent massivement des GES ne subissent aucune pénalité financière pour les dégradations du climat qu'ils occasionnent. Comme le marché ne produit pas les bonnes incitations, les vertueux ne sont pas encouragés à poursuivre leur action et les pollueurs ne sont pas incités à modifier leur comportement. Le marché se révèle incapable de réguler correctement les émissions de GES. L'intervention des pouvoirs publics est donc requise et une politique climatique s'impose.

2. Les instruments de la politique climatique

OBJECTIF Connaître les principaux instruments dont disposent les pouvoirs publics : réglementation, taxation, subvention à l'innovation verte, marchés de quotas d'émission ; comprendre que ces différents instruments présentent des avantages et des limites.

Dans le cadre de leur politique climatique, les pouvoirs publics peuvent mobiliser quatre principaux outils.

Les pouvoirs publics peuvent, d'abord, intervenir à l'aide de réglementations. En effet, les lois constituent, en apparence, un moyen simple, efficace et peu coûteux pour contraindre les acteurs économiques à adopter de bonnes pratiques environnementales. La loi permet de fixer un cadre réglementaire qui détermine les normes d'émission, de qualité ou encore de production, permettant de limiter les rejets polluants. Par exemple, avec des dispositifs tels que la circulation alternée des automobiles, ou l'obligation de les fabriquer à partir de matériaux recyclables, voire l'interdiction de produire des véhicules thermiques neufs après 2035, les pouvoirs publics disposent d'un puissant arsenal juridique pour contraindre les comportements.

On peut même envisager la constitution de **normes environnementales** à l'échelle internationale. Ainsi, le protocole de Montréal de 1987 a permis d'éradiquer l'usage des gaz CFC (chlorofluorocarbures), qui étaient les principaux responsables de la dégradation de la couche d'ozone. Grâce à cette simple mesure, on peut entrevoir la reconstitution totale de cette composante de l'atmosphère d'ici dix ou vingt ans

Si la réglementation est efficace car elle s'attaque directement aux causes de l'externalité négative, en les interdisant ou en les restreignant, elle connaît aussi des limites. En premier lieu, se pose la question de son degré de contrainte : trop laxiste, elle n'a aucune efficacité ; trop sévère, elle pousse à la fraude. Ensuite, lorsque les sources de pollution sont multiples et qu'elles interagissent entre elles, les normes sont forcément complexes à concevoir et leur application plus difficile. Les réglementations engendrent aussi des coûts considérables : coûts de remise aux normes des installations, coûts de surveillance et de vérification, voire de sanction en cas de non-respect. Enfin, comme toutes les mesures contraignantes, elles n'incitent pas les agents économiques à faire mieux que ce qui leur est imposé.

Le second instrument repose sur la **taxation** et le principe **« pollueur-payeur »** afin d'inciter, et non plus contraindre, les agents économiques à modifier leurs pratiques. En imposant une taxe, on cherche à faire porter le coût des externalités à celui qui les a produites : autrement dit, on cherche à internaliser les externalités. C'est le principe même de la **taxe carbone** : les pouvoirs publics déterminent un prix de la tonne de CO_2, puis on applique ce prix à toutes les productions et/ou consommations impliquant d'importantes émissions de CO_2. Les entreprises fortement émettrices de CO_2 voient ainsi

Un document statistique central

Taxation des émissions de gaz à effet de serre (GES) en 2018

Source : OCDE

	% des émissions de GES taxées	% des émissions de GES taxées à 60 €/tonne ou plus
Russie	13,6	0,0
Chine	19,0	4,0
Etats-Unis	37,5	4,8
Corée du Sud	96,5	15,0
Allemagne	86,9	20,4
France	78,6	32,8
Norvège	80,9	58,4

Comment exploiter ce document

On observe dans ce tableau de très grandes différences dans le recours à la taxation puisque si la quasi-totalité des émissions de GES de la Corée du Sud sont taxées, ce n'est le cas que de 13,6 % d'entre elles en Russie. Globalement, les plus gros émetteurs de GES (Chine, Etats-Unis, Russie) sont aussi ceux qui taxent le moins fréquemment leurs GES.

Mais pour évaluer avec précision le recours à la taxation, il faut aussi prendre en compte l'intensité avec laquelle elle s'applique. Avec ce second critère, on constate que les pays qui taxent le moins fréquemment taxent aussi le moins fortement. Aucune émission de GES n'est taxée à 60 €/tonne en Russie et c'est le cas pour moins de 5 % d'entre elles en Chine et aux Etats-Unis. La Corée du Sud et l'Allemagne, si elles taxent beaucoup leurs GES, n'en imposent respectivement que 15 et 20,4 % à 60 €/tonne ou plus. La France et surtout la Norvège sont les deux pays qui taxent à la fois largement et fortement. En Norvège, 80,9 % des émissions de GES sont taxées et 72 % d'entre elles (58,4/80,9) le sont au moins à 60 €/tonne. On reste cependant très éloigné d'une taxe de 60 €/tonne appliquée à toutes les émissions de GES dans tous les pays, comme le préconise la majorité des économistes dans l'optique de la préservation du climat.

leurs coûts de production s'accroître et leur compétitivité diminuer. De même, les consommateurs privilégiant des achats à forte teneur en carbone voient le coût de ces biens et services s'élever et leur pouvoir d'achat se réduire.

Dans une optique libérale, les avantages de la taxation sont multiples. Les acteurs économiques restent « libres » de leurs arbitrages : payer la taxe ou investir pour moins polluer. La taxe peut aussi être modulée selon les secteurs ou l'exposition plus ou moins forte des entreprises à la concurrence internationale. Enfin, elle fournit des recettes fiscales supplémentaires.

Mais cet instrument a aussi des limites. D'abord, on ne connaît pas précisément ses effets à l'avance, ce qui est gênant dans une perspective de réduction maîtrisée des émissions polluantes.

Son calibrage pose aussi question : trop faible, la taxation n'aura aucun impact ; trop forte, elle peut, du fait de l'accroissement des coûts de production, nuire à la compétitivité des entreprises exportatrices.

Enfin, elle pose des questions en matière de justice sociale. Les catégories les plus favorisées sont à la fois celles dont le mode de vie (transport aérien, taille des logements...) est le plus émissif en GES et celles pour qui la taxation est la plus légère relativement à leur revenu. De plus, ce dispositif pénalise les populations rurales et/ou les classes populaires qui résident souvent loin des centres-ville et ne disposent que de leur voiture pour leurs trajets professionnels.

En contrepartie du prélèvement de taxes, il est en revanche possible de **subventionner l'innovation verte**, qui regroupe les avancées technologiques permettant de réduire les émissions de GES. Ces subventions publiques ont pour but de « récompenser » les externalités positives issues de ces innovations que le marché ne prend pas en compte et d'encourager les entreprises à investir dans des domaines de recherche où les financements sont parfois difficiles à réunir.

Le dernier instrument au service des pouvoirs publics consiste à créer un **marché des quotas d'émission**. Les autorités déterminent d'abord un volume global d'émission de GES, puis distribuent ou mettent en vente des quotas de ce volume global aux entreprises émettrices. Celles qui dépassent leurs quotas doivent en acheter de nouveaux auprès de celles qui ont des excédents. Un marché voit donc le jour, dans lequel la confrontation de l'offre et de la demande de quotas d'émission débouche sur la fixation d'un prix. Plus ce prix s'élève, plus le coût de la pollution s'accroît et incite les entreprises à modifier leurs comportements. Depuis 2005, ce marché fonctionne au niveau européen : c'est le système d'échange des quotas d'émission (SEQE), qui concerne près de 12 000 installations industrielles.

Ce système présente de multiples avantages. Il est incitatif et permet de définir précisément la quantité de rejets polluants que l'on est prêt à tolérer, ce qui est fondamental dans la perspective des accords internationaux, comme celui du protocole de Kyoto. Enfin, il est efficient, car il permet de dépolluer au plus bas coût. En effet, ce sont les entreprises qui ont des coûts de dépollution inférieurs au prix du carbone qui ont intérêt à dépolluer plutôt qu'à acheter des quotas de GES. Donc le volume global d'émissions de GES va se réduire en priorité là où dépolluer est le moins coûteux à réaliser.

Pour autant, la création de ces marchés n'est pas sans défaut. Outre qu'ils sont mal adaptés pour les petits émetteurs, leur principale difficulté est d'organiser la surveillance et le contrôle des rejets de CO_2. Il faut en effet créer des agences spécialisées, et ce dispositif est lourd et coûteux. Par ailleurs, il importe de bien calibrer le volume des quotas d'émission que l'on veut mettre en circulation, car si l'offre est trop abondante, comme initialement sur le marché européen du CO_2, le prix de la tonne de carbone va s'effondrer et l'incitation à dépolluer deviendra nulle. Enfin, ces marchés peuvent être touchés par des phénomènes spéculatifs qui peuvent déformer les prix et générer des incitations inadaptées.

Quiz

Répondez par vrai ou faux aux affirmations suivantes

1. La mise à l'agenda politique, c'est fixer une date pour signer un accord.
   ■ Vrai ■ Faux
2. Les acteurs qui luttent pour préserver le climat coopèrent toujours entre eux.
   ■ Vrai ■ Faux
3. L'effet de serre est renforcé par les activités humaines.
   ■ Vrai ■ Faux
4. Les réglementations environnementales sont peu coûteuses à mettre en œuvre.
   ■ Vrai ■ Faux
5. Certains Etats ont été condamnés pour inaction climatique.
   ■ Vrai ■ Faux
6. Toutes les émissions de CO_2 font désormais l'objet d'une taxation plus ou moins forte.
   ■ Vrai ■ Faux
7. En Europe, des entreprises peuvent acheter des crédits d'émission de CO_2 sur un marché spécifique.
   ■ Vrai ■ Faux

Retrouvez les réponses à ce quiz pages 96-98.

C Les difficultés de l'action publique en matière environnementale

1. Les dysfonctionnements de l'action publique

OBJECTIF La mise en œuvre d'une politique climatique peut se heurter à des dysfonctionnements de l'action publique.

S'interroger sur l'efficacité de l'action publique conduit à analyser ce que les acteurs font, et pas seulement ce qu'ils disent qu'ils font. De ce point de vue, l'action publique n'échappe pas à deux grands dysfonctionnements. Les règles adoptées sont-elles appliquées ? Et une fois appliquées, atteignent-elles leur but ?

L'**ineffectivité des règles**, c'est-à-dire le fait que les lois votées ne donnent pas lieu à des décrets d'application et que donc les lois n'entrent pas en vigueur, constitue un premier dysfonctionnement. Par exemple, la France, en n'appliquant pas les directives européennes, a continué jusque récemment à utiliser des pesticides interdits. Depuis décembre 2017, les préfets ont le droit de déroger ponctuellement à certaines normes environnementales, ce qui signifie que localement et temporairement certaines règles environnementales peuvent être suspendues. Malgré les directives européennes, les nitrates continuent de provoquer des marées vertes en Bretagne, certaines espèces d'oiseaux menacées continuent d'être chassées. Pour lutter contre cette inapplication des règles, certaines ONG se retournent désormais contre l'Etat,

Un document statistique central

Evolution du prix de la tonne de CO_2 sur le marché européen des quotas d'émission (SEQE), en euros

Source : http://fr.investing.com/commodities/carbon-emissions-historical-data

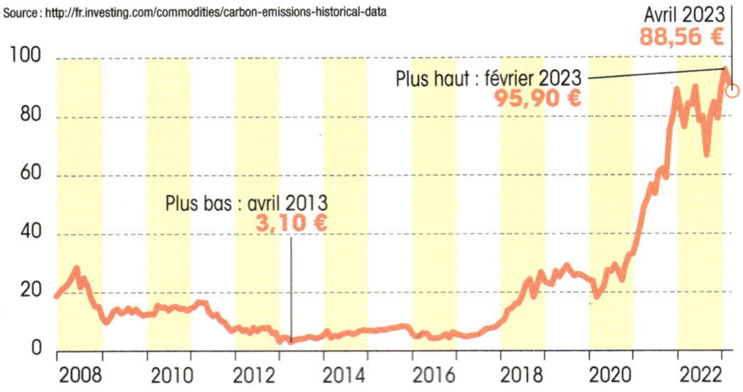

Comment exploiter ce document

Globalement, les prix d'un permis d'émission d'une tonne de CO_2 ont d'abord connu une lente et continuelle érosion jusqu'en 2013. Après avoir enregistré un pic à près de 30 euros la tonne au milieu de l'année 2008, le cours a été divisé par dix environ en 2013. Par la suite, le prix de la tonne de CO_2 se stabilise autour de 5 euros jusqu'en 2017, pour connaître une multiplication par près de 20 entre la mi-2017 et février 2023. Comment comprendre des évolutions aussi contrastées ?

Pour la période 2008-2017, deux facteurs principaux expliquent la faiblesse persistante des cours. D'abord, l'offre initiale de crédits carbone par les pouvoirs publics a été beaucoup trop importante par rapport aux besoins réels. Ensuite, la crise économique de 2008 est passée par là : beaucoup d'entreprises ont vu leur activité diminuer ou ralentir et, dans ces conditions, ont moins consommé de « crédits carbone ».

Au cours de l'année 2017, les pays européens ont décidé de créer une réserve pour stabiliser le marché, ce qui a eu pour effet de réduire le volume des quotas disponibles dès 2019. Les entreprises ont alors anticipé une nouvelle baisse à venir de l'offre en achetant massivement des quotas, ce qui a fait monter les prix. L'objectif d'atteindre la neutralité carbone en Europe dès 2050 et l'annonce d'une forte réduction des quotas mis en circulation continuent de pousser les cours à la hausse de manière spectaculaire.

comme dans le cas de « L'affaire du siècle » lancée par Oxfam en 2018 pour dénoncer l'inaction climatique des pouvoirs publics. Cette initiative a abouti fin 2021 à une condamnation de l'Etat français par le tribunal administratif pour non-respect de ses engagements en matière de réduction des GES.

Le second dysfonctionnement concerne l'inefficacité des règles qui peut provenir d'incohérences dans la mise en œuvre des politiques publiques. Ainsi, selon le rapport du Fonds monétaire international (FMI) de 2021, l'ensemble des pays du monde, alors même qu'ils sont engagés dans des politiques de réduction des GES, consacrent plus de 700 milliards d'euros par an à des subventions et allègements fiscaux en faveur des énergies fossiles. En France, le budget de l'Etat de 2019 comportait, d'un côté, des mesures favorables à la protection du climat (rénovation thermique, énergies renouvelables...) pour 21 milliards d'euros et, de l'autre, plus de 16 milliards d'euros de dépenses favorisant les émissions de GES (exonérations fiscales sur les carburants fossiles).

Dans son dernier rapport de 2019, l'Organisation de coopération et de développement économiques (OCDE) constate que plus de la moitié des émissions mondiales de GES ne sont pas ou très peu taxées. En particulier, l'utilisation du charbon comme source d'énergie supporte en moyenne une taxation de 0,73 € par tonne de CO_2 émise. En particulier, les Etats-Unis et la Chine, qui sont parmi les plus gros émetteurs de la planète à travers l'utilisation du charbon comme source d'énergie, appliquent une taxe carbone quasi nulle. L'inefficacité peut aussi venir de la manière dont les acteurs sont chargés d'appliquer la loi. L'exemple du marché européen des quotas d'émission est hélas exemplaire de ce point de vue. Lors de sa création et sous l'influence des lobbys industriels (cimentiers, sidérurgistes...), les régulateurs ont accordé des permis en quantité bien trop importante. Résultat : pendant longtemps, les entreprises accédaient à un prix du carbone très faible (voir graphique ci-dessus), et presque toujours moins élevé que celui appliqué dans le cadre de la taxe carbone.

2. La tragédie des biens communs

OBJECTIF Comprendre qu'en présence de biens communs, les négociations et accords internationaux liés à la préservation de l'environnement sont contraints par des stratégies de passager clandestin et les inégalités de développement entre pays.

Les **biens communs** sont tous les biens dont la consommation est ouverte à tous (principe de non-excluabilité), mais pour lesquels la consommation des uns diminue le stock disponible pour les autres (principe de rivalité). Par exemple, si aucune règle ne limite l'accès à une zone de pêche, ce que les uns prélèvent sur la ressource n'est plus disponible pour les autres. Si rien n'est fait, le bien commun risque d'être rapidement « surconsommé » et peut disparaître, victime selon **Garrett Hardin** (1915-2003) de la « tragédie des biens communs ».

Le climat n'est pas un bien commun, car si tout le monde peut en profiter, il n'y a pas de rivalité dans son usage, il s'agit en fait d'un **bien collectif** mondial. En

Les notions essentielles du programme

Action publique : désigne l'élaboration et la mise en œuvre des politiques publiques.

Biens communs : biens dont la consommation est non exclusive et rivale.

Capital naturel : ensemble des ressources renouvelables et non renouvelables de la planète.

Externalités : tous les effets positifs ou négatifs que subit un agent économique du fait de l'action d'un autre agent sans qu'il y ait compensation monétaire.

Marché de quotas d'émission : marché sur lequel les entreprises peuvent acheter et vendre des « crédits carbone », c'est-à-dire des permis d'émettre du CO_2.

Mise à l'agenda politique : processus par lequel une question particulière devient un problème public conduisant à une politique publique.

Organisation non gouvernementale (ONG) : organisation à but non lucratif indépendante des pouvoirs publics et des partis politiques qui est mobilisée autour de problèmes publics. Exemples : WWF, Greenpeace, Climate Action Network.

Pouvoirs publics : voir thème 11, page 72.

Réglementation : ensemble des lois, décrets et règles producteurs de normes juridiques.

Taxation : prélèvement effectué par les pouvoirs publics qui a pour effet d'élever le prix d'un bien ou d'un service.

Un document statistique central

Projection de l'accroissement des températures en 2100 selon l'évolution des émissions de GES, en milliards de tonnes équivalent CO_2 par an

Source : Climate Action Tracker 2019

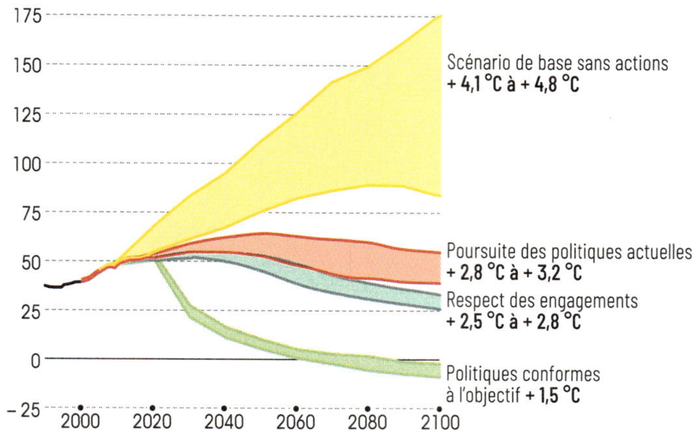

Comment exploiter ce document

Ce graphique permet de visualiser les conséquences, en matière de réchauffement climatique des différents scénarios d'émissions de GES d'ici à 2100 selon l'ONG Climate Action Tracker, qui utilise les données produites par le Giec. Les émissions mondiales de GES représentent aujourd'hui un volume de rejets d'environ 50 milliards de tonnes équivalent CO_2. Si rien n'était entrepris en matière de politique climatique, on assisterait année après année à une augmentation qui atteindrait entre 80 et 180 milliards de tonnes de GES en 2100. Ce scénario devrait entraîner une hausse comprise entre 4,1 °C et 4,8 °C des températures, autant dire l'émergence d'une situation mettant en péril les conditions d'existence d'une partie de l'humanité.

Les engagements adoptés par les nations devraient, s'ils étaient respectés, conduire à une décrue des émissions annuelles de GES à partir de 2050 et à une augmentation des températures moyennes comprises entre 2,5 °C et 2,8 °C, ce qui créerait tout de même, selon les travaux du Giec, de très grands périls environnementaux, économiques et humains. Hélas, beaucoup de ces engagements ne sont pas tenus et c'est actuellement vers une simple stabilisation des émissions que la planète s'oriente, avec à la clef un réchauffement compris entre 2,8 °C et 3,2 °C. Comme le souligne le Giec, l'objectif de contenir l'augmentation des températures en dessous de 1,5 °C et d'atteindre la neutralité carbone en 2050 ne pourra pas être tenu du fait de l'insuffisante coopération internationale.

revanche, l'équilibre climatique peut, lui, entrer dans la catégorie des biens communs. En 2018, le Giec a évalué le « **budget carbone** restant » de l'humanité à 570 milliards de tonnes d'équivalent CO_2. C'est la quantité maximale de CO_2 restante qu'il est possible d'émettre dans l'atmosphère en maintenant des chances raisonnables de contenir à + 1,5 °C la hausse de la température terrestre. On peut présenter ce budget carbone comme un bien commun : sa consommation est non exclusive, car on ne peut empêcher personne d'émettre du CO_2, mais elle est aussi rivale, car dans le budget total restant, la consommation des uns vient en soustraction de celle des autres. C'est d'ailleurs pour dépassement de ce budget carbone que le gouvernement français a été condamné dans le cadre de « L'affaire du siècle ». Sur le plan mondial, au rythme actuel des émissions de CO_2, ce budget sera épuisé dans moins de dix ans.

Dans une telle situation, la possibilité d'accords climatiques internationaux se heurte au célèbre **paradoxe d'Olson**. Les coûts de la réduction des émissions de GES étant individuels et le bénéfice (le maintien de l'équilibre climatique) collectif, aucun Etat n'a intérêt à se lancer seul dans une politique écologiquement vertueuse alors que chacun aurait intérêt à ce que tout le monde s'y engage. Une telle situation conduit à des comportements de **passager clandestin**, chacun laissant aux autres le soin de financer les actions climatiques.

Alors qu'il faudrait que, selon le Giec, les émissions annuelles de GES soient divisées par deux entre 2020 et 2030 pour atteindre l'objectif de 1,5 °C maximum, celles-ci ne cessent de croître, témoignant ainsi de l'extension des comportements de passager clandestin.

Enfin, les accords internationaux sont difficiles à conclure, car s'affrontent des conceptions différentes de la « justice climatique » concernant la répartition du budget carbone restant de l'humanité. Les pays émergents comme la Chine ou le Brésil refusent de se voir imposer des contraintes trop fortes et demandent que l'essentiel de l'effort soit porté en priorité par les pays déjà développés, qui auraient historiquement le plus contribué à la détérioration du climat. Par ailleurs, les pays les plus pauvres, qui sont souvent peu responsables du dérèglement climatique, sont aussi les moins à même de financer la transition énergétique alors qu'ils risquent de subir le plus les dommages de la dégradation du climat. Ils en appellent ainsi à l'aide internationale, qui tarde à se mettre en place.

Les sujets du bac les plus attendus

(en dissertation ou en 3e partie de l'épreuve composée)

- Vous montrerez que la préservation de l'environnement implique une diversité d'acteurs à différentes échelles.
- Dans quelle mesure les instruments dont disposent les pouvoirs publics pour faire face aux externalités négatives sur l'environnement sont-ils efficaces ?
- Comment la préservation de l'environnement est-elle devenue un problème public ?
- Vous montrerez qu'en présence de bien commun, les négociations et accords internationaux liés à la préservation de l'environnement sont soumis à des contraintes.

Pour en savoir plus

« Réchauffement, ce qui nous attend et comment s'y préparer », dossier d'*Alternatives Economiques* n° 424, juin 2022, cutt.ly/ZKebMrP

« Pas de planification écologique sans volonté politique », par Matthieu Jublin, alternatives-economiques.fr, 17/05/2022, cutt.ly/8KenhIS

« La croissance détruit-elle l'environnement ? », par Jean Gadrey, dans « L'économie en 30 questions », *Alternatives Economiques Poche* n° 70, novembre 2014, frama.link/Ws6Cq1yQ

CORRIGÉ n° 1

ÉPREUVE COMPOSÉE TYPE

Cette épreuve comprend trois parties.

Pour la première partie (mobilisation des connaissances), il est demandé au candidat de répondre à la question en faisant appel a ses connaissances personnelles dans le cadre du programme de l'enseignement obligatoire.

Pour la deuxième partie (étude d'un document), il est demandé au candidat de répondre aux questions en mobilisant ses connaissances acquises dans le cadre du programme et en adoptant une démarche méthodologique rigoureuse, de collecte et de traitement de l'information.

Pour la troisième partie (raisonnement s'appuyant sur un dossier documentaire), il est demandé au candidat de traiter le sujet en développant un raisonnement, en exploitant les documents du dossier, en faisant appel à ses connaissances personnelles, en composant une introduction, un développement, une conclusion.

Il sera tenu compte, dans la notation, de la clarté de l'expression et du soin apporté a la présentation.

LE SUJET

PREMIÈRE PARTIE
MOBILISATION DES CONNAISSANCES (4 points)

A l'aide d'un exemple, vous expliquerez comment le numérique brouille les frontières du travail.

DEUXIÈME PARTIE
ÉTUDE D'UN DOCUMENT (6 points)

DOCUMENT

Montant des prélèvements et des prestations sur les revenus des ménages en 2021, en euros par unité de consommation

Source : Insee, « Portrait social 2022 »

	Moyenne des 10 % les moins riches	Moyenne des 10 % les plus riches	Rapport entre les deux
Revenu avant redistribution	4 030	79 030	19,6
Prélèvements (cotisations sociales et impôts directs)	– 250	– 19 720	
Revenu après prélèvements	3 780	59 310	15,7
Prestations sociales (allocations familiales, aides au logement, RSA et autres minima sociaux)	6 980	270	
Revenu disponible	10 760	59 590	5,5

N. B. : le revenu par unité de consommation est une moyenne qui tient compte de la taille des ménages. Le revenu disponible a été arrondi à la dizaine d'euros, ce qui explique certains écarts.

1. A l'aide des données du document, vous décrirez quel effet produisent les prélèvements sur les inégalités de revenus (2 points).

2. A l'aide des données du document et de vos connaissances, vous expliquerez comment les prélèvements et les prestations sociales réduisent les inégalités de revenus disponibles entre les ménages (4 points).

TROISIÈME PARTIE
RAISONNEMENT S'APPUYANT SUR L'ÉTUDE D'UN DOSSIER DOCUMENTAIRE (10 points)

Cette partie comporte trois documents.

Sujet : A l'aide de vos connaissances et du dossier documentaire, vous montrerez que les inégalités de réussite scolaire selon le milieu social s'expliquent par une multiplicité de facteurs.

DOCUMENT 1

Répartition des collèges par proportion d'élèves de milieu très favorisé et défavorisé, rentrée 2021, en %

Source : Depp, Note d'information n° 22.26

	Collège public	Collège privé sous contrat	Ensemble des élèves
Elèves de milieu défavorisé	42,6	18,3	37,4
Elèves de milieu très favorisé	19,5	40,1	23,9

Champ : France métropolitaine + DROM, public et privé sous contrat.
Lecture : en 2021, 37,4 % des élèves scolarisés au collège sont issus de milieux sociaux défavorisés.

DOCUMENT 2

Enfances de classe est un ouvrage dirigé par Bernard Lahire qui dresse le portrait de 18 élèves de maternelle issus de milieux sociaux très différents et de leurs familles dans lesquelles plusieurs sociologues sont allés enquêter. L'objectif étant de montrer que les inégalités sociales se construisent dès le plus jeune âge. Ci-dessous, le portrait de Valentine.

« Valentine a 5 ans et quatre mois quand elle entre dans la grande section de son école maternelle. La petite fille vit dans le VIIe arrondissement de Paris, dans un appartement de 120 m^2 "très lumineux" que ses parents ont acheté dix ans plus tôt, avant d'avoir leurs enfants, et où chacun a sa chambre. (...) Au moment de l'enquête, ses deux parents, Sonia (38 ans) et Arnaud (40 ans), ne travaillent pas, sans pour autant que la situation semble avoir un quelconque retentissement sur leur niveau de vie. Tous deux ont occupé des emplois de cadre supérieur à des postes de direction dans des entreprises de taille importante où ils avaient des rémunérations très confortables. (...) Les parents de Valentine sont de gros consommateurs de sorties culturelles : ils sortent en moyenne deux fois par semaine. Ils fréquentent les principaux lieux de la culture la plus légitime : l'Opéra de Paris bien sûr, mais aussi la Comédie-Française, le théâtre de la Ville, le théâtre de Chaillot et le théâtre des Champs-Elysées, où ils ont plusieurs abonnements. (...) Dans l'environnement familial de Valentine, la lecture et les livres, et plus largement les jeux éducatifs, tiennent une place de choix. Nous avons déjà noté à quel point même les activités de divertissement, comme les dessins animés, peuvent être détournées pour un usage éducatif (en l'occurrence l'initiation à l'anglais). (...) Chacun des deux enfants a une bibliothèque dans sa chambre avec ses livres sur deux rayonnages. Dans celle de Valentine, la bibliothèque contient les livres déjà lus. Les livres à lire se trouvent eux dans un coffre derrière son lit avec "une pile de tout ce qu'elle n'a pas lu encore". Ils ne vont pas à la bibliothèque. Donc tous les livres ont été achetés ou offerts. Les anniversaires et Noël en particulier sont l'occasion de recevoir beaucoup de livres. »

Source : *Enfances de classe*, sous la direction de Bernard Lahire, Seuil, 2019

DOCUMENT 3

Score moyen des élèves de 15 ans en compréhension de l'écrit selon le statut économique social et culturel, en 2018

Source : OCDE, Programme international pour le suivi des acquis des élèves (Pisa), 2018

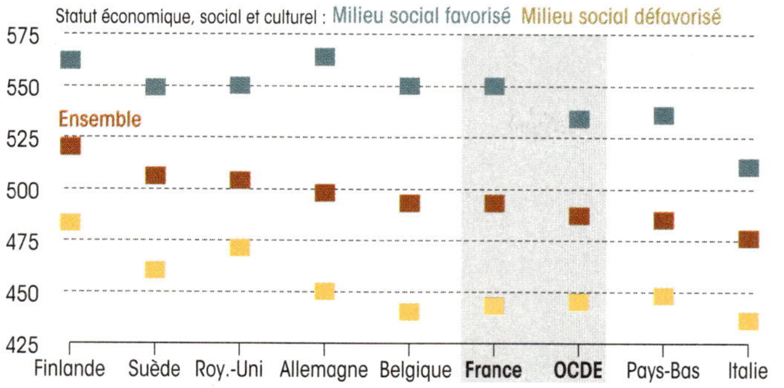

Lecture : en France, parmi les élèves de milieu social défavorisé, le score moyen obtenu à Pisa 2018 en compréhension de l'écrit est 443.

Conseils méthodologiques et corrigés

PREMIÈRE PARTIE
MOBILISATION DES CONNAISSANCES

A l'aide d'un exemple, vous expliquerez comment le numérique brouille les frontières du travail.

CONSEILS MÉTHODOLOGIQUES

Ce sujet renvoie au thème 9 (voir pages 56 à 61) : « Quelles mutations du travail et de l'emploi ? » Il correspond mot pour mot à l'un des objectifs d'apprentissage : « Comprendre comment le numérique brouille les frontières du travail (télétravail, travail/hors travail) ». Il précise qu'il faut prendre appui sur un exemple montrant que le développement du numérique remet en cause les distinctions traditionnelles liées au travail, lieu de travail/domicile, temps contraint/temps libre, salarié/employeur... Il y a donc deux possibilités pour bâtir une réponse : choisir un exemple suffisamment large pour aborder toutes ces dimensions, en s'appuyant par exemple sur l'économie des plates-formes numériques (Uber, Deliveroo...), ou prendre des exemples différents pour illustrer chacune des situations de brouillage. Le corrigé qui suit développe plus d'exemples que ce qui est attendu.

LE CORRIGÉ

Le développement de l'économie numérique a brouillé les frontières du travail entre activité professionnelle et non professionnelle. En premier lieu, avec les outils informatiques, en particulier le téléphone mobile ou l'ordinateur portable, le lieu d'exercice de son travail s'étend à l'infini : le salarié est joignable où qu'il se trouve et son employeur peut le solliciter quand bon lui semble. Le temps de travail défini par des horaires tend aussi à s'effacer au profit d'une sollicitation parfois quasi permanente du salarié.

L'essor du télétravail constitue une illustration supplémentaire de ce brouillage. Alors qu'auparavant, l'employeur était tenu de fournir au salarié un local ainsi que le matériel nécessaire à son travail, dans le cadre du télétravail, c'est à l'employé d'assumer ces investissements (loyer, mobilier et matériel, énergie consommée...). L'ancienne distinction entre domicile privé et lieu de travail tend donc à disparaître.

Le numérique est aussi à l'origine du développement de l'« économie des plates-formes », comme Uber. Dans ce cadre, les entreprises transforment les contrats de travail avec leurs salariés en de simples contrats commerciaux avec des prestataires considérés comme indépendants. Ces travailleurs ne bénéficient plus alors des droits qui les protégeaient en matière de licenciement ou de protection sociale.

DEUXIÈME PARTIE
ÉTUDE D'UN DOCUMENT

CONSEILS MÉTHODOLOGIQUES

Cette partie de l'épreuve renvoi au thème 11 (voir pages 68 à 73) portant sur **le lien entre les inégalités et les différentes conceptions de la justice sociale.**

La première question vérifie que vous savez faire une lecture correcte des données qui figurent dans le tableau et que vous avez compris comment elles s'articulaient entre elles. Ici le document ne présente pas de difficultés particulières à condition de bien lire le *nota bene* qui figure sous le tableau. La dernière colonne ne représente pas des euros mais le rapport entre les 10 % les plus fortunés et les 10 % les plus modestes, rapport qui constitue donc un indicateur de l'ampleur des inégalités entre ces deux groupes. Il faut faire attention aussi au fait que les données fournies ne représentent pas des déciles mais bien la valeur moyenne de chacune des deux tranches de 10 % de la population présentées dans ce tableau.

La seconde question implique de mesurer de combien les inégalités sont réduites, mais aussi de préciser comment les prélèvements et les prestations sociales parviennent à les réduire. Il ne faudra donc pas se contenter de dresser des constats à partir des données documentaires mais livrer quelques éléments d'analyse issus de vos connaissances acquises en cours.

Définitions centrales à mobiliser dans les réponses en fonction de l'argument choisi :

– **Prélèvements obligatoires** : ensemble des impôts et des cotisations prélevés sur les revenus, le patrimoine ou les dépenses de consommation.

– **Prestations sociales** : transferts en espèces ou en nature versés par les organismes sociaux (retraites, RSA et autres minima sociaux).

– **Revenu disponible** : revenu dont disposent les ménages pour vivre après prélèvement des cotisations sociales et des impôts directs et versement des revenus de transfert.

LE CORRIGÉ

1. A l'aide des données du document, vous décrirez quel effet produisent les prélèvements sur les inégalités de revenus.

En 2021, le revenu annuel, avant redistribution, des 10 % les plus modestes des ménages s'élevait en moyenne à 4 030 euros. Dans le même temps, les 10 % les plus aisés disposaient d'un revenu annuel moyen de 79 030 euros. On peut donc en conclure, comme l'indique le tableau, qu'avant redistribution, les 10 % les plus aisés disposaient d'un revenu annuel moyen 19,6 fois plus élevé que les 10 % les plus modestes. Après prélèvements, on observe que ce rapport s'est réduit à 15,7, on peut donc en conclure que les prélèvements sous forme d'impôts directs et de cotisations sociales ont eu un effet réducteur sur les inégalités de revenus.

2. A l'aide des données du document et de vos connaissances, vous expliquerez comment les prélèvements et les prestations sociales réduisent les inégalités de revenus disponibles entre les ménages.

Les prélèvements obligatoires directs corrigent les inégalités de revenus. En effet, en 2021, ils s'élèvent en moyenne à 250 euros pour les 10 % des ménages les plus modestes, mais atteignent 19 720 euros pour les 10 % les plus aisés. Ils représentent par conséquent seulement 6 % (250/4 030) du revenu des plus modestes et 25 % (19 720/79 030) de celui des plus aisés. C'est donc par leur caractère progressif, le taux de prélèvement augmentant au fur et à mesure que le revenu augmente, que les prélèvements corrigent une partie des inégalités initiales.

Mais c'est surtout l'action des prestations sociales monétaires qui a le plus gros impact sur les inégalités. A elles seules, elles réussissent à diviser par près de 3 l'ampleur des inégalités entre les deux tranches extrêmes. Avant le versement des prestations, les 10 % les plus favorisés disposent d'un revenu moyen 15,7 fois supérieur aux 10 % les plus modestes, cet écart « n'est plus » ensuite que de 5,5. Pour l'expliquer, il faut mettre en avant le caractère dégressif de leur attribution. Alors qu'elles représentent 1,7 fois (6 980/4 030) le revenu initial des ménages les moins riches, elles ont un impact quasiment nul sur celui des plus aisés. Cette situation est due au fait que la plupart de ces prestations monétaires sont dites sous conditions de ressources (comme certaines prestations familiales ou les allocations logement...), c'est-à-dire qu'elles ne sont attribuées que jusqu'à un certain plafond de revenus, et qu'elles sont donc ciblées pour aider les ménages à faibles revenus dans un souci de justice sociale.

TROISIÈME PARTIE

RAISONNEMENT S'APPUYANT SUR UN DOSSIER DOCUMENTAIRE

A l'aide de vos connaissances et du dossier documentaire, vous montrerez que les inégalités de réussite scolaire selon le milieu social s'expliquent par une multiplicité de facteurs.

CONSEILS MÉTHODOLOGIQUES

Ce sujet fait référence au thème 7 du programme : « Quelle est l'action de l'école sur les destins individuels et sur l'évolution de la société ? » (voir pages 44 à 49).

Pour traiter le sujet, il faudra bien identifier les différents facteurs à l'origine de ces inégalités de réussite scolaire, les expliquer et les illustrer. C'est un sujet relativement large et il conviendra donc de présenter ces différents éléments de manière assez synthétique car, contrairement à la dissertation, vous ne disposerez que d'environ deux heures pour mobiliser vos connaissances, exploiter les documents et répondre. Votre raisonnement devra être structuré autour d'une introduction, dans laquelle il conviendra de définir les notions (inégalités de réussite scolaire et milieu social) et de présenter le sujet, d'un développement organisé autour de plusieurs paragraphes bien séparés et d'une conclusion.

L'ANALYSE DES DOCUMENTS

Attention, l'épreuve de raisonnement argumenté n'est pas une épreuve de commentaire de documents. En effet, le dossier documentaire ne permet pas à lui seul de traiter toute la question posée, ni de bâtir un plan pertinent. Pour organiser votre raisonnement, votre réflexion devra d'abord se fonder sur les savoirs issus du chapitre sur l'école. Les documents sont là pour vous fournir des pistes, vous rappeler des mécanismes, et surtout illustrer certains de vos arguments. L'exploitation des documents n'est pas facultative, elle fait partie des critères de notation.

Le document 1 est un tableau présentant des données sur la répartition des élèves de collège en fonction du milieu social de leurs parents et il permet d'illustrer plusieurs arguments pour répondre au sujet. En premier lieu, ces données permettent d'illustrer les stratégies des familles en matière de choix d'établissement. Stratégies qui contribuent à la ségrégation scolaire, c'est-à-dire à la concentration d'enfants issus de milieux sociaux homogènes dans des établissements scolaires différents. Ainsi, on remarque que les enfants issus de milieux sociaux très favorisés sont très largement surreprésentés dans les collèges privés alors que ceux issus de milieux défavorisés y sont sous-représentés.

Le document 2 est également très riche puisqu'il permet d'illustrer à la fois le rôle du capital culturel dans la construction des inégalités de réussite scolaire mais aussi celui des investissements familiaux. En effet, venant d'une famille très favorisée, Valentine baigne dans un environnement où la culture légitime, c'est-à-dire celle valorisée par l'école, est omniprésente à travers les activités pratiquées comme le théâtre ou l'opéra, mais aussi à travers les livres présents dans la maison. Le portrait de Valentine témoigne également de la mobilisation de ses parents pour sa réussite scolaire (jeux proposés, environnement matériel...).

Le document 3 est un graphique qui permet de montrer que l'école échoue à réduire les inégalités de réussite scolaire entre les enfants issus de milieux sociaux différents et surtout que l'école française a des performances en ce domaine qui sont inférieures à la moyenne des pays de l'OCDE. On remarque que l'écart de réussite aux épreuves de compréhension de l'écrit de l'enquête Pisa entre les enfants issus d'un milieu social favorisé et ceux issus d'un milieu social défavorisé est très important. Par ailleurs, des pays comme la Finlande, la Norvège, le Royaume-Uni ou encore l'Italie semblent avoir de meilleures performances que la France dans le domaine des inégalités de réussite en fonction du milieu social.

LE PLAN

Pour répondre à la question posée, il est possible de faire un plan en trois paragraphes qui mettent chacun en lumière un facteur permettant d'expliquer les inégalités de réussite scolaire en fonction du milieu social. Ainsi, on pourra commencer par présenter le rôle du capital culturel, puis celui des stratégies des ménages et des investissements familiaux et, enfin, celui de l'école.

D'autres plans sont évidemment possibles. Par exemple, on aurait pu faire un plan organisé autour de deux axes : le rôle de l'école, puis celui des familles dans la construction des inégalités de réussite scolaire.

LE CORRIGÉ

La crise sanitaire liée à l'épidémie de Covid-19 a remis au centre des préoccupations la question des inégalités de réussite scolaire. En effet, les premières évaluations sur l'impact de la fermeture des établissements scolaires et de l'enseignement à distance sur les apprentissages des élèves ont montré que les inégalités scolaires liées à l'origine sociale ont été renforcées. En effet, les familles ne sont pas égales du point de vue de l'accompagnement scolaire, de l'équipement informatique ou encore de l'accès à Internet et les élèves issus de milieux populaires ont eu, plus que les autres, des difficultés à suivre l'enseignement à distance et à poursuivre les apprentissages. Ces inégalités de réussite scolaire, mesurées par les écarts de réussite aux évaluations nationales, par les inégalités d'accès aux diplômes ou encore par la fréquence des redoublements ne sont toutefois pas nouvelles. En effet, les élèves ne sont pas sur un pied d'égalité à l'école en fonction de leur milieu social, que l'on peut caractériser par le niveau de diplôme, la catégorie socioprofessionnelle ou encore le niveau de richesse de leurs parents. Les élèves issus de milieux sociaux défavorisés ont de moins bons résultats scolaires, et accèdent moins aux diplômes les plus prestigieux que les enfants issus de milieux sociaux favorisés.

Quels sont les facteurs permettant d'expliquer ces inégalités de réussite scolaire selon le milieu social ? Pour répondre à cette question, nous présenterons d'abord le rôle du capital culturel dans la construction de ces inégalités, puis celui des stratégies des ménages et des investissements familiaux et nous interrogerons enfin le rôle de l'école.

1. La transmission inégale du capital culturel dans les familles

Tout d'abord, comme l'ont montré Pierre Bourdieu et Jean-Claude Passeron dès les années 1960, les inégalités de réussite scolaire s'expliquent en grande partie par la transmission inégale du capital culturel dans les familles lors du processus de socialisation. Le capital culturel regroupe à la fois des connaissances, des manières de se comporter, de parler et de penser ainsi que des biens culturels comme les livres ou les œuvres d'art et il est plus ou moins adapté aux exigences de l'école. Ainsi, dans les familles favorisées, c'est le capital culturel « légitime », c'est-à-dire celui reconnu et valorisé par l'institution scolaire, qui est transmis, ce qui donne un avantage très important en matière de réussite scolaire aux enfants issus de ces milieux par rapport aux autres enfants.

L'enquête « Enfances de classe » dirigée par Bernard Lahire et qui a porté sur les conditions de la socialisation d'enfants scolarisés à l'école maternelle illustre bien ce phénomène (**document 2**). Une des petites filles interrogées, Valentine, est issue d'une famille très favorisée puisque ses parents sont tous les deux cadres supérieurs et vivent dans un arrondissement privilégié de Paris. Sa socialisation primaire est caractérisée par la transmission d'une culture légitime car toutes les activités pratiquées par ses parents relèvent de celle-ci (opéra, théâtre par exemple) et qu'elle baigne dans une culture de l'écrit, représentée par l'abondance de livres présents chez elle. Ainsi, cet environnement est particulièrement favorable au développement de compétences valorisées par l'école et permettant la réussite scolaire. En conséquence, on observe des écarts de réussite scolaire très élevés entre enfants de milieux sociaux différents, et ce dès l'école maternelle.

2. Les investissements et stratégies des familles

Par ailleurs, pour expliquer les inégalités de réussite scolaire, il faut aussi s'intéresser aux stratégies et à la mobilisation des familles dans les parcours scolaires de leurs enfants puisque ces comportements sont également fortement différenciés en fonction du milieu social. Tout d'abord, la réussite scolaire des enfants est en partie liée aux investissements matériels de leurs parents. Les enfants ne sont pas égaux du point de vue des conditions dans lesquelles ils travaillent à la maison. Le fait d'avoir un logement grand, une chambre à soi ou encore un équipement informatique joue un rôle non négligeable dans la réussite scolaire. Par ailleurs, les investissements familiaux peuvent être également immatériels et se caractérisent par une mobilisation plus ou moins forte dans la transmission de savoirs rentables scolairement. Le portrait de Valentine, issu de l'enquête de Bernard Lahire (**document 2**) illustre bien ces inégalités, puisque cette petite fille vit dans un environnement matériel favorable à la réussite scolaire (caractéristiques et équipement du logement). Et par ailleurs ses parents sont fortement mobilisés pour la réussite scolaire de leur fille puisque les activités proposées ont toujours un caractère pédagogique qui pourra être réinvesti par Valentine à l'école (lecture, apprentissage d'une langue étrangère).

Cette mobilisation des familles passe aussi par des stratégies différentes concernant le choix des établissements et de l'orientation et elles participent à la construction des inégalités de parcours scolaires. Raymond Boudon a notamment montré que l'origine sociale influençait fortement les stratégies d'orientation des familles. En effet, le coût économique de la poursuite d'études est plus élevé pour les familles des milieux populaires que pour celles des milieux favorisés et les chances de réussite de leurs enfants sont plus élevées pour ces dernières. Cela se traduit par des différences très importantes, à résultats scolaires identiques, dans les choix d'orientation en fonction du milieu social, et donc par des inégalités d'accès aux diplômes les plus valorisés dans la société. Par exemple, l'orientation en classes préparatoires aux grandes écoles, qui mène à des études longues et parfois très coûteuses, est, à résultats identiques, beaucoup moins choisie par les enfants d'ouvriers que par les enfants de cadres. Le choix des établissements scolaires par les familles peut aussi contribuer à renforcer les inégalités de réussite scolaire en réduisant la mixité sociale (mixité qui est source de plus grande égalité scolaire en permettant aux élèves des catégories défavorisées de progresser) au sein de l'école. Par exemple, selon le ministère de l'Education, à la rentrée 2021, parmi les élèves qui sont scolarisés dans un collège privé sous contrat, 40,1 % sont issus de milieux sociaux très favorisés, alors qu'ils représentent seulement 23,9 % des élèves scolarisés en collège en France (**document 1**). Par comparaison, parmi les élèves qui sont scolarisés dans un collège privé, 18,3 % sont issus d'un milieu social défavorisé. Cette proportion est environ 2 fois inférieure à leur représentation parmi l'ensemble des élèves scolarisés en collège. Les familles peuvent donc choisir d'inscrire leurs enfants dans les établissements scolaires relevant de l'enseignement privé et participent ainsi au renforcement de la ségrégation scolaire puisque ce sont majoritairement des familles issues de milieux sociaux favorisés qui font ce choix.

3. Le rôle de l'école et des politiques éducatives

Enfin, l'école joue un rôle dans les inégalités de réussite scolaire puisqu'elle ne parvient pas à combler ces inégalités, qui se forment très tôt au sein des familles, mais aussi parce qu'elle les laisse s'accentuer au cours de la scolarité des élèves. Cela s'explique en partie par le fait qu'à l'école, les programmes scolaires valorisent le capital culturel des milieux sociaux favorisés, ce qui leur donne un avantage certain dans la réussite scolaire. De plus, l'évaluation des élèves repose en partie sur des exigences qui ne font pas l'objet d'une transmission par l'école. Par exemple, l'école valorise l'autonomie, l'originalité ou l'aisance verbale qui sont des compétences très inégalement transmises dans les familles en fonction du milieu social. Cela a pour conséquence des inégalités de réussite scolaire très marquées en fonction de l'origine sociale des élèves.

L'enquête Pisa menée par l'OCDE permet de mesurer ces inégalités et de faire des comparaisons internationales (**document 3**). En France, en 2018, les élèves de 15 ans issus d'un milieu social favorisé obtiennent un score de 550 à l'épreuve de compréhension de l'écrit alors que les élèves issus d'un milieu social défavorisé obtiennent un score de 443, ce qui représente un écart de 107 points. Par comparaison, cet écart n'est en moyenne que de 89 points dans les pays de l'OCDE et de 79 dans un pays comme la Finlande. Cela montre bien que l'école française a de mauvais résultats en matière de réduction des inégalités scolaires en fonction du milieu social. Certaines politiques éducatives peuvent également renforcer ces inégalités, en particulier celles qui aggravent la ségrégation scolaire et celles qui accentuent la sélection scolaire, et donc les inégalités face à l'orientation. Par exemple, depuis le début des années 2000, la plus grande liberté donnée aux familles dans le choix des établissements scolaires (avec l'assouplissement de la carte scolaire) a fait reculer la mixité sociale à l'école. Cela a eu pour conséquence la concentration des élèves en difficulté scolaire dans certains établissements et une dégradation des conditions d'éducation pour ces élèves.

En conclusion, nous pouvons dire que les inégalités de réussite scolaire selon le milieu social s'expliquent par une multiplicité de facteurs essentiellement liés au rôle de l'école et des politiques éducatives, aux conditions matérielles dans lesquelles se déroule la socialisation primaire, aux transmissions culturelles dans les familles et à leurs stratégies face à la scolarité de leurs enfants. ■

CORRIGÉ n° 2

ÉPREUVE COMPOSÉE TYPE

Cette épreuve comprend trois parties.

Pour la première partie (mobilisation des connaissances), il est demandé au candidat de répondre à la question en faisant appel à ses connaissances personnelles dans le cadre du programme de l'enseignement obligatoire.

Pour la deuxième partie (étude d'un document), il est demandé au candidat de répondre aux questions en mobilisant ses connaissances acquises dans le cadre du programme et en adoptant une démarche méthodologique rigoureuse, de collecte et de traitement de l'information.

Pour la troisième partie (raisonnement s'appuyant sur un dossier documentaire), il est demandé au candidat de traiter le sujet en développant un raisonnement, en exploitant les documents du dossier, en faisant appel à ses connaissances personnelles, en composant une introduction, un développement, une conclusion.

Il sera tenu compte, dans la notation, de la clarté de l'expression et du soin apporté à la présentation.

Le sujet

PREMIÈRE PARTIE

MOBILISATION DES CONNAISSANCES (4 points)

Vous présenterez les différences entre la théorie de la stratification sociale de Karl Marx et celle de Max Weber.

DEUXIÈME PARTIE

ÉTUDE D'UN DOCUMENT (6 points)

DOCUMENT

Contribution des facteurs de production à la croissance du PIB entre 2010 et 2021, en points de %

Source : OCDE, 2023

		Contribution à la croissance du PIB en points de %		
	Taux de croissance annuel moyen du PIB, en %	Facteur travail	Facteur capital	Productivité globale des facteurs
France	1,00	0,25	0,61	0,14
Allemagne	1,50	0,28	0,37	0,85

1. A l'aide du document, vous présenterez les sources de la croissance en France entre 2010 et 2021 (2 points).

2. A l'aide des données du document et de vos connaissances, vous montrerez que l'accroissement de la productivité globale des facteurs est une source de croissance économique (4 points).

TROISIÈME PARTIE

RAISONNEMENT S'APPUYANT SUR L'ÉTUDE D'UN DOSSIER DOCUMENTAIRE (10 points)

Cette partie comporte trois documents.

Sujet : Comment la crise financière de 2008 s'est-elle transmise à l'économie réelle ?

DOCUMENT 1

« La crise des subprimes affecte l'économie réelle à deux niveaux. D'abord, dans les secteurs au cœur de la crise (immobilier, banque et finance) : l'éclatement de la bulle du crédit immobilier implique un ralentissement de l'activité et des licenciements. Or, le secteur de la construction représente par exemple 12 % du PIB en Espagne, contre 6 % en France et 5 % aux Etats-Unis ; le secteur banques, assurances, immobilier et autres services aux entreprises représente environ 30 % du PIB aux Etats-Unis, au Royaume-Uni, en France ou en Allemagne.

Ensuite, la crise financière se transmet à la sphère réelle par différents canaux. (...) Le canal du financement concerne à la fois le financement de marché et le crédit bancaire. (...) La réévaluation du risque de la part des banques et leurs difficultés de refinancement et de recapitalisation amènent à un phénomène de rationnement du crédit (*credit crunch*). Celui-ci concerne les crédits aux entreprises (crédits de trésorerie et financement des investissements) et les crédits aux ménages (crédits à l'habitat et à la consommation). (...)

La chute des cours boursiers ainsi que la baisse des prix de l'immobilier diminuent la valeur du patrimoine des ménages détenant des actifs immobiliers ou financiers. Or, ce patrimoine est susceptible de constituer un déterminant de la consommation qui s'ajoute au revenu courant. La chute des prix des actifs, lorsqu'elle est perçue comme affectant durablement la richesse, implique alors une baisse de la consommation. Tous les pays où se produit un retournement marqué des prix de l'immobilier sont amenés à rencontrer de tels effets de richesse qui pèsent négativement sur la consommation des ménages. C'est cependant aux Etats-Unis, où plus de 50 % des ménages détiennent des actions (qui représentent plus de la moitié de leur patrimoine), que l'effet combiné de la baisse des cours des actions et des prix de l'immobilier est le plus marqué. »

Source : « Les subprimes : crise économique et solutions », par Jérôme Villion, *Ecoflash* n° 233, décembre 2008

DOCUMENT 2

Taux de variation annuel des crédits accordés aux entreprises, en %

Source : Datastream, Federal Reserve, BCE, Natixis

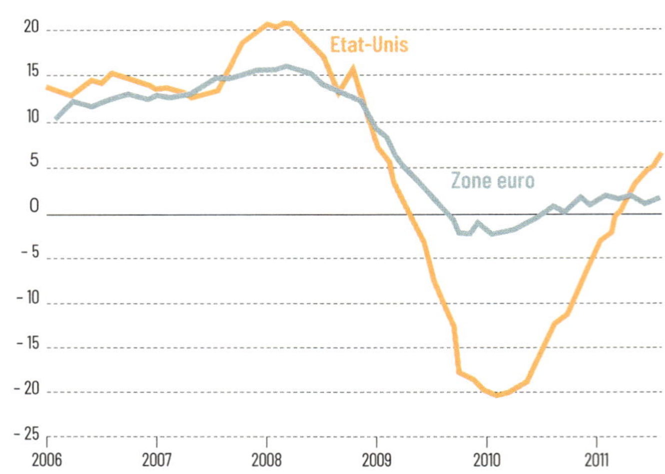

DOCUMENT 3

« Les conséquences de l'éclatement de la bulle sont clairement identifiées (...). La convention [1] se retourne brutalement et on assiste à un mouvement collectif de vente. Celui-ci est évidemment la cause de la chute du prix des actifs. Si la valeur des actifs chute, la garantie qu'elle constitue [en tant que collatéral] voit sa valeur diminuer d'autant et le poids de la dette dans les bilans augmente.

(...) Or, les bilans des firmes (entreprises, banques et institutions financières) sont "interdépendants" (...). Aussi les faillites des firmes (...) se propagent-elles progressivement aux autres entités économiques qui leur sont liées. Privées des flux de liquidités de ces entreprises défaillantes, d'autres entreprises (les banques notamment) se trouvent à leur tour en difficulté pour honorer leurs propres engagements. En l'absence de ces fonds, ces firmes sont obligées de vendre d'urgence leurs actifs pour récupérer des liquidités. Ce qui conduit logiquement à un effondrement de la valeur des actifs et renforce encore la fragilité de leurs bilans. Une spirale cumulative est alors initiée. »

Source : « L'analyse des crises : Minsky, après Fisher et Keynes », par Christian Sinapi, Pierre Piégay, Ludovic Desmedt, *L'Economie politique* n° 48, 2010/4.

[1] L'opinion dominante qui s'impose parmi les spéculateurs.

Conseils méthodologiques et corrigés

PREMIÈRE PARTIE
MOBILISATION DES CONNAISSANCES

Vous présenterez les différences entre la théorie de la stratification sociale de Karl Marx et celle de Max Weber.

CONSEILS MÉTHODOLOGIQUES

Ce sujet renvoie au thème 6 « Comment est structurée la société française actuelle ? » (voir pages 38 à 43). Il suppose de montrer qu'il existe des différences dans l'analyse de la stratification sociale entre Max Weber et Karl Marx. Pour répondre à cette question, il ne suffit pas de présenter successivement les deux théories. Il faut au contraire bien identifier leurs différences et les présenter au fur et à mesure en comparant à chaque fois les deux auteurs. Pour vous aider, vous pouvez utiliser les éléments du schéma page 40.

Définition centrale à mobiliser dans la réponse :

– **Stratification sociale** : manière dont les groupes sociaux sont hiérarchisés au sein d'une société. Cette hiérarchisation peut obéir à différents principes (richesse, prestige, etc.).

LE CORRIGÉ

La stratification sociale, c'est-à-dire la manière dont les groupes sociaux sont hiérarchisés au sein d'une société, a fait l'objet d'approches théoriques fondatrices développées par Karl Marx et Max Weber qui ont tenté de l'expliquer en mettant en avant différents critères (revenu, prestige, pouvoir, etc.) et en donnant une définition différente des groupes qui composent la société.

La première différence qui sépare les deux auteurs est celle des critères qui fondent la stratification sociale. Karl Marx développe une vision unidimensionnelle selon laquelle la place des individus dans l'espace social dépend uniquement de leur classe sociale, elle-même définie par leur place dans les rapports de production. C'est donc le critère économique qui fonde à lui seul la stratification sociale et qui permet de déterminer si les individus appartiennent à un groupe social dominant (la bourgeoisie) ou dominé (le prolétariat). Pour Max Weber, au contraire, la stratification sociale se fonde sur plusieurs dimensions appelées « ordres », qui reposent chacun sur des hiérarchies différentes. Il discerne ainsi trois types d'« ordres ». Au sein de l'ordre économique, les « classes » sont des regroupements d'individus qui partagent une même situation par rapport au travail et à leurs revenus. L'ordre social, quant à lui, détermine la manière dont le prestige social est distribué dans la société, permettant de classer les individus dans des groupes de statuts. Ces groupes sont classés hiérarchiquement en fonction du style de vie, de la naissance, de la profession et du niveau d'instruction reconnu par des diplômes. L'ordre politique, enfin, détermine le niveau de pouvoir dont cherchent à disposer les individus lorsqu'ils se regroupent dans des partis politiques.

L'autre différence importante entre les deux auteurs concerne la définition de la notion de classe sociale. Pour Karl Marx, une classe n'existe pas seulement « en soi », c'est-à-dire de manière objective, mais existe réellement « pour soi » lorsqu'elle prend conscience de sa situation et entre en lutte pour défendre ses intérêts. Pour Max Weber, les classes sociales ne se constituent pas en acteurs collectifs.

DEUXIÈME PARTIE
ÉTUDE D'UN DOCUMENT

CONSEILS MÉTHODOLOGIQUES

Cette partie de l'épreuve porte sur le thème 1 « Quels sont les sources et les défis de la croissance économique ? » (voir pages 8 à 13) et, plus particulièrement, sur les sources de la croissance économique.

La première question a pour but de vérifier que vous savez faire une lecture correcte des données figurant dans le tableau et que vous avez compris comment elles s'articulent entre elles. Ici le document ne présente pas de difficultés particulières dans la mesure où vous avez probablement étudié un tel tableau lors de l'étude de ce chapitre, et que la première question se limite à l'étude d'un seul pays pour la période considérée. Il faut cependant bien repérer qu'il s'agit d'un taux de croissance annuel moyen du PIB et pas d'une augmentation globale sur la période 2010-2021.

La seconde question exige de tirer des leçons de l'ensemble des données du document, mais aussi de mobiliser vos connaissances personnelles, pour montrer quelles sont les sources principales de la croissance. Attention toutefois à ne pas répondre à la question en « oubliant » totalement les données documentaires, il faut, dans la mesure du possible, continuer à y faire allusion.

Définitions centrales à mobiliser dans les réponses en fonction de l'argument choisi :

– **Croissance économique** : augmentation du PIB sur une longue période.

– **Facteurs de production** : ensemble des moyens mis en œuvre pour réaliser la production (capital et travail).

– **Productivité globale des facteurs (PGF)** : la productivité mesure l'efficacité avec laquelle on combine les facteurs de production. Gagner en productivité permet de produire plus de biens et services avec autant (voire moins) de capital et/ou de travail.

LE CORRIGÉ

1. A l'aide du document, vous présenterez les sources de la croissance en France entre 2010 et 2021.

Entre 2010 et 2021, chaque année en moyenne le PIB de la France a augmenté de 1 %. Pour atteindre ce résultat, la France a dû mobiliser davantage de facteur capital (équipements productifs), ce qui a contribué pour 0,61 point de % au taux de croissance du PIB, donc la contribution du facteur capital explique 61 % (0,61/1) du taux de croissance observé. L'augmentation du nombre d'heures mobilisées (facteur travail) a, elle, contribué pour 0,25 point de % au taux de croissance du PIB, et explique 25 % (0,25/1) de l'augmentation du PIB. Enfin, 14 % (0,14/1) de cette croissance s'expliquent par l'accroissement de l'efficacité avec laquelle ces facteurs ont été combinés, c'est-à-dire par l'accroissement de la productivité globale des facteurs de production.

2. A l'aide des données du document et de vos connaissances, vous montrerez que l'accroissement de la productivité globale des facteurs est une source de croissance économique.

La croissance économique d'un pays, c'est-à-dire l'augmentation de son PIB sur une longue période, trouve son origine non seulement dans l'utilisation accrue des deux facteurs de production, travail et capital, mais aussi dans la productivité globale des facteurs (PGF), c'est-à-dire l'efficacité avec laquelle on peut combiner l'utilisation des deux facteurs. En effet, si la PGF s'améliore, c'est bien parce qu'il est possible de produire plus avec autant, voire moins de facteurs de production.

L'amélioration de cette PGF provient de la diffusion du progrès technique, qui peut lui-même avoir pour origine différentes formes d'innovations : une meilleure organisation du travail, des machines plus performantes, de nouvelles sources d'énergie... Concrètement, l'accroissement de la PGF est directement source de croissance car elle permet de produire plus, mais elle l'est aussi par ses effets indirects. En « économisant » l'utilisation de facteurs de production, elle permet d'abaisser les coûts unitaires moyens, ce qui peut à terme entraîner soit une hausse des profits, donc de l'investissement, soit une baisse des prix et donc une augmentation de la consommation, soit enfin une hausse des salaires et du pouvoir d'achat. Ces trois éléments vont stimuler la demande et à terme soutenir la croissance. On retrouve un tel processus à l'œuvre dans l'analyse de la croissance allemande, plus de la moitié (0,85/1,50) de son taux de croissance sur la période s'expliquant par l'accroissement de la PGF.

TROISIÈME PARTIE
RAISONNEMENT S'APPUYANT SUR UN DOSSIER DOCUMENTAIRE

Comment la crise financière de 2008 s'est-elle transmise à l'économie réelle ?

CONSEILS MÉTHODOLOGIQUES

Ce sujet fait référence au chapitre 4 du programme : « Comment expliquer les crises financières et réguler le système financier ? » (voir pages 26 à 31). Le premier travail que vous avez à faire est de bien identifier le ou les objectifs d'apprentissage auxquels se rapporte le sujet et les connaissances qui s'y rattachent. En l'occurrence ici, il s'agit en premier lieu de l'objectif « Connaître les principaux canaux de transmission d'une crise financière à l'économie réelle : effets de richesse négatifs, baisse du prix du collatéral et ventes forcées, contraction du crédit ». Cependant, le sujet étant centré sur la crise de 2008, il faudra aussi y associer vos connaissances autour du premier item : « Connaître les principales caractéristiques de la crise financière de 2008 ».

C'est donc un sujet complexe, car il requiert à la fois de maîtriser des faits (que s'est-il passé dans les grandes lignes en 2008 ?), mais aussi des mécanismes qui expliquent la transmission de la crise des *subprime* à l'économie réelle, avec un effet au niveau de la production, de l'emploi, de l'investissement... Pour organiser au mieux votre réflexion, il faudra donc, après avoir recensé les principales caractéristiques de la crise des *subprime*, vous demander comment, chacun à leur manière, l'effet de richesse négatif, la perte de valeur du collatéral et la contraction du crédit ont pu agir sur l'économie réelle.

La complexité du sujet tient aussi à la nécessité de traiter de tous ces éléments en un temps réduit, car vous n'aurez guère plus de deux heures pour organiser vos connaissances, exploiter les documents et rédiger votre devoir. Il faudra donc faire preuve d'esprit de synthèse. Le plan attendu pour exposer votre raisonnement ne doit pas ressembler à celui d'une dissertation. S'il comportera bien une introduction et une brève conclusion, son développement s'organisera autour de 3 à 5 paragraphes logiquement assemblés.

Pour ce qui est des concepts à mobiliser, il faudra essentiellement s'appuyer sur les termes suivants (voir notions centrales page 31) :

– **Actifs financiers** : ensemble des titres financiers (devises, actions, obligations, créances, produits dérivés...).

– **Bulle spéculative** : situation où la valeur boursière d'un actif augmente sans lien avec sa valeur fondamentale.

– **Collatéral** : actif (action, obligation, bien immobilier...) déposé comme garantie lors d'un emprunt.

– **Crise financière** : retournement des anticipations au sein de la sphère financière qui entraîne une dévalorisation des actifs financiers.

– **Effet de richesse** : conséquences des variations de la valeur du patrimoine sur le comportement des agents économiques.

– **Système financier** : ensemble du système bancaire, des marchés sur lesquels s'échangent les actifs financiers et des institutions chargées d'en assurer le contrôle.

L'ANALYSE DES DOCUMENTS

Attention, l'épreuve de raisonnement argumenté n'est pas une épreuve de commentaire de documents. En effet, le dossier documentaire ne permet pas à lui seul de traiter toute la question posée, ni de bâtir un plan pertinent. Pour organiser votre raisonnement, votre réflexion devra d'abord se fonder sur les savoirs attachés aux objectifs d'apprentissage. Les documents sont là pour vous fournir des pistes, vous rappeler des mécanismes, vous aider à mobiliser vos connaissances ou encore illustrer certains arguments. Leur exploitation n'est pas facultative, elle fait partie des critères de notation.

Le premier document est particulièrement riche et utile car il fournit trois pistes indispensables pour le traitement du sujet. En premier lieu, il rappelle l'origine de la crise financière de 2008, à savoir le secteur immobilier aux Etats-Unis, ainsi que le poids dans l'économie globale des secteurs directement touchés par l'éclatement de la bulle spéculative : construction, banques, assurances... Ensuite, il évoque explicitement un canal de transmission de cette crise : le rôle joué par la contraction du crédit (*credit crunch*). Enfin, il développe les conséquences macroéconomiques d'un effet de richesse négatif affectant le niveau de vie des ménages. Tous ces éléments devront être repris à un moment ou un autre dans votre devoir.

Le second document reprend l'idée déjà évoquée d'une contraction du crédit en la précisant à l'aide de données statistiques. Alors que les crédits accordés aux entreprises progressaient sur un rythme de 10 % à 15 % par an durant les années précédant la crise des *subprime*, on assiste à un effondrement des financements accordés par les banques. La contraction du crédit commence dès le début de l'année 2009 aux Etats-Unis, pour atteindre plus de 20 % en 2010. Il faut attendre 2011 pour assister à un retour de l'expansion du crédit. La situation est nettement moins marquée au sein de la zone euro, même si les crédits s'y contractent durant près d'une année, entre mi-2009 et mi-2010.

Le dernier document fait une référence explicite au troisième canal de transmission d'une crise financière. En effet, il expose le rôle joué par le collatéral, les effets des ventes forcées sur le prix des actifs et les faillites en chaîne qui en découlent. Si la valeur des actifs utilisés comme collatéraux diminue la dette qu'ils sont censés garantir, celle-ci demeure. Et donc le poids relatif de l'endettement s'accroît. Par ailleurs, si une firme fait faillite parce qu'elle est incapable de rembourser ses dettes, ce sont autant d'actifs perdus pour les prêteurs, qui voient donc à leur tour leur situation financière se fragiliser. Ils vont devoir vendre une partie des actifs qui leur restent pour faire face au remboursement de leur propre dette, ce qui va accentuer un peu plus la baisse de la valeur des actifs et créer une « spirale cumulative » négative.

LE PLAN

L'organisation de votre argumentation dans le cadre de ce sujet est simple. Après avoir présenté les grandes caractéristiques de la crise de 2008, il faudra reprendre chacun des trois canaux de transmission cités dans les objectifs d'apprentissage en vous aidant de vos connaissances et des données documentaires. On aura donc au total un raisonnement articulé autour de quatre paragraphes.

LE CORRIGÉ

En septembre 2008, la faillite de la banque américaine Lehman Brothers marque les débuts de la plus grave crise financière de l'après-Seconde Guerre mondiale. Une crise financière se caractérise par un retournement des anticipations, l'éclatement d'une bulle spéculative et une forte dévalorisation des actifs financiers (titres, actions, obligations...). Celle qui éclate en 2008 aux Etats-Unis a ses propres particularités : elle prend naissance dans le secteur immobilier et va ensuite s'internationaliser en se propageant à l'ensemble de la planète. Ces effets ne se limitent pas à la sphère financière, ils affectent aussi l'économie réelle, et donc le niveau de la production, l'emploi ou encore l'investissement. Ils plongent de nombreux pays dans une profonde récession.

Pour comprendre comment cette crise financière a pu se transmettre à l'économie réelle, nous en présenterons rapidement les principales caractéristiques avant de voir successivement le rôle joué par les effets de richesse négatifs, la baisse du prix du collatéral et les ventes forcées qui en découlent, pour finir par l'impact de la contraction du crédit sur l'activité économique.

1. Quelques caractéristiques de la crise financière de 2008

La crise de 2008 a été causée par les nombreux prêts hypothécaires accordés aux ménages américains qui ont dopé l'activité du secteur de la construction. Ces prêts, garantis par la valeur des logements achetés, ont été largement distribués même auprès de ménages peu solvables (prêts *subprime*). Les défauts de remboursement donnent lieu à des saisies et des reventes, ce qui, tant que les prix de l'immobilier progressent, ne pose pas de problème. Mais, au cours de l'année 2007, le marché de l'immobilier décline. On assiste à « l'éclatement de la bulle du crédit immobilier » (**document 1**). Beaucoup de logements construits demeurent invendus et les prix baissent. Le secteur du bâtiment plonge dans la récession. Et, phénomène nouveau, la revente des biens saisis ne permet plus de compenser les pertes des créances non remboursées. C'est donc d'abord dans les secteurs de l'immobilier, des banques et de la finance que l'on observe « un ralentissement de l'activité et des licenciements » (**document 1**). Or, ces secteurs représentent un poids parfois considérable : 12 % du PIB rien que pour le secteur de la construction en Espagne et 30 % pour celui de la finance aux Etats-Unis (**document 1**).

2. La baisse du prix du collatéral et les ventes forcées

Outre son impact direct sur les secteurs déjà évoqués, la crise financière va se propager à l'économie réelle via la baisse du prix du collatéral. En effet, en 2008, sur les marchés financiers, *« la convention se retourne brutalement et on assiste à (...) la chute du prix des actifs »* (**document 3**). En conséquence, les actions, les obligations et plus généralement tous les titres de créances, comme les prêts accordés, qui constituent des actifs dans le bilan des entreprises, perdent brutalement de leur valeur. Petit à petit, la plupart des banques ou leurs filiales révèlent des pertes considérables et les compagnies d'assurances, censées garantir le remboursement des prêts hypothécaires, sont au bord du dépôt de bilan. Pour ces institutions, souvent endettées pour réaliser leurs placements ou leurs investissements, *« le poids de la dette dans les bilans augmente »* (**document 3**). Elles sont donc *« obligées de vendre d'urgence leurs actifs (restants) pour récupérer des liquidités. Ce qui conduit logiquement à un effondrement de la valeur des actifs et renforce encore la fragilité de leurs bilans »* (**document 3**). L'interdépendance des bilans conduit à une spirale cumulative qui mène à la faillite de nombreux acteurs et affecte durement l'économie réelle.

3. L'importance des effets de richesse négatifs

Un autre canal de transmission de la crise financière à l'économie réelle peut s'observer à travers les effets de richesse négatifs. Lorsque les valeurs boursières s'effondrent sous l'effet des ventes forcées, et/ou lorsque les prix de l'immobilier baissent, cela atteint le patrimoine des ménages. *« Aux Etats-Unis, où plus de 50 % des ménages détiennent des actions (qui représentent plus de la moitié de leur patrimoine) »* (**document 1**), cet effet est particulièrement fort. Les ménages restreignent alors leur consommation pour reconstituer leur patrimoine antérieur, ce qui affecte la demande de consommation, donc la croissance et l'emploi. De la même manière, pour se désendetter ou reconstituer leur trésorerie, les entreprises réduisent leurs investissements, ce qui pénalise aussi le niveau de la demande.

4. Les effets de la contraction du crédit

Un dernier canal peut être mis en évidence via le mécanisme du *« credit crunch »*. On l'a dit, les banques ont été les premières touchées par la crise des *subprime*, beaucoup d'actifs de leur bilan ont été fortement dépréciés. Elles éprouvent par conséquent des *« difficultés de refinancement et de recapitalisation »* (**document 1**). Elles utilisent donc les liquidités qui leur restent pour éponger leurs pertes et réduisent les prêts qu'elles accordent. Ceci *« concerne les crédits aux entreprises (crédits de trésorerie et financement des investissements) et les crédits aux ménages (crédits à l'habitat et à la consommation) »* (**document 1**). Et cette contraction du crédit déprime à son tour la consommation, l'investissement, et accentue le risque de récession. On peut observer l'importance de cette contraction du crédit sur le **document 2**. Aux Etats-Unis, les crédits accordés par les banques aux entreprises baissent de plus de 20 % en 2010 par rapport à leur niveau de l'année antérieure. Et pendant deux années, de mi-2009 à mi-2011, les crédits ne cessent de se réduire avec des effets négatifs sur l'investissement, la production et l'emploi.

Une crise financière, lorsqu'elle survient, n'affecte pas uniquement le secteur de la finance mais se transmet par différents mécanismes à l'économie réelle. Cela explique pourquoi il faut réguler strictement les activités financières et ne pas laisser la spéculation provoquer des récessions.

DISSERTATION TYPE

Dans l'épreuve de dissertation, il est demandé au candidat :

– de répondre à la question posée par le sujet ;

– de construire une argumentation à partir d'une problématique qu'il devra élaborer ;

– de mobiliser des connaissances et des informations pertinentes pour traiter le sujet, notamment celles figurant dans le dossier ;

– de rédiger, en utilisant le vocabulaire économique et social spécifique approprié à la question et en organisant le développement sous la forme d'un plan cohérent qui ménage l'équilibre des parties.

Il sera tenu compte, dans la notation, de la clarté de l'expression et du soin apporté à la présentation.

Le sujet

Dans quelle mesure le travail est-il source d'intégration sociale ?

Ce sujet comporte quatre documents.

DOCUMENT 1

Pauvreté monétaire selon l'activité en 2019

Sources : Insee-DGFiP-Cnaf-Cnav-CCMSA, enquête Revenus fiscaux et sociaux 2019

	Personnes pauvres (en milliers)	Taux de pauvreté (en %)
Actifs de 18 ans ou plus	**3 032**	**10,6**
En emploi	2 136	8,1
Au chômage	897	38,9
Inactifs de 18 ans ou plus	**3 392**	**16,3**
Retraités	1 400	9,5
Autres inactifs dont étudiants	1 992	32,5
Enfants de moins de 18 ans	**2 820**	**20,2**
Ensemble	**9 244**	**14,6**

Champ : France métropolitaine, personnes vivant dans un ménage dont le revenu déclaré est positif ou nul et dont la personne de référence n'est pas étudiante.

N. B. : la situation vis-à-vis de l'emploi est mesurée au sens du Bureau international du travail (BIT) au 4e trimestre.

DOCUMENT 2

Evolution des formes d'emploi des 15-24 ans (part dans l'emploi au sens du BIT, en %)

Source : Insee, enquêtes Emploi (calculs Insee)

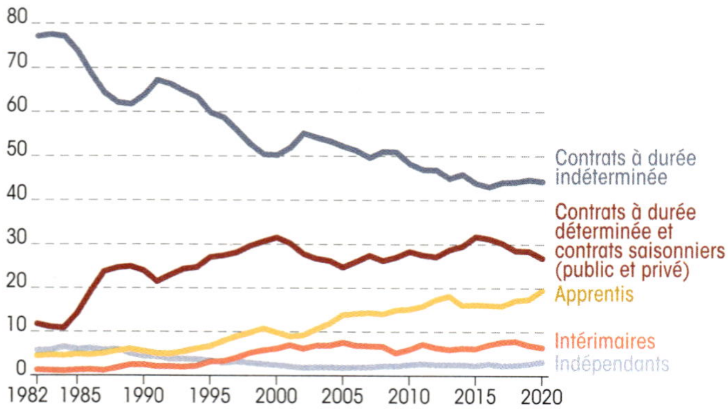

Champ : France hors Mayotte, population des ménages, personnes de 15 ans et plus.

N. B. : données de 1982 à 2020, corrigées pour les ruptures de série.

DOCUMENT 3

« En 2022, en moyenne sur l'année, 7,3 % des actifs sont au chômage au sens du Bureau international du travail (BIT) en France hors Mayotte.

A la suite du premier choc pétrolier (1973) et alors qu'il n'excédait pas 4 %, le taux de chômage a fortement augmenté jusqu'au milieu des années 1980, dépassant 8 % de la population active. Il a alterné ensuite entre périodes de baisse et de hausse, liées au cycle économique. Les périodes de récession (1993, 2008-2009) ou de fort ralentissement économique (2001) se sont ainsi traduites par des augmentations durables du taux de chômage. Plus récemment, le taux de chômage a augmenté de 2,9 points entre 2008 et 2013, s'est stabilisé entre 2013 et 2015, puis a diminué de 2,4 points entre 2015 et 2021.

En 2020, pendant les périodes de restrictions d'activité et de confinement de la population, les démarches de recherche d'emploi ont été limitées et la disponibilité pour travailler réduite, ce qui s'est traduit par un recul, en trompe l'œil, du chômage.

En 2022, le taux de chômage poursuit sa baisse amorcée en 2016 et diminue de 0,6 point sur l'année, pour atteindre son plus bas niveau depuis 1982 (7,1 %).

Le chômage recouvre des situations très différentes sur le marché du travail : certaines personnes sont au chômage de façon transitoire (pour quelques semaines ou quelques mois), tandis que d'autres sont plus éloignées de l'emploi et restent au chômage plus durablement.

En 2022, 72 % des chômeurs sont au chômage depuis moins d'un an et 57 % depuis moins de six mois. A l'opposé, 27 % sont au chômage depuis un an ou plus ; on parle alors de chômeurs de "longue durée". 13 % des chômeurs le sont depuis au moins deux ans ; on parle alors de chômeurs de "très longue durée". »

Source : Insee, « L'essentiel sur... le chômage », *Chiffres-clés*, 12 juin 2023

DOCUMENT 4

Taux de chômage selon l'âge, en %

Source : Insee, enquêtes Emploi, séries longues sur le marché du travail

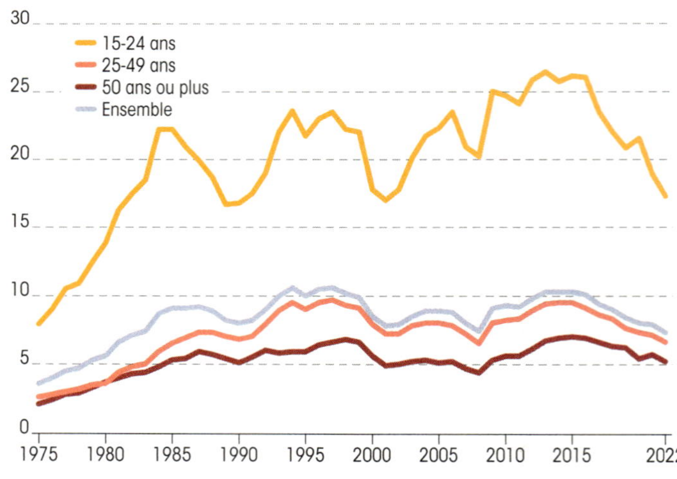

Champ : France, hors Mayotte, personne vivant en logement ordinaire, actives.

Méthodologie et conseils

L'ANALYSE DU SUJET

L'analyse du sujet est une étape cruciale qui va conditionner en grande partie la qualité de votre devoir. Il faut y consacrer du temps et suivre une méthode rigoureuse.

Rappel de l'intitulé

« Dans quelle mesure le travail est-il source d'intégration sociale ? »

Le lien avec le programme

En premier lieu, vous devez faire le lien entre l'intitulé de la question et le **chapitre du programme** auquel il se réfère, et plus précisément avec les **objectifs d'apprentissage** de ce chapitre. En effet, tous les sujets du baccalauréat sont construits en reprenant explicitement les termes de ces objectifs d'apprentissage, qui figurent en grisé dans chaque thème de ce numéro.

Ici, le sujet se rapporte au chapitre 9 « Quelles mutations du travail et de l'emploi ? » (voir pages 56-61). Il fait plus précisément référence, dans son libellé, à l'objectif d'apprentissage suivant : « Comprendre que **le travail** est source d'**intégration sociale** et que certaines **évolutions de l'emploi** (précarisation, taux de chômage élevé persistant, polarisation de la qualité des emplois) peuvent affaiblir ce pouvoir intégrateur. »

La définition des concepts

Ensuite, il faut clairement définir les concepts mobilisés. L'intitulé de ce sujet met en relation deux concepts, le **travail** et l'**intégration sociale**, qu'il va falloir impérativement définir. Le travail est une activité humaine de production de biens et services qui peut prendre plusieurs formes comme le bénévolat ou le travail domestique. Toutefois, le sujet suppose que l'on s'intéresse uniquement au travail sous forme d'**emploi**, c'est-à-dire une activité professionnelle rémunérée et déclarée. L'intégration sociale, quant à elle, correspond au processus par lequel un individu devient membre d'un groupe social grâce à l'établissement de liens sociaux.

L'analyse du libellé

La formulation du sujet, sous forme de question, commence par l'expression « dans quelle mesure ». Cette formulation, que l'on retrouve souvent dans les sujets du baccalauréat, suppose qu'il faut **discuter de l'affirmation** selon laquelle le travail serait source d'intégration sociale. Il conviendra donc de montrer que le travail peut être source d'intégration sociale mais que certaines évolutions de l'emploi, comme la précarisation et l'augmentation du chômage, peuvent aussi remettre en cause ce pouvoir intégrateur. Pour ce type de sujet, il est nécessaire de construire un **plan en deux parties** expliquant dans un premier temps pourquoi on peut considérer que l'affirmation est vraie, puis dans un second temps pourquoi il est nécessaire de nuancer cette affirmation. Attention, cela ne signifie pas qu'il faille construire un plan présentant dans une première partie une affirmation et dans une deuxième partie l'affirmation contraire (A. Oui, B. Non). Il est important de discuter d'une affirmation sans toutefois se contredire. Voici une ébauche de plan concernant notre sujet :

A. Le travail est une instance d'intégration fondamentale

B. Toutefois, des évolutions de l'emploi ont affaibli ce rôle intégrateur

Les questions que pose le sujet

Il faut ensuite essayer de recenser la liste des questions qui permettent de traiter les différents aspects du sujet et dont les réponses vont servir à alimenter le plan. Voici les questions essentielles :

– Pourquoi et en quoi le travail est-il source d'intégration ?

– Comment le chômage peut-il fragiliser le rôle intégrateur du travail ?

– En quoi la précarisation de l'emploi remet-elle en cause le pouvoir intégrateur du travail ?

LA MOBILISATION DES CONNAISSANCES

La mobilisation des connaissances doit vous permettre de rassembler les éléments utiles pour traiter les questions que vous avez dégagées précédemment.

Pour répondre, il faudra essentiellement vous appuyer sur la dernière partie du chapitre 9 qui traite du lien entre travail et intégration sociale. Il faudra expliquer pourquoi le travail joue un rôle important dans l'intégration sociale et en dégager les raisons principales : accès à un **revenu** et à des **droits sociaux**, construction d'une **identité sociale**, développement de la **sociabilité**.

En lien avec ce qui aura été dit précédemment, il faudra montrer pourquoi l'existence d'un taux de **chômage** à un niveau élevé prive une partie importante de la population de l'accès au travail et donc à l'intégration sociale.

Ensuite, il conviendra de montrer que les évolutions récentes de l'emploi avec une **polarisation** et une **précarisation** ont considérablement dégradé le pouvoir intégrateur du travail puisqu'il ne permet pas toujours d'échapper à la précarité et à la pauvreté.

Les concepts essentiels à mobiliser

– **Intégration sociale** : processus par lequel un individu devient membre d'un groupe social grâce à l'établissement de liens sociaux.

– **Chômage** : situation où une partie des actifs est privée d'emploi et en recherche activement un.

– **Précarisation** : affaiblissement des lois protectrices de la condition salariale.

L'EXPLOITATION DU DOSSIER DOCUMENTAIRE

Les documents proposés permettent d'éclairer les principales dimensions du sujet. Le premier travail à faire, c'est de vous assurer que vous lisez et interprétez correctement les données statistiques qu'ils contiennent. Ensuite, il faut, pour chaque document, repérer comment le relier au sujet et à une ou plusieurs des questions que vous avez identifiées. Si vous ne percevez pas le lien entre le document et le sujet, c'est le signe qu'une des dimensions du sujet vous a échappé et que vous devez reprendre votre réflexion sur l'intitulé. Attention, le dossier documentaire n'est pas forcément exhaustif, c'est-à-dire qu'il ne permet pas obligatoirement de traiter tous les aspects du sujet. Il ne faut donc pas construire en premier lieu votre réflexion sur le sujet et votre plan à partir des documents mais d'abord à partir de vos connaissances. Une dissertation n'est pas qu'un commentaire de documents et un plan se contentant de présenter un document par sous-partie n'est pas pertinent.

DOCUMENT 1

Ce tableau présente des données statistiques sur la pauvreté (personnes pauvres en milliers et taux de pauvreté) en fonction de l'activité. Il permet d'observer que l'exposition à la pauvreté varie fortement en fonction de ce critère. Deux informations sont particulièrement importantes pour traiter le sujet :

– Les chômeurs sont beaucoup plus exposés à la pauvreté que les personnes en emploi. En effet, en 2019 en France, le taux de pauvreté des chômeurs est plus de quatre fois plus élevé que celui des actifs en emploi. Cela vient appuyer l'idée selon laquelle le travail est une source d'intégration puisqu'il permet d'accéder à un revenu qui protège de la pauvreté.

– Parmi les inactifs, les retraités sont beaucoup moins exposés à la pauvreté que les autres inactifs, dont les étudiants, et leur taux de pauvreté est très proche de celui des actifs en emploi. Cela peut être utilisé pour illustrer le fait que le travail donne accès à une protection sociale (ici la retraite) qui favorise l'intégration sociale puisqu'elle protège de la pauvreté.

DOCUMENT 2

Ce graphique présente l'évolution des formes d'emploi des jeunes âgés de 15 à 24 ans depuis le début des années 1980. On observe une nette diminution de la part des jeunes concernés par une forme d'emploi stable (en CDI) et parallèlement une forte progression de la proportion de jeunes ayant un emploi temporaire (CDD, intérim, apprentis). Ce document illustre donc le phénomène de précarisation de l'emploi qui remet en cause le pouvoir intégrateur du travail. En effet, les contrats de travail temporaires ne permettent pas, contrairement au CDI, d'assurer une stabilité des revenus et l'accès à des droits sociaux sur le long terme, ce qui complexifie l'accès à une indépendance financière, au logement, la construction d'une famille, etc. Par ailleurs, après des années de baisse constante, la légère augmentation de la proportion de jeunes indépendants à partir du début des années 2000 permet d'illustrer le recul du statut de salarié pour les jeunes générations et la diffusion de formes d'emploi moins protectrices, dont les travailleurs des plates-formes comme Uber sont les exemples les plus frappants.

DOCUMENT 3

Ce document permet d'illustrer l'augmentation du taux de chômage depuis les années 1970 ainsi que la persistance d'un taux de chômage élevé depuis les années 1980. Le fait qu'une proportion toujours très importante de la population active soit au chômage remet en cause le pouvoir intégrateur du travail dans la société française puisqu'une partie non négligeable de la population en est exclue alors qu'elle souhaiterait travailler. De plus, ce document permet de montrer qu'une proportion importante des chômeurs se trouve dans cette situation depuis plus d'un an et que le chômage de longue durée ou de très longue durée n'est pas un phénomène marginal, ce qui est un problème pour l'intégration sociale, car plus le chômage dure dans le temps, moins il est facile de s'intégrer à nouveau sur le marché du travail.

DOCUMENT 4

Ce graphique présente l'évolution du chômage en fonction de l'âge depuis le milieu des années 1970. Il nous permet de montrer que le chômage est un phénomène devenu massif et il peut être mis en relation avec les données présentées dans le document 3. De plus, il permet de montrer que le chômage est un phénomène qui touche beaucoup plus durement les jeunes. L'écart entre le taux de chômage des 15-24 ans et celui des 50 ans ou plus se maintient à un niveau très élevé depuis le début des années 1980. C'est donc pour cette catégorie de la population que le rôle intégrateur du travail semble être le plus fortement remis en cause.

LE PLAN ADOPTÉ

A l'aide des connaissances mobilisées et du traitement du dossier documentaire, vous avez, en principe, rassemblé suffisamment d'informations pour structurer de manière plus précise votre ébauche de plan.

A. Le travail, une instance d'intégration centrale
1. L'accès à un revenu et à des droits sociaux
2. Un lieu de socialisation et de sociabilité
3. La construction d'une identité sociale

B. Des évolutions de l'emploi qui affaiblissent le rôle intégrateur du travail
1. La précarisation croissante des emplois
2. La persistance d'un taux de chômage élevé
3. Précarité, pauvreté et exclusion sociale, un phénomène en expansion

Le corrigé

Les sociologues accordent depuis très longtemps un rôle majeur au travail comme facteur d'intégration sociale. Ainsi, le sociologue Emile Durkheim a montré que, dans les sociétés modernes, le travail est à l'origine du développement de liens de solidarité. En produisant des biens et des services différents et en les échangeant, les individus deviennent complémentaires et interdépendants, ce qui assure leur intégration sociale. Aujourd'hui, le travail sous la forme d'emploi, c'est-à-dire d'une activité professionnelle rémunérée, est une instance d'intégration qui permet aux individus de devenir membres de la société grâce à l'établissement de liens sociaux. Toutefois, les cinquante dernières années ont été marquées par de profondes évolutions économiques et sociales sur le marché du travail comme l'augmentation du chômage ou le développement de formes temporaires d'emploi qui interrogent sur sa capacité à intégrer les individus.

Ces évolutions ont-elles fortement amputé la capacité intégratrice du travail ? Joue-t-il encore un rôle intégrateur aujourd'hui ? Répondre à ces questions nécessite de s'interroger sur l'ampleur des mutations qu'a connues le travail ces dernières années ainsi que sur les raisons pour lesquelles il peut encore être malgré tout source d'intégration sociale.

Nous montrerons donc dans un premier temps en quoi le travail reste aujourd'hui encore une instance d'intégration importante, avant de mettre en évidence le fait que les évolutions récentes de l'emploi ont pu fragiliser son rôle intégrateur.

A. LE TRAVAIL, UNE INSTANCE D'INTÉGRATION CENTRALE

1. L'accès à un revenu et à des droits sociaux

Le travail, en assurant un revenu, permet d'accéder aux normes de consommation en vigueur dans la société et d'y vivre dignement. L'intégration à la société ne peut se faire que si les individus sont en capacité de satisfaire leurs besoins primaires (alimentation, logement, etc.). De plus, l'intégration sociale nécessite d'avoir des revenus suffisants pour acquérir les biens et les services nécessaires à l'obtention d'un emploi (téléphone, voiture, par exemple) et à la participation à des activités de loisirs (sport, activités culturelles) qui permettent de développer des liens de sociabilité. Ainsi, on observe (**document 1**) qu'en 2019, parmi les actifs de 18 ans et plus, le taux de pauvreté des chômeurs est plus de 4 fois plus élevé que celui des actifs en emploi. Par ailleurs, le travail donne accès à une protection sociale (maladie, vieillesse, famille, chômage) qui constitue une source importante d'intégration sociale, même lorsque l'on ne travaille plus (au chômage ou à la retraite). En témoigne également la différence d'exposition à la pauvreté entre inactifs. En effet, en 2019, 9,5 % des inactifs retraités sont pauvres alors que c'est le cas de 32,5 % des autres inactifs. Cela peut s'expliquer en partie par le fait que les retraités ont pu, grâce à leur travail, accumuler des droits à une retraite financée par la protection sociale. L'emploi protège donc de la pauvreté et de l'exclusion sociale.

2. Un lieu de socialisation et de sociabilité

Le travail est également une instance de socialisation secondaire, au-delà de la famille et de l'école, qui contribue à transmettre des normes et des valeurs collectives. C'est aussi un lieu de développement de la sociabilité qui permet aux individus de nouer des liens amicaux et de solidarité ou encore de rencontrer leur conjoint. Par ailleurs, les collectifs de travailleurs, constitués par exemple sous la forme de syndicats, sont des lieux où l'on partage des activités communes, où l'on construit une identité collective et où s'expriment des liens de solidarité forts.

3. La construction d'une identité sociale

Enfin, travailler est un moyen pour les individus de se rendre utiles socialement et donc d'avoir une identité sociale qui leur permet de développer un sentiment d'appartenance à un groupe mais aussi d'acquérir une autonomie. Par exemple, l'entrée massive des femmes sur le marché du travail à partir des années 1960 a joué un rôle majeur dans leur émancipation puisqu'elles ont eu ainsi accès à une autonomie financière et à des droits sociaux qui leur ont permis de remettre en cause plus facilement les rapports de domination qu'elles subissaient.

Le travail joue donc un rôle important dans l'intégration sociale. Toutefois, pourquoi peut-on dire que ce rôle a été fragilisé par les récentes évolutions de l'emploi ?

B. DES ÉVOLUTIONS DE L'EMPLOI QUI AFFAIBLISSENT LE POUVOIR INTÉGRATEUR DU TRAVAIL

1. La précarisation croissante des emplois

Depuis les années 1980, le marché du travail a connu une évolution qui s'est traduite par un affaiblissement du rôle intégrateur du travail : la précarisation croissante des emplois. Les politiques de flexibilisation du travail ont permis le développement rapide de formes d'emploi temporaires comme l'intérim ou les contrats à durée déterminée (CDD). Actuellement, le contrat à durée indéterminée (CDI) reste la norme pour la majorité des salariés, mais ce n'est plus le cas pour les jeunes générations qui entrent sur le marché du travail (**document 2**). En effet, alors que 77 % des jeunes de 15 à 24 ans en emploi étaient en CDI en 1982, ce n'était le cas que de 44 % d'entre eux en 2020. Sur la même période, la part de ces jeunes en CDD a été multipliée par 3, celle des apprentis par 4 et celle des jeunes en intérim par 6.

A ces évolutions, il faut ajouter le développement du temps partiel subi, qui a été particulièrement important ces cinquante dernières années, en particulier pour les jeunes et pour les femmes.

Enfin, le développement du statut d'auto-entrepreneur et le phénomène d'« ubérisation des emplois », illustrés par l'augmentation de la proportion de jeunes indépendants à partir du début des années 2000 (**document 2**), permettent de rendre compte du recul du statut de salarié pour les jeunes générations et la diffusion de formes d'emploi moins protectrices et peu rémunérées.

Tout cela a conduit à une remise en cause du rôle intégrateur du travail, à la fois parce qu'il ne permet plus systématiquement d'assurer un revenu permettant de sortir de la pauvreté et parce que son caractère de plus en plus temporaire empêche de gagner une autonomie (accès à un logement, au crédit, etc.), de s'intégrer à des collectifs sur le lieu du travail, de développer des liens de solidarité.

2. La persistance d'un taux de chômage élevé

Depuis les années 1980, la persistance d'un taux de chômage très élevé (**document 3**) est également une évolution qui a fortement affaibli le rôle intégrateur du travail dans la société française. Alors qu'il ne dépassait pas le chiffre de 4 % des actifs en 1973, le chômage se maintient à un niveau très élevé depuis le début des années 1980. Ainsi, le taux de chômage oscille autour de 8 % depuis quarante ans. Etre privé d'emploi, c'est à la fois être confronté à une baisse importante de ses revenus, à une privation de certains droits sociaux et à une dégradation de son statut social qui peut conduire à un affaiblissement rapide des liens sociaux. Les allocations chômage et les minima sociaux comme le RSA ne suffisent pas pour assurer un mode de vie digne et en bonne santé. De plus, le sentiment d'inutilité sociale pèse lourdement sur l'intégration des individus. Le chômage de longue durée est à ce titre particulièrement problématique puisqu'il enferme les individus dans un statut social fortement dégradé. Le chômage de longue durée (un an ou plus) ou de très longue durée (supérieur à deux ans) concernait ainsi 27 % des chômeurs en 2020.

3. Précarité, pauvreté et exclusion sociale, un phénomène en expansion

Les jeunes générations sont les plus touchées par le chômage et la précarité, et c'est pour elles que le travail semble le moins jouer son rôle intégrateur. Ainsi, en 2022, ce sont 17,3 % des jeunes actifs âgés de 15 à 24 ans qui sont au chômage, selon l'Insee. Ce taux est plus de trois fois supérieur à celui des actifs âgés de 50 ans ou plus et cet écart a très fortement augmenté depuis le début des années 1980 (**document 4**). Ce phénomène a aussi été renforcé ces dernières années par le mouvement de polarisation de l'emploi, qui s'est traduit par une augmentation de la proportion d'emplois peu qualifiés, les plus touchés par la précarisation. Le sociologue Robert Castel a montré que le développement du chômage et de la précarisation de l'emploi a fragilisé l'intégration sociale. Ces évolutions peuvent entraîner pour les individus un processus de désaffiliation sociale se traduisant par un délitement progressif des liens sociaux (amicaux, familiaux, professionnels) qui conduit à l'exclusion sociale.

Le travail, tout en restant une instance d'intégration centrale dans notre société, a été fortement fragilisé par les évolutions récentes de l'emploi. Pour une partie de plus en plus importante de la population, et en particulier pour les jeunes générations, le travail ne donne plus l'assurance d'un revenu stable et décent, du développement de liens sociaux, et donc d'une intégration sociale forte.

DISSERTATION

LE SUJET

A quelles difficultés se heurtent les Etats membres de la zone euro pour conduire leurs politiques économiques conjoncturelles ?
Ce sujet comporte quatre documents.

DOCUMENT 1

Montant de la dette publique dans les pays de l'Union européenne (UE) au 2e trimestre 2021, en % du PIB
Source : Eurostat, 2021

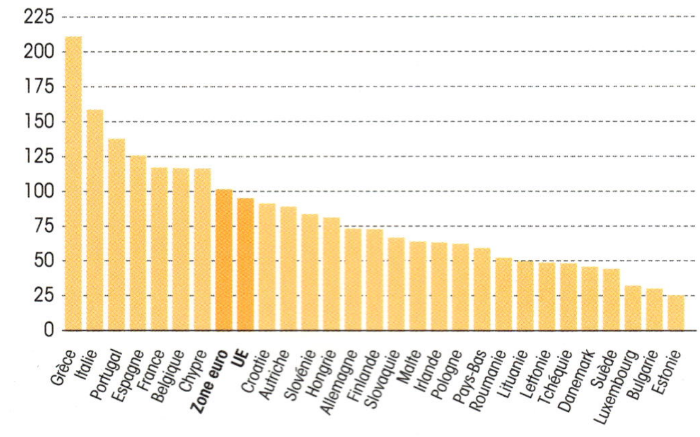

N. B. : UE (Union européenne), 27 pays membres. Zone euro, 19 pays membres : Belgique, Allemagne, Estonie, Irlande, Grèce, Espagne, France, Italie, Chypre, Lettonie, Lituanie, Luxembourg, Malte, Pays-Bas, Portugal, Autriche, Slovénie, Slovaquie et Finlande.

DOCUMENT 2

Principaux indicateurs conjoncturels dans quelques pays de l'Union européenne (UE) en 2022
Source : OCDE, 2023

	Taux de chômage (en % de la population active)	Taux de croissance annuel du PIB en volume (en %)	Taux d'inflation (en %)
UE (27 pays)	6,2	3,5	9,2
Zone euro (19 pays)	6,7	3,4	8,4
Allemagne	3,1	1,8*	6,9
Espagne	12,9	5,5*	8,4
France	7,3	2,6	5,2
Grèce	12,5	5,9*	9,6
Irlande	4,5	12,0	7,8
Portugal	6,0	6,7*	7,8

* Données provisoires.

DOCUMENT 3

Taux directeurs de la BCE et de la Fed depuis janvier 1999, en %
Sources : BCE, Fed

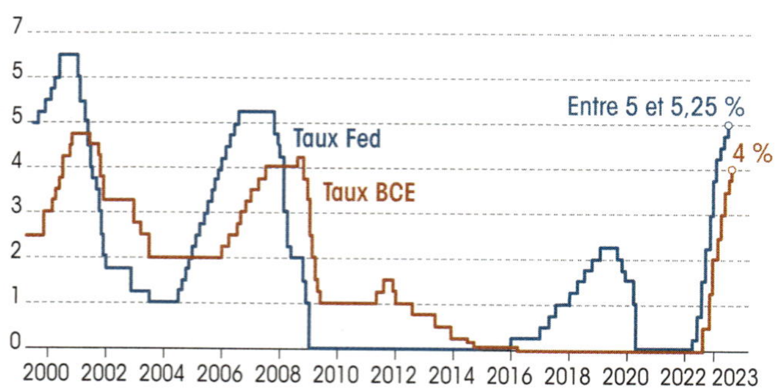

DOCUMENT 4

« Baptisé "France relance" par le gouvernement, le plan de relance français présenté le 3 septembre 2020 sera cofinancé par l'Etat et l'Union européenne. Sur les 100 milliards d'euros engagés, environ 40 milliards sont issus de la facilité pour la reprise et la résilience [1], principal instrument de "Next Generation EU", nom donné au plan de relance européen de 750 milliards d'euros validé par les 27 chefs d'Etat et de gouvernement le 21 juillet 2020. Ce dernier prévoit notamment le versement de près de 390 milliards d'euros de subventions d'ici à 2023, répartis entre les Etats membres selon leur population, leur PIB par habitant, leur taux de chômage avant le début de la pandémie et l'impact de la pandémie sur leur PIB et leur niveau d'emploi.

La France financera elle-même les 60 milliards restants de son plan de relance. (...) Les montants restants de Next Generation EU viendront étoffer les programmes européens comme Horizon Europe pour la recherche et l'innovation, mais aussi certains instruments financiers comme InvestEU ou le nouveau fonds pour une transition juste. Ils financeront des projets nationaux ou transnationaux.

Le plan de relance français est donc financé à près de 40 % par l'UE. Et plus précisément par un emprunt contracté par l'Union.

Celui-ci doit permettre de financer les 390 milliards d'euros de subventions et d'avancer les 360 milliards d'euros de prêts. Les Etats qui souhaitent bénéficier des prêts devront ultérieurement rembourser leur part à l'Union européenne. En revanche, les Vingt-Sept ne devront pas rembourser eux-mêmes les 390 milliards d'euros de subventions qui vont leur être accordées. C'est l'UE qui prévoit de le faire, entre 2028 et 2058, à travers la création de nouvelles ressources propres.

Première d'entre elles, une contribution sur le plastique s'appliquera de façon rétroactive au 1er janvier 2021. De nouveaux dispositifs pourraient également voir le jour d'ici à 2023 comme un mécanisme d'ajustement carbone aux frontières et une taxe sur le numérique. Ces nouvelles sources de revenus pour l'UE ont été pensées pour éviter de recourir à une augmentation des contributions nationales, versées directement par les Etats membres (elles représentent aujourd'hui près des trois quarts du budget de l'UE). » Source : www.touteleurope.eu, 2021

[1] Résilience : le terme désigne ici la capacité à surmonter un choc économique.

Le corrigé

Introduction

Les politiques économiques conjoncturelles constituent le moyen essentiel dont disposent les gouvernements pour réagir aux fluctuations de court terme de l'activité économique, que ces fluctuations soient provoquées par des chocs d'origine interne (exemple : crise agricole) ou externe (exemple : pandémie). Elles consistent à utiliser les outils de la **politique monétaire** et de la **politique budgétaire** pour stabiliser le volume d'activité en agissant sur les principaux indicateurs conjoncturels (croissance économique, inflation, chômage).

Mais lorsque plusieurs pays décident de constituer un ensemble économique commun, comme dans le cas de l'Union européenne (UE), la mise en œuvre des politiques conjoncturelles se heurte à deux principales difficultés. La première concerne le rapprochement et la coordination de ces politiques, la seconde concerne la capacité de l'UE à faire face à des chocs conjoncturels, souvent asymétriques.

A. LES DIFFICULTÉS LIÉES À LA COORDINATION DES POLITIQUES CONJONCTURELLES

1. Les difficultés liées à la construction européenne

La mise en place d'un grand **marché unique** et l'adoption d'une monnaie unique pour faciliter les échanges impliquaient la mise en place de véritables politiques communes dans les domaines monétaire et budgétaire. Or, l'élargissement progressif de l'UE et le passage progressif à 20 pays membres (avec la Croatie depuis le 1er janvier 2023) de la **zone euro** ont rendu mécaniquement plus difficile l'harmonisation des politiques économiques. D'autant que chaque Etat craignait de perdre sa souveraineté nationale en perdant le contrôle de son budget.

Par ailleurs, l'ampleur des inégalités de développement entre les pays partenaires et les lourds handicaps liés à la vétusté des infrastructures et aux retards technologiques industriels ou agricoles des nouveaux entrants ont aussi été une source de tensions dans l'adoption de règles communes.

2. La difficile harmonisation des politiques budgétaires

Les politiques budgétaires sont restées de la compétence des Etats, mais l'autonomie budgétaire de chacun d'eux était largement contrainte par les exigences du **Pacte de stabilité et de croissance (PSC)** qui imposait à chaque pays de respecter certains objectifs communs, en particulier un déficit public limité à 3 % du produit intérieur brut (PIB) et une dette publique cumulée (Etat, protection sociale et collectivités locales) limitée à 60 % du PIB.

On voulait ainsi obliger les pays partenaires à mener des politiques coordonnées, plus efficaces, et éviter la possibilité d'« aléa moral » d'un Etat « laxiste » qui laisserait ses difficultés financières s'accroître par des dépenses budgétaires non financées, se sentant à l'abri de la protection communautaire. Cependant, chaque Parlement national étant autonome et souverain en matière budgétaire, il a été dans les faits très difficile d'imposer des orientations budgétaires communes.

3. La difficile articulation entre politique monétaire et politiques budgétaires

Dans le domaine monétaire, la monnaie unique n'a pu être adoptée qu'à la condition d'en confier la gestion à une **Banque centrale européenne (BCE)** strictement indépendante de tout pouvoir politique. La mission d'origine de la BCE était donc uniquement de veiller à la stabilité des prix (inflation limitée à 2 %) et accessoirement à celle du taux de change de l'euro. Mais elle ne pouvait financer directement les déficits des Etats de la zone euro par la création monétaire.

Il en découle un « **policy mix** », articulant une politique monétaire unique et des politiques budgétaires multiples mais contraintes, ce qui traduit un compromis bancal qui n'a pas empêché les dérives budgétaires de certains partenaires. Pour eux, l'accès à la zone euro offrait une solution de facilité pour emprunter à des taux d'intérêt plus bas que ceux auxquels ils pouvaient prétendre avec leur monnaie nationale. Leur dette s'est alors largement accrue **(document 1)**.

B. LES EFFETS DES CRISES CONJONCTURELLES ET DES CHOCS ASYMÉTRIQUES

1. Des crises qui remettent en cause l'orientation des politiques conjoncturelles

Depuis 2008, l'économie de l'UE a dû faire face à une série de chocs conjoncturels d'origine extérieure.

La crise financière de 2008 a d'abord obligé les gouvernements des pays de la zone euro à intervenir en creusant les déficits publics pour soutenir l'activité économique, tandis que la BCE maintenait sa politique monétaire restrictive. Le défaut de coordination entre la politique monétaire de la BCE et les politiques budgétaires des Etats de la zone euro était alors flagrant. Cependant, devant les menaces de déflation, la BCE a fini par changer radicalement de politique, continuant à abaisser ses taux d'intérêt jusqu'à les rendre négatifs **(document 3)** et à inonder le marché en liquidités pour permettre au secteur bancaire de continuer à distribuer les crédits nécessaires au soutien de la consommation et de l'investissement.

A partir de 2020, la crise sanitaire approfondit un peu plus la remise en cause des dogmes budgétaires. Depuis mars 2020, l'UE a activé une clause de suspension générale des règles du PSC, pour permettre aux Etats de financer massivement le soutien aux entreprises touchées par les mesures sanitaires. Cette suspension des règles de stabilité budgétaire, qui provoque de fortes hausses des déficits et des dettes publiques **(document 1)**, marque la fin du projet de coordination par les règles (Maastricht, PSC...).

Mais le déclenchement de la guerre en Ukraine bouleverse à nouveau les perspectives. Les sanctions économiques contre la Russie mais aussi les difficultés d'approvisionnement qui en résultent provoquent un retour brutal de l'**inflation (document 2)**. La politique monétaire retrouve alors une logique restrictive avec une hausse des taux d'intérêt redevenus largement positifs **(document 3)**, alors que les politiques budgétaires souhaitent continuer à profiter de l'assouplissement des règles du PSC.

2. Faire face à des chocs asymétriques

Mais si ces chocs venus de l'extérieur sont abordés de manière identique par une politique monétaire unique, ils affectent de manière largement asymétrique les Etats concernés en matière de chômage, d'inflation et de croissance **(document 2)**. Un **choc asymétrique** se caractérise en effet par un événement qui affecte différemment les pays d'une même zone, comme à la suite des trois chocs évoqués précédemment. En matière de chômage en particulier, ces chocs ont renforcé les écarts de situation entre les membres de la zone euro, la Grèce étant quatre fois plus touchée que l'Allemagne en 2022 **(document 2)**.

Dès lors, la dette cumulée de certains pays a pu, avec la pandémie, dépasser largement les 100 %, comme pour la France, voire les 200 % pour la Grèce **(document 1)**. De même, si le retour de l'inflation a provoqué une forte hausse du taux directeur de la BCE **(document 3)**, les marchés ont refusé de traiter les différents partenaires de manière identique, et font payer à chacun des taux variables en fonction de leur appréciation du risque de défaut de paiement présenté par chaque situation. L'impact sur le financement de chaque économie est donc loin d'être identique. En particulier, les pays les plus endettés doivent supporter des taux plus élevés pour se refinancer, ce qui provoque un nouveau cercle vicieux d'endettement.

En revanche, la Commission européenne a proposé, elle-même, un plan de relance européen de 750 milliards d'euros répartis entre les Etats membres en fonction de différents critères comme l'impact de la pandémie sur la croissance et le niveau d'emploi **(document 4)**. Dans ce cadre, la France a pu développer un plan de relance financé à près de 40 % par des prêts de l'UE, dont une partie sous forme de subventions **(document 4)**.

CONCLUSION

Certes, la fréquence des chocs qui ont affecté la zone euro depuis une quinzaine d'années a provoqué la remise en cause de certaines règles imposées lors de sa création. Mais alors que l'UE semble prête à envisager un endettement communautaire pour soutenir le financement des investissements nécessaires, notamment à l'indispensable transition écologique, la BCE réaffirme sa politique restrictive de hausse des taux pour lutter contre l'inflation.

Dans ces conditions, une coordination des politiques conjoncturelles, en particulier entre la politique monétaire restrictive et les politiques budgétaires orientées de manière plus expansive, demeure largement problématique.

DISSERTATION TYPE

Le sujet

L'action des pouvoirs publics en matière de lutte contre les inégalités est-elle efficace ?

Ce sujet comporte quatre documents.

DOCUMENT 1

Redistribution et niveau de vie des ménages par unité de consommation [1] en 2018, en euros

Source : « Revenus et patrimoine des ménages », Insee Référence, 2021

	En moyenne pour les 10 % des ménages les plus modestes	En moyenne pour les 10 % des ménages les plus aisés
Revenus primaires	10 480	133 080
Prélèvements obligatoires		
dont taxes sur la consommation et la production	*4 240*	*12 730*
impôts sur les revenus et le patrimoine	*570*	*33 590*
cotisations sociales	*2 340*	*24 960*
Total des prélèvements obligatoires	7 150	71 280
Transferts monétaires		
dont retraites	*1 280*	*12 620*
autres prestations sociales	*6 180*	*2 820*
Total des transferts monétaires	7 460	15 440
Revenu disponible [2]	11 000	77 240
Transferts en nature		
dont enseignement, santé, logement	*12 580*	*6 270*
services publics collectifs (justice, police...)	*4 290*	*4 740*
Niveau de vie élargi [2]	28 370	87 030

[1] Les données par unité de consommation prennent en compte la taille des ménages.
[2] Ces données ont été ajustées.

DOCUMENT 2

Répartition de la masse totale du patrimoine entre les ménages en 2021, en %

Source : Insee, enquête « Histoire de vie et patrimoine 2020-2021 »

	Part en % du total du patrimoine immobilier des ménages	Part en % du total du patrimoine financier des ménages	Part en % du total du patrimoine brut des ménages
Les 50 % les mieux dotés	95	97	92
Les 10 % les mieux dotés	44	64	47
Les 5 % les mieux dotés	29	49	34
Les 1 % les mieux dotés	11	25	15

DOCUMENT 3

Accès à l'enseignement supérieur selon l'âge et le milieu social en 2020, en %

Source : « L'état de l'enseignement supérieur, de la recherche et de l'innovation en France 2022 »

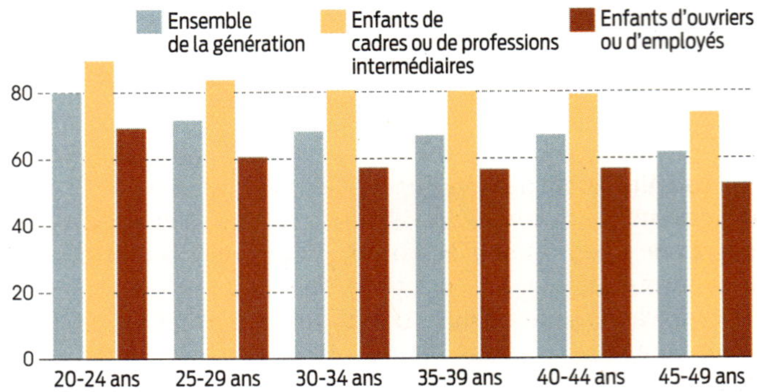

DOCUMENT 4

Effet de la redistribution sur le taux de pauvreté [1], selon diverses caractéristiques, en 2019

Source : « Minima sociaux et prestations sociales. Ménages aux revenus modestes et redistribution. Edition 2022 », Panoramas de la Drees, 29/09/2022

			Taux de pauvreté Avant redistribution	Taux de pauvreté Après redistribution
Type de ménage	Familles monoparentales	Avec 1 enfant	37,8	22,6
		Avec 2 enfants ou plus	59,1	38,4
	Couples	Sans enfant	8,1	6,3
		Avec 4 enfants ou plus	61,1	37,6
Statut d'activité		Actifs occupés	12,9	8,1
		Chômeurs	53,2	38,9
Situation face au handicap		Personnes non handicapées de 15 ans ou plus	18,5	12,8
		Personnes handicapées de 15 ans ou plus	31,4	19,5
Ensemble des ménages			22,2	14,6

[1] Le taux de pauvreté indique le pourcentage de personnes dont le niveau de vie est inférieur à 60 % du niveau de vie médian.

LE CORRIGÉ

Introduction

Aujourd'hui, même des institutions comme l'ONU ou l'OCDE appellent à créer un impôt mondial progressif sur les ultra-riches qui, pour la plupart, échappent à l'imposition sur les revenus. Cette initiative s'inscrit dans une perspective de **justice sociale**, et vise à obtenir davantage d'**égalité des situations** dans la répartition des richesses. En France en particulier, surtout depuis 1945, l'objectif des pouvoirs publics ne se limite pas à faire progresser l'**égalité des droits** mais aussi celle **des chances et des conditions**, car l'**égalité** est au cœur du projet républicain (Liberté, Egalité, Fraternité), et donc de la cohésion sociale.

Mais cet objectif est-il réellement atteint ? On peut en douter si l'on en juge par les multiples interpellations dont l'Etat fait l'objet de la part de mouvements associatifs concernant l'accès aux soins pour tous, à un logement digne, ou l'accès aux services publics. On peut dès lors se demander si les mesures déployées, en termes de fiscalité, de protection sociale, ou encore de services collectifs, sont à la hauteur de l'ambition d'égalité affichée par les pouvoirs publics.

Nous verrons dans un premier temps que toutes ces mesures permettent en effet de fortement contribuer à l'idéal égalitaire, puis nous mettrons en évidence quelques-unes de leurs limites qui font douter de leur pleine efficacité.

A. UNE ACTION PUBLIQUE EFFICACE DANS LA LUTTE CONTRE LES INÉGALITÉS

1. Les effets de la progressivité de l'impôt

La **fiscalité** est un des moyens par lesquels les pouvoirs publics peuvent lutter contre les inégalités, notamment en mettant en œuvre une progressivité de l'impôt. Ce principe consiste à élever le taux d'imposition au fur et à mesure que l'on progresse dans les tranches de revenus ou du patrimoine. En France, par exemple, la tranche marginale d'imposition la plus élevée se situe à 45 %, c'est-à-dire que près de la moitié des revenus qui rentrent dans cette tranche font l'objet d'un prélèvement. On peut observer les effets du caractère progressif de l'imposition dans le **document 1** : en 2018, l'impôt sur les revenus et le patrimoine représentait 570 euros, soit à peine 5 % des revenus moyens des 10 % des ménages les plus modestes, mais 33 590 euros, soit 25 % de ceux des 10 % les plus aisés.

2. Le rôle de la protection sociale et de la redistribution

La protection sociale et la redistribution qui en découle constituent un second levier d'action en faveur de la lutte contre les inégalités, où les transferts monétaires jouent un rôle important. Ils sont constitués des prestations sociales d'assurance (retraites, allocations chômage) qui sont liées aux cotisations versées, et celles dites d'assistance, offertes aux personnes les plus modestes et financées par l'impôt (bourses de l'enseignement, revenu de solidarité active, allocation de solidarité spécifique et autres minima sociaux). L'ensemble de ces prestations représente 7 460 euros pour les plus modestes, ce qui accroît de presque 75 % leur revenu primaire alors qu'elles ne permettent d'augmenter celui des plus aisés que d'un peu plus de 10 %. Ils réduisent ainsi nettement les inégalités. Même observation à partir du **document 4** où la redistribution des revenus permet de diminuer de près de 8 points de % le taux de pauvreté. Elle est très efficace pour lutter contre la pauvreté, en particulier si l'on observe la situation des couples avec un enfant où le taux de pauvreté est réduit de 40 %.

3. L'importance majeure des services collectifs

Les dépenses d'éducation, de santé et en faveur du logement social constituent les trois grands domaines de la réduction des inégalités opérée grâce à la production de **services collectifs**. L'Insee estime d'ailleurs que c'est l'outil qui contribue le plus à réduire les inégalités de revenus en France. En matière d'éducation par exemple, si on estime à 11 000 euros la valeur d'une année de scolarité au lycée, ce transfert représente un accroissement bien plus considérable du niveau de vie pour les familles les plus modestes que pour les hauts revenus. Ce même mécanisme joue aussi pour les dépenses de santé prises en charge par la Sécurité sociale. Au total, ces transferts en nature contribuent donc largement à réduire les écarts de niveau de vie entre les plus modestes et les plus aisés (**document 1**). L'effort public d'éducation a aussi entraîné une démocratisation de l'accès à l'enseignement supérieur (**document 3**). En particulier pour les enfants d'ouvriers et d'employés, le taux d'accès est passé d'un peu plus de 30 % pour les générations les plus anciennes (45-49 ans) à plus de 50 % pour les générations les plus récentes (20-24 ans), contribuant ainsi à la réduction des inégalités.

En 2018, les 10 % des ménages les plus riches disposaient d'un revenu primaire 13 fois plus élevé que celui des 10 % les plus modestes (**document 1**). Après la mise en œuvre des différentes politiques publiques, cet écart tombe à 3, ce qui révèle une réelle efficacité de ces actions en faveur de la **justice sociale**. Pour autant, à bien des égards, cette efficacité demeure limitée.

B. UNE ACTION PUBLIQUE À L'EFFICACITÉ LIMITÉE

1. Une fiscalité qui ne réduit pas les inégalités

La fiscalité globalement n'opère pas de réduction sur les inégalités de revenus du fait de la prédominance des impôts indirects (TVA et autres taxes...) qui sont socialement injustes. En effet, on observe (**document 1**) que les taxes sur la consommation et la production représentent plus de 40 % du revenu primaire pour les 10 % des ménages les plus modestes et moins de 10 % de celui des ménages les plus aisés. Par ailleurs, la fiscalité française semble totalement impuissante à lutter contre la concentration des patrimoines. Depuis des décennies, cette concentration est extrême et aucune politique publique n'a atténué ces énormes disparités. En 2021 (**document 2**), la moitié la mieux dotée des ménages se partageait 92 % du patrimoine total. Pire encore, les 10 % les plus favorisés se partagent près de la moitié du patrimoine total et les 1 % les plus fortunés détiennent 25 % du patrimoine financier, qui, faute d'une taxation efficace, génère les inégalités les plus disproportionnées.

2. Une protection sociale inégale face à la pauvreté

Malgré l'ampleur de la redistribution et les transferts sociaux, la pauvreté reste parfois bien trop forte. Selon le statut familial, on observe (**document 4**) des inégalités considérables face au risque de pauvreté. Ainsi, 22,6 % des familles monoparentales avec un enfant et 38,4 % de celles qui comptent deux enfants ou plus vivent sous le seuil de pauvreté. C'est respectivement 8 et 20 points de % de plus que la moyenne d'ensemble. Par ailleurs, dans 90 % des cas, des femmes sont à la tête de ces familles, cette inégalité est donc aussi une inégalité de genre. Le statut d'activité est lui aussi décisif. Malgré l'assurance chômage, le taux de pauvreté des chômeurs demeure presque 5 fois plus élevé que celui des actifs.

3. Des services collectifs à l'efficacité insuffisante

Si nous avons vu l'impact global des services collectifs dans la lutte contre les inégalités, leur efficacité reste parfois insuffisante Par exemple, l'école française est une de celles où le poids de l'origine sociale influe le plus sur la réussite scolaire malgré des investissements conséquents dans le système éducatif. On peut remarquer sur le **document 3** que si les enfants d'ouvriers et d'employés accèdent de plus en plus souvent à l'enseignement supérieur, l'écart avec les enfants des cadres et des professions intermédiaires demeure considérable (20 points de % pour les générations les plus récentes). On peut aussi interroger l'efficacité des autres services publics en observant par exemple que les inégalités d'espérance de vie entre les PCS se maintiennent, voire s'accroissent, malgré les dépenses de santé, ou que le nombre de mal-logés ou de sans domicile reste considérable, trahissant ainsi l'insuffisance des politiques du logement social.

CONCLUSION

Malgré le fort impact de leur action en matière de **justice sociale**, les pouvoirs publics peinent à mettre en œuvre des politiques pleinement efficaces. La fiscalité, en particulier, se révèle le « maillon faible » de ces politiques. Si l'on veut lutter avec détermination contre les inégalités, il est donc temps, comme le réclament plusieurs économistes de renom, que l'Etat fasse sa révolution fiscale.

THÈME nº 1

1. **Faux.** Il se mesure en heures de travail mobilisées pour réaliser une production.

2. **Faux.** Pour Solow, la croissance s'explique par l'amélioration de la productivité des facteurs de production.

3. **Vrai.** Ils permettent de produire plus (offre) et d'améliorer le pouvoir d'achat (demande).

4. **Faux.** Cela veut dire qu'il est produit à l'intérieur de la sphère économique, grâce à des investissements spécifiques.

5. **Vrai.** Sans garantie d'être propriétaire des retombées d'une innovation, l'incitation à innover s'affaiblit.

6. **Faux.** Les effets destructifs peuvent être, à un moment du processus, plus importants que les effets créatifs.

7. **Faux.** C'est une croissance qui préserve le bien-être des générations futures.

THÈME nº 2

1. **Faux.** Les échanges entre filiales d'une même firme sont les échanges intrafirme. Les échanges intrazone sont les échanges entre pays appartenant à une même zone économique (échanges entre pays de l'Union européenne, par exemple).

2. **Vrai.** Pour les classiques (Smith et Ricardo), comme pour Marx, le travail est la seule source de création de richesses, notamment à travers l'amélioration de son efficacité productive (sa productivité).

3. **Vrai.** Aujourd'hui, les échanges mondiaux sont concentrés à plus de 80 % sur les trois grandes zones géographiques constituées de l'Europe occidentale, de l'Asie et de l'Amérique du Nord.

4. **Faux.** Elle consiste à confier à des entreprises extérieures certains segments de la filière de production intervenant dans la réalisation finale de ses produits.

5. **Faux.** La logique du protectionnisme éducateur vise à protéger les industries naissantes jusqu'à ce qu'elles puissent lutter à armes égales avec leurs concurrentes, le pays pouvant alors accepter le libre-échange.

6. **Vrai.** Le développement des technologies numériques favorise la délocalisation des activités de services destinées aux entreprises comme aux consommateurs (banques et assurances notamment).

THÈME nº 3

1. **Faux.** Il mesure la proportion de chômeurs par rapport à la population active.

2. **Faux.** Il désigne la situation où tous ceux qui souhaitent s'employer ou travailler davantage n'y parviennent pas.

3. **Vrai.** Ceux qui veulent acheter du temps de travail (les employeurs) proposent des emplois.

4. **Vrai.** Il provient du temps nécessaire à la rencontre entre l'offre et la demande de travail.

5. **Faux.** C'est salaire minimum interprofessionnel de croissance.

6. **Vrai.** Le chômage conjoncturel s'explique par un ralentissement de la croissance économique.

7. **Vrai.** En abaissant les cotisations patronales, on ne modifie pas le salaire net.

THÈME nº 4

1. **Faux.** La diminution du PIB observée en 1929 aux Etats-Unis a atteint 25 %, contre à peine 4 % en 2008.

2. **Vrai.** Ces prêts étaient consentis à des ménages modestes qui hypothéquaient leur maison en garantie.

3. **Faux.** Ce sont des comportements calqués sur ceux des autres acteurs du marché, indépendamment du risque encouru.

4. **Faux.** Les ressources (capitaux propres, dépôts des clients, endettement...) constituent le passif d'un bilan.

5. **Vrai.** Il assure contre le risque de défaut du remboursement d'un prêt.

6. **Faux.** L'aléa moral conduit à accroître la prise de risque, car l'agent économique s'estime assuré.

7. **Faux.** Le manque de liquidités ne signifie pas qu'une banque manque d'autres actifs ayant de la valeur.

THÈME nº 5

1. **Vrai.** C'est un des objectifs de la politique répressive de la concurrence à destination des entreprises.

2. **Faux.** La mission principale de la BCE est de lutter contre l'inflation et de garantir la stabilité du taux de change de l'euro. Mais il est vrai que sa nouvelle stratégie d'assouplissement quantitatif doit favoriser la reprise de l'activité économique.

3. **Faux.** Dans une logique d'intégration économique et politique, une union économique et monétaire va beaucoup plus loin que le simple libre-échange, puisqu'elle y ajoute la libre circulation des individus et des capitaux et la mise en place de politiques communes avec une monnaie commune.

4. **Faux.** Deux pays de l'Union européenne (le Danemark et la Suède) ont obtenu un droit d'exemption et six autres pays ne remplissent pas encore les conditions exigées pour entrer dans la zone euro.

5. **Faux.** La dette publique peut largement dépasser les 100 % du PIB, comme en Grèce où elle atteignait plus de 200 % en 2020.

THÈME nº 6

1. **Faux.** Pour Max Weber, la stratification sociale repose aussi sur le prestige social et le niveau de pouvoir dont disposent les individus.

2. **Vrai.** En 2019, les employés représentaient 26,8 % des personnes en emploi, juste devant les professions intermédiaires qui en représentaient 25,6 %.

3. **Faux.** La position sociale dépend non seulement du revenu, mais aussi de la catégorie socioprofessionnelle, du niveau de diplôme, de la composition du ménage, de la position dans le cycle de vie ou encore du lieu de résidence.

4. **Vrai.** En 2019, 87,9 % des personnes en emploi sont salariées, alors qu'elles n'en représentaient que 72 % en 1962.

5. **Faux.** Les inégalités économiques entre classes sociales sont encore très importantes et certaines classes, comme la grande bourgeoisie, peuvent même être décrites comme des classes « pour soi », c'est-à-dire mobilisées pour défendre leurs intérêts.

THÈME n° 7

1. **Faux.** La massification fait référence à l'élargissement de l'accès à l'éducation et à l'enseignement supérieur, alors que la démocratisation correspond à la réduction des inégalités de réussite scolaire et de parcours de formation.

2. **Vrai.** Les taux de scolarisation ont fortement progressé dans l'enseignement secondaire et supérieur depuis les années 1950.

3. **Faux.** Les garçons ont de moins bons résultats que les filles au collège et au lycée, et ont des taux de réussite inférieurs aux examens nationaux, comme le brevet des collèges ou le baccalauréat.

4. **Faux.** Le capital économique joue un rôle important dans la réussite scolaire, mais le capital culturel est lui aussi très important car l'école valorise le capital culturel des milieux sociaux favorisés.

5. **Faux.** Il existe encore des inégalités très marquées de réussite scolaire et d'accès aux diplômes en fonction du sexe et du milieu social.

6. **Faux.** En 2019, les filles représentaient 57,4 % des inscrits dans l'enseignement supérieur.

7. **Vrai.** Les enfants de cadres sont par exemple surreprésentés dans les filières les plus prestigieuses, comme les classes préparatoires aux grandes écoles, alors que les enfants d'ouvriers le sont dans les filières professionnelles.

THÈME n° 8

1. **Vrai.** Il existe également des flux de mobilité horizontaux ou de statut.

2. **Faux.** La reproduction sociale ne représente qu'un tiers environ de la mobilité observée.

3. **Vrai.** Les disparitions d'emplois créent une mobilité « forcée ».

4. **Faux.** L'influence du milieu familial tend surtout à la reproduction des positions sociales.

5. **Faux.** Au contraire, le débat est vif chez les sociologues dans l'interprétation de la massification scolaire.

6. **Faux.** La mobilité ascendante des filles est beaucoup plus forte que celle des garçons.

7. **Vrai.** L'égalité des chances a progressé, mais faiblement.

THÈME n° 9

1. **Faux.** Même si les études divergent à ce sujet, on considère que seuls les emplois contenant au moins 70 % de tâches automatisables sont menacés, soit 9 % du total des emplois.

2. **Faux.** Le CDI reste plus protecteur qu'un CDD puisque, par définition, il est illimité dans le temps, ce qui n'exclut pas une remise en cause éventuelle.

3. **Vrai.** On constate une hausse récente du nombre d'indépendants, surtout du fait des nouvelles possibilités d'activités indépendantes offertes par la législation.

4. **Vrai.** Le modèle taylorien s'étend à de nombreux services où les employés ont des conditions de travail de plus en plus proches de celles des ouvriers : restauration rapide, hôtellerie, sociétés de nettoyage, grande distribution, centres d'appels...

5. **Vrai.** On constate cette polarisation dans tous les pays d'économie avancée qui font partie de l'OCDE.

6. **Faux.** Le travail reste une source majeure d'intégration sociale.

THÈME n° 10

1. **Faux.** Le nombre de journées individuelles non travaillées pour fait de grève, qui atteignait 3 millions à la fin des années 1970 en France, a été divisé par 6.

2. **Vrai.** L'engagement dans l'action collective est coûteux et ses bénéfices profitent à tous, même à ceux qui n'y ont pas participé. Il est donc rationnel, selon Mancur Olson, d'adopter la stratégie du « passager clandestin ».

3. **Faux.** Les jeunes s'abstiennent beaucoup plus que le reste de la population, quelles que soient les élections.

4. **Faux.** Les luttes minoritaires sont des luttes qui concernent des groupes dominés de la population comme les femmes ou les personnes homosexuelles.

5. **Vrai.** Les nouveaux mouvements sociaux sont centrés sur des problèmes de société, comme la protection de l'environnement, l'égalité femmes-hommes, ou encore la défense des droits des minorités.

THÈME n° 11

1. **Faux.** Elles n'ont pas cessé de diminuer jusqu'au milieu des années 1970, pour augmenter à nouveau.

2. **Vrai.** C'est un indicateur de la concentration des revenus ou des patrimoines.

3. **Faux.** Elles sont bien plus élevées car elles s'accumulent au fil des générations.

4. **Faux.** C'est une société qui assure le plus grand bonheur pour le plus grand nombre.

5. **Vrai.** Pour les libertariens, c'est une condition utile pour disposer d'une liberté de choix.

6. **Faux.** Les impôts progressifs taxent davantage les hauts revenus et donc réduisent les inégalités.

7. **Vrai.** Le montant de la dette publique s'élevait à 3 013 milliards d'euros en mars 2023, alors que le PIB en 2022 se situait autour de 2 650 milliards d'euros.

THÈME n° 12

1. **Faux.** Elle désigne la manière dont une question de société devient un objet pour l'action publique.

2. **Faux.** Ces acteurs peuvent parfois s'entendre mais ont souvent des objectifs et des moyens d'action différents.

3. **Vrai.** Il existe naturellement mais il est renforcé par les rejets de gaz à effet de serre produits par les activités humaines.

4. **Faux.** Elles impliquent des coûts de mise et de remise aux normes, de surveillance et de contrôle.

5. **Vrai.** Ça a déjà été le cas pour la France en 2021 ou encore les Pays-Bas en 2019.

6. **Faux.** Une partie importante des émissions de CO_2 échappe à toute taxation.

7. **Vrai.** Ce marché, le système d'échange de quotas d'émission (SEQE), existe en Europe depuis 2005.